騙《だま》し絵

犬飼六岐

祥伝社文庫

騙《だま》し絵《え》

目次

一話　二つの顔

一

正吉《しょうきち》と父親の弁蔵《べんぞう》が日本橋高砂町《にほんばしたかさご》の長屋に引っ越してきたのは、十五年前。梅雨《つゆ》明けまぎわの、じめじめと暑苦しいころだった。

親子が越してきてすぐ、近所の大人は二手にわかれた。弁蔵を嫌悪《けんお》する人びとと、弁蔵に同情する人びとにだ。

ただしこれは大雑把《おおざっぱ》な言い方であって、実際にはみながみな白黒のどちらかをきっぱりと選んだわけではない。

嫌悪の側には、なんとなく煩《わずら》わしく思っているとか、どちらかといえば好きじゃないという程度のひとがいたし、同情の側にも、そこそこ寛容に振る舞っているとか、ただ哀《あわ》れむように眺《なが》めているだけのひとがいた。

それから、どちらの側にもふだんは態度にあらわさず、なるべく弁蔵と関わるまいとしているひとがいたが、そういう住人たちもたまたま弁蔵の相手をすることになると、いやな顔をするか、いやな顔をしまいとするか、やはり二手にわかれた。

長屋には大人のほかに、もちろん子供も暮らしている。あのころはざっと十人ばかりの子供がいたが、こちらも少し遅れて二手にわかれた。

たとえば道端《みちばた》に犬がいたとして、親が恐《こわ》がれば子も恐がり、親が撫《な》でれば子も撫でたがる。弁蔵と犬を一緒にするつもりはないけれど、現実にこれとおなじことが起きた。親が嫌悪している家の子は弁蔵を嫌い、親が同情している家の子は弁蔵に思いやりを見せたのだ。

子供たちはさらに弁蔵にたいする好悪《こうお》を、そのまま息子の正吉にぶつけた。それも大人より露骨にだ。弁蔵を嫌う子供は正吉をいじめ、弁蔵を思いやる子供は正吉にやさしくした。大人なら灰色にぼやかすところでも、子供は残酷なほどはっきりと白黒をつけた。

信太郎《しんたろう》はそういう事情で、なんのいわれもなく正吉を毛嫌いしていたひとりだった。あのころは信太と呼ばれていたが、いまでも母親の背中に隣人にたいする大小さまざまな嫌悪を見たことをおぼえている。

母のおとくは弁蔵を長屋の厄介者《やっかいもの》とみなしていた。だから路地で挨拶《あいさつ》されたり、井戸端《いど》で声をかけられたりすると、別れたあとにさも迷惑げな顔をしたし、ときにはひどく苛立《いらだ》たしげなようすをした。厄介者が遠慮がちにならまだしも、まるで朋輩《ほうばい》のように声をかけてくるのがおおいに気に障《さわ》ったのだ。

晩飯のあとに夫婦で茶を飲みながら陰口《かげぐち》を叩《たた》いているのも、信太郎は数え切れないぐらい聞いた。悪態を吐《つ》いているのはたいていおとくのほうで、父の栄五郎《えいごろう》は話の節目がくるごとにおなじ相槌《あいづち》を打つのがつねだった。

「今日も買い物の帰りに木戸口《きどぐち》でばったりと出喰《でく》わしてね。あの男ときたら涎《よだれ》でも垂《た》らしそうな眼《め》で、あたしのことをじろじろ見まわしてくるじゃないか」

眼から涎が出るとはとうてい思えないが、とにかく母はそういった。

「そりゃもう、じろじろじろじろ、だらだらだらだら、しつこく見まわすのさ。あんまり気持ち悪いから、そのあと十ぺんも井戸で顔を洗ったわ。あんた、こんど会ったらきつくいってやっておくれよ」

「ああ、そうだな」

「ほんとに、どうしてあんな男がよりによって真向かいに越してくるんだろ。まえに住んでた為三《ためぞう》さんはいいひとだったのに。そうさ、あそこは夫婦そろってしっかりしてたよ。大家さんもどうかしてるわ。よーくひとを見て店子《たなこ》を決めろって、こんど文句をいってやらなきゃ」

「ああ、そうだな」

「おみつさんがいってたけど、昨日もあの男ったら……」

おとくのいうとおり、弁蔵と正吉の親子は信太郎の家のむかいに住んでいた。そしてじつのところ、これはおとくや信太郎にすればとんだ災難だった。

割長屋《わりながや》では両隣の話し声や物音が筒抜《つつぬ》けになるが、さすがに路地をまたいでむかいの家の声までは聞こえてこない。屋根が吹き飛ぶような夫婦喧嘩《げんか》や馬鹿《ばか》笑いをのぞけば、せいぜい生活の雑音がまばらに響いてくるぐらいだ。

はっきりと話し声や物音が聞こえるのは、もちろん迷惑にちがいないが、むこうがなにをしているかおよその見当がつく。見当がつけば、こちらはそれなりに対処ができる。顔を合わせたくなければ、むしろ隣に住んでいるほうが避《さ》けるすべもあるのだ。

あれから十五年、巡《めぐ》り合わせのよしあしはいまだにわからない。とにかく、それやこれやであの事件は起きた。こうして思い返しても、起きるべくして起きたというほかない。

そう、あの夕方のことだ。がらっと戸を開いて路地に飛びだしたひょうしに、ちょうどむかいの家から出てきた正吉と鼻面《はなづら》を突き合わせたとき、信太郎は思わずまともに顔をしかめてしまったのだ。

二

だが正吉は平然としていた。ほんとうに眉《まゆ》ひとつ動かさず、こちらの顔をまともに見返していたのだ。

信太郎のしかめ面《つら》にたいして、見ないふりや気づかないふりをしたわけではない。そういうこしらえた態度とはちがったし、かといって、べつにかまうものかとか、もうとっくにあきらめてるとか、そんな捨《す》て鉢《ばち》なようすでもなかった。あえていうなら、達観の表情。正吉の口癖《くちぐせ》を借りれば、「そんなものさ」という顔つきをしていたのだ。

正吉はその表情のまま、感情のこもらない声でいった。

「おまえ、信太っていうんだな」

「うん……」

「おれは正吉っていうんだ」

「知ってる」

「水汲《みずく》みにいくのか」

「えっ？」

信太郎はうろたえた。しまったと思っている。出合いがしらに鼻面を突き合わせたこと。正面切って顔をしかめたこと。そのうえ水を汲みにいくのかと訊《き》かれたこと。しまった、しまった、と繰り返している。けれども、手桶《ておけ》を提《さ》げているから嘘《うそ》のつきようがない。

「そうだよ……」

信太郎は小さく呟《つぶや》いた。

「なら、さきに汲みなよ」

と正吉がいった。見なおすと、正吉も手に桶を提げている。相手の顔に眼が釘《くぎ》づけになっていたから、いわれるまで気づかなかったのだ。

「母ちゃんの手伝いだろ？　おれはいそがねえから」

「う、うん」

「早くしたほうがいいんじゃねえか」

「…………」

信太郎はゆっくりと井戸のほうに歩きだした。母がすぐに角を生《は》やすと、どうやら正吉は知っているらしい。いまも手桶を押しつけられるなり、ぱしんと尻《しり》を叩かれて、慌《あわ》てて家を飛びだしたのだが、そんなこともみんなお見通しという気がする。

途中から早足になって井戸に辿《たど》りつくと、信太郎はいそいで釣瓶《つるべ》をおろした。さっさと水汲みをすまそうと思っている。

母を待たせたくないこともあるが、なにより正吉と井戸端で一緒にいたくなかった。こんなところをほかの子供に見られたら、あとでなにをいわれるかしれない。想像するだけで腹がしくしく痛んでくる。

長屋では大人も子供も二手にわかれているが、ぴったり二等分になっているわけではない。天秤《てんびん》にかければ、まちがいなく嫌悪する側の皿がどすんとさがるのだ。

「おまえ、いくつだ」

と正吉がいった。腰に手をあてて、すぐそばに立っている。

「十二」

釣瓶竿《ざお》を握りながら、信太郎はそっけなくこたえた。

「じゃあ、おんなじだな」

「ふうん……」

信太郎は鼻先で返したが、そうなのかと内心で驚いていた。正吉は背丈がすこし低くて、ひょろりと痩《や》せている。だから齢下《としした》と思っていたかというと、そうではなくて二つ三つ齢上に見ていたのだ。身体つきより、顔つきのせいかもしれない。

「十二なら、じきに奉公にあがるんだろ」

「たぶん」

「おれもはやく働きてえんだ。親父《おやじ》があれだからな」

「………………」

「けど、なかなか働き口が見つからん。親父があれだからな」

信太郎は汲みあげた釣瓶の水を手桶に流し入れた。ばしゃばしゃと飛び散って四半分《しはんぶん》ほどこぼしてしまったが、そんなことにかまってはいられない。

「おまえはもう奉公先が決まってるのか」

「………………」

信太郎はこたえず、両手で取ッ手をつかんで桶を引きあげるなり、正吉に背をむけた。が、わかってはいたのだ。どんなに嫌いな相手でも、さきを譲ってもらえば、いうべき言葉がある。そう思いながらためらっていると、なぜかしらかすかに胸が疼《うず》いてきた。

信太郎は振りむいて、ちょっぴり頭をさげた。

「ありがとう」

といいかけて、口をつぐんだ。こぼれた声を揉《も》み消すように唇をすぼめる。斜めまえの家から、幸助《こうすけ》が出てきたのだ。

幸助はこちらを見ると、「なんだ?」という顔つきをした。鼻柱に皺《しわ》を寄せて、信太郎と正吉をじろじろと見くらべる。

信太郎は幸助に眼まぜして、こっそりと顔をしかめた。幸助がそれに気づいて、わかったというように小さくうなずきを返してくる。

——ああ、よかった。

これで仲間はずれにされなくてすむ。信太郎はほっと息をついた。

幸助の家から、母親のおたみも出てきた。暑さしのぎのためにか、襟《えり》ぐりに手拭《てぬぐい》をかけて、腰巻を丸だしに尻絡《しりから》げしている。おたみは路地を見まわして、こちらに顔をむけると、いきなり険《けわ》しく眉根《まゆね》を寄せた。

——えっ?

睨《にら》まれたのは、自分ではない。正吉だ。わかってはいたが、信太郎は落ち着か

なかった。おたみは嫌悪の天秤の皿でも、同情から一番遠いほうに居坐《いすわ》ってい
る。なにかよくないこと、できれば見ずにすませたいことが、すぐそこで起きそ
うな気がした。
「正吉、あんたなにしてるんだい」
おたみがいいながら近づいてきた。齢は信太郎の母とおなじぐらいで、ずんぐ
りした身体に丸く大きな顔をのせている。分厚い頰《ほお》の肉を押しわけるように獅子《しし》
鼻《ばな》が胡坐《あぐら》をかいていて、まるで狛犬《こまいぬ》みたいだが、本物の狛犬とちがって眼が小さ
い。その小さな眼がぎらぎらと光っていた。
信太郎は両手で桶を提げたまま、棒杭《ぼうぐい》のようにかたまった。てのひらがじんわ
りと湿《しめ》り、わき腹や膝《ひざ》の裏を汗が伝い流れる気がする。
「水汲みだよ」
と正吉がこたえた。信じがたいことに、あいかわらず平然としている。
「ふうん」
おたみが獅子鼻をいっそう左右にひろげて太い鼻息を吐いた。
「水汲みしてるわりには、桶が空だね」
「こいつが汲み終わるのを待ってたんだ」

信太郎ははっとした。おたみがこちらを睨むのではないか。正吉と仲良くしていたと思われるのではないか。

だがおたみは穴を開けんばかりに、正吉の手桶をじいっと見据《みす》えていた。

「その桶、だれに借りたんだい」

「借りもんじゃねえよ。うちの桶さ」

「あんたのうちに手桶なんかあったかね」

「あるさ、手桶ぐらい。水瓶《みずがめ》は引っ越しのときに親父が割っちまったけど」

「へえ、そうだったかねえ」

おたみが胡散臭《うさんくさ》げに正吉の顔を睨みまわす。ふいに幸助の呼び声が響いてきた。

「母ちゃん、あったよ。やっぱり、ここにあった！」

三

幸助はなぜか正吉の家の戸口から顔を突きだしていた。おたみが正吉を問い糾《ただ》しているあいだに、そっちにいっていたらしい。

正吉もさすがに「おや？」という表情をした。おたみが幸助を見返して、ほんとうかーいと胴間声《どうまごえ》を張りあげた。狛犬が吼《ほ》えれば、こんなふうに見えるだろう。

「ほんとだよ。ここにあったよ」

「まちがいないんだろうね」

「まちがいないよ。こっちきて見てみなよ！」

幸助が喚《わめ》きながら、手を振っておいでおいでをする。

「よし、わかった」

おたみがうなずいて、こちらに顔をもどした。狛犬ではなかった。鬼の形相《ぎょうそう》だった。

信太郎は息が詰《つ》まった。母が角を生やしても、これほど恐ろしくはない。ところが、正吉はなおも平然としているのだ。鬼なんか見慣れている。それがどうした、といわんばかりに見える。

「正吉、ついておいで」

おたみがぐいと顎《あご》をしゃくった。

「いいけど、さきに水を汲まなきゃ」

「あとにしな」

「せっかくここまで桶を提げてきたんだし、すぐだから待っておくれよ」

「待てないね。さっさとついてきな」

「水がねえと困るんだ。これから飯を炊《た》かなきゃならねえし、こういってるあいだに汲めるからさ」

「やかましい！」

おたみが怒鳴《どな》りつけた。右肩がわなわなと震えている。正吉の頰を張り飛ばそうとして、かろうじて思いとどまったのだ、と信太郎にはわかった。正吉もわかったのだろう。あきらめたように井戸のまえを離れた。

「信坊は母ちゃんの手伝いかい。えらいね。あんたも一緒においでな」

とおたみがこちらをむいた。やさしげに見せようとしたらしいが、とうていそうは見えなかった。声音《こわね》はぎすぎすと尖《とが》り、小さな眼が怒りに赤らんでいた。獄卒《ごくそつ》に引き立てられるように、信太郎はとぼとぼと歩いた。正吉がすこし離れて横を歩いている。途中で別れたくても、家はむかいどうしなのだ。

幸助は母親似の小肥《こぶと》り丸顔、さらに性分《しょうぶん》もそっくりだった。小さな眼をぎらつかせながら、待ちきれないようすで、敵意を剝《む》き出しに正吉を睨んだり、意味ありげに信太郎に目配《めくば》せしたり、ふがふがと獅子鼻を膨《ふく》らませたりした。

「信坊は桶をそこにおいときな」

おたみが指図《さしず》した。信太郎はいわれたとおり、自分の家のまえに手桶をおいた。そのまま家に入りたかったが、おたみはそれを許していない。なにをさせるつもりだろう、と信太郎はいよいよ落ち着かず、しだいに鳩尾《みぞおち》のあたりが苦しくなってきた。

おたみがじろりと正吉を睨み、それから満を持《じ》したように幸助に声をかけた。

「どこにあるんだい？」

「こっちこっち、ほら、ここにあったんだ」

幸助が手招きしながら正吉の家の土間に入って、上がり口を指さした。他人の家なのに遠慮する素振りもない。上がり口は揚《あ》げ板がはずされていたが、それも幸助が勝手にしたことだろう。揚げ板のしたはふだん下駄入れなどに使うが、幸助はそこを指さして、

「見てよ、早く、ここだよ、ここ！」

おたみがわがもの顔で家に入っていき、揚げ板のしたを覗《のぞ》きこんだ。

「ああ、ほんとうだね」

丸顔を大きく揺《ゆ》らしてうなずくと、そのままの恰好《かっこう》で手招きして、

「信坊、あんたもこっちにきて見ておくれ。ここになにがあるか見るんだよ」

信太郎はおずおずと土間に入り、おたみのわきから覗きおろした。鍋《なべ》があった。赤味がかった金色をしている。

「信坊、見たね。あんたが証人だよ」

おたみが太い声を押しつけてきた。そして大股《おおまた》で路地に出ていくと、ぶつかるように正吉のまえに立った。

「あれはなんだい」

「あれって？」

正吉が眉をひそめて、おたみを見あげた。

「とぼけるんじゃないよ。正直にいいな」

「正直もなにも、なんのことかわからねえ」

「わからないなら教えてやるよ。あそこにあるのは鍋さ。銅《あか》の鍋。まさか、あれもあんたのうちのだっていうんじゃないだろうね」

「銅の鍋なら、うちのじゃねえよ。そんなもの持ってねえから」

「あたりまえさ、うちにもひとつきりしかないんだ」

それが相手のせいであるかのように、おたみが荒っぽく吐《は》き捨てた。

「そのひとつっきりの銅の鍋が、昨日から見えないと思ったら、どうしてあんなところに隠してあるんだい？」

「知らねえよ。おれにはわからねえ」

「嘘をつきな」

おたみがいきなり正吉の襟首をつかんで、ぐいぐいと土間に引きずりこんだ。

「ほら、よく見るんだ。あんたが盗んで、ここに隠したのさ！」

おたみは真ッ赤にのぼせていた。獅子鼻も頬も真ッ赤で、耳たぶはどす黒いほどだった。

信太郎は家に帰りたいが、半歩も動けなかった。ちらと幸助を見やった。幸助も顔を強張《こわば》らせているが、肉厚の頬は笑うようなかたちにかたまり、小さな眼をいっぱいに開いていた。赤鬼が獲物を捕えるさまを、小鬼が喰い入るように見ているのだ。

「たしかに、ここに鍋がある。けど、おれは盗んでねえし、隠してもいねえ」

と正吉がいった。ひどく落ち着いて、いっそ冷たく聞こえるぐらいの声だった。

「なら、鍋に足が生えて歩いてきたのかい。このうちで隠れんぼしてるのかい」

「知らねえよ」

「知ってるさ、あんたが盗んだんだ。でなきゃ、あんたの父ちゃんがやったんだよ！」

「親父は決してひとのものを盗《と》ったりしねえ」

正吉が顎を突きあげて、まっすぐにおたみを見た。おたみが覆《おお》いかぶさるように睨みおろす。正吉は眼をそらさない。おたみが右手を振りあげた。信太郎は首を竦《すく》め、思わず眼を閉じた。容赦《ようしゃ》のない音が、びしゃっと耳の奥まで響いてきた。

信太郎は薄眼を開いた。正吉は歯を喰い縛って、まだまっすぐに見あげていた。その頬が見るみる朱《しゅ》に染まる。おたみが唾《つば》を飛ばして喚いた。

「生意気《なまいき》いうんじゃないよ、この穀潰《ごくつぶ》しが。白状しないなら、いまから番屋《ばんや》に連れていくからね！」

「おたみさん、いいかげんにおしよ」

ふいに声がした。振り返ると、隣の家のおもんが白髪《しらが》頭を戸口に覗かせている。

「そんな力いっぱいに叩いて、やりすぎだよ。まして、子供相手に番屋もないじゃないか」

騒ぎを聞きつけたのだろう。路地にはおもんのほかにも、母のおとくや三、四人の女房の姿が見えた。おとくは不安げな顔色をしていたが、それは正吉ではなく、騒ぎのなかに信太郎がいることを心配しているらしかった。

おたみが平手打ちした手を身体のうしろに隠しながら、

「だけど、おもんさん、この子がうちの……」

「はいはい、銅の鍋を盗ったっていうんだろ」

おもんが話をさえぎり、すこしきつい口調でいった。

「みんな聞こえてたよ。あれだけ怒鳴りゃ、もう長屋中に知らないひとはいないさ。だから、いまはここまで。その子は知らないっていうんだし、あんたは見つけるものを見つけたんだし、あとは弁蔵さんが帰ってからにするんだね」

四

信太郎はその夜なかなか寝つけず、父の栄五郎が帰ってくるまで寝床のなかでまんじりともしなかった。

栄五郎は畳《たたみ》職人で、この高砂町から浜町《はま》堀を渡った久松《ひさまつ》町の畳屋に通い勤めしている。ふだんは決まった道順を決まった時刻に往復する堅物《かたぶつ》めいたところがあるが、今夜は畳を納めた商家の新居で酒をふるまわれて、町木戸の閉まる四ツ（午後十時）ぎりぎりに帰ってきたのだった。

もっとも、酒席になることはあらかじめわかっていたらしく、信太郎は朝方に今日は遅くなると声をかけられていたし、おとくもべつに気を揉むようすはなかった。ただし気を揉んではいないけれど、帰りを待ちかねてはいたようだ。

「ほら、あんたも知ってるだろうけど、おたみさんが自慢にしてる銅の鍋。それがなんとまあ……」

栄五郎の顔を見るなり、おとくはしゃべりだした。信太郎が巻きこまれた夕方の騒ぎから、弁蔵が帰ってきたあとのごたごたまで、ことこまかに捲《まく》し立てる。

信太郎は壁のほうをむいて眼をつむり、じっと聞き耳を立てた。

栄五郎は最初わしゃわしゃと音を立てて茶漬けを搔《か》きこみながら、つぎは静かに茶を啜《すす》りながら、いつもどおり話の節目ごとに相槌を返していた。

「おもんさんはああいったけど、あんな男が帰ってきても話になんかなりゃしないわ。あのうすぼんやりしたしゃべりかたで、知らねえなあ、わからねえなあって、もごもごもごもごもご繰り返すばっかりでさ。あれじゃ百年経《た》っても埒《らち》が明くもんか」

「ああ、そうだな」

「なのにさ、おもんさんはあの男をかばうんだよ。このひとが知らないというなら、ほんとに知らないんだろって。冗談じゃない、とぼけてるに決まってるわ。それこそなんとかのひとつおぼえで、知らぬ存ぜぬを押しとおすつもりなんだ。ねえ、あの男もあの男だけど、おもんさんもずいぶん耄碌《もうろく》しちまったんじゃないか」

「ああ、そうだな」

おもんはたしか今年で七十になる。白髪頭でいつも眼をしょぼしょぼさせているが、耳と口はしっかりしている。近所の子供の行儀にうるさくて、信太郎も十日ほどまえにこっぴどく叱《しか》られたばかりだ。

あのようすではまだまだ耄碌しそうにない、と信太郎は思うのだが、おとくはこのごろよくおもんの悪口をいう。なにを考えてるんだろ、ほんとに気が知れないわ。

どんなふうに気が知れないかというと、おもんは長屋に据えられた天秤の同情の皿に乗っている数少ない大人のひとりなのだった。

「あの男はあれだし、おもんさんはそんなふうだからね。その点、信太はしっかりしてたわ。おたみさんにたのまれて証人になったんだけど、揚げ板のしたに鍋が隠してあるのを見ましたって、みんなのまえできっぱりといいきったんだから」

嘘だ。

信太郎は見たかと訊かれて、黙ってうなずいただけだ。おたみにあの赤鬼の剣幕でいわれたら、たとえ見ていなくてもうなずいただろう。

「ところが、あの男ときたらのっそりと首をかしげて、どうしてここに銅の鍋があったんですかって、当のおたみさんに訊くんだよ。おたみさんはもう声が出せないぐらい真ッ赤になるし、あたしらも開いた口が塞《ふさ》がらないし、ほんとにひどいもんさ。とにかく証拠はあがってるんだから、あんな親子はまとめて番屋に突き出してやればいいんだ」

おとくが声を尖らせると、栄五郎はめずらしく相槌を打たなかった。

「証人というが、信太は盗むところを見たのか」

「そうじゃなくて、ほら、いまいったじゃないか、隠してある鍋を見たのさ」

「おまえはどうだ、盗むところを見たのか」

「いえ、あたしはどっちも見てないけど……」

「なら、つまらんあてずっぽうはいうな。あとで恥をかくぞ」

「あてずっぽうなんかいってないわ。盗んだ鍋がそこにあったんだから、信太がそれを見たんだから。あの男じゃないなら、やっぱり正吉が盗んだのさ。あの子は親とちがって、はしっこそうだからね」

「よしんばそうだとしても、がきのやったことだろうが！」

栄五郎が唸《うな》るようにいった。おとくが息を呑《の》んだ。信太郎もぎくりとした。けれども、おとくは独り言のようにしゃべりつづけた。

「ああ、いやだ。むかいに盗人《ぬすっと》が住んでるなんて、やってられない。あしたから戸締《とじま》りに用心しないと。ほんと気持ちが悪いったらないわ。そうだ、信太にもあの子とは口をきくなっていっとかなきゃ……」

「寝るぞ」

まもなく部屋が真ッ暗になったが、信太郎はまだ寝つけなかった。

弁蔵は鍋を盗んでいない。それだけはたしかだ、と信太郎は思う。おもんのいうとおり、弁蔵が知らないというなら、ほんとうに知らないのだろう。二人に味方するつもりはないが、おとくの言い分はまちがっている。問い詰められて咄嗟《とっさ》にとぼけるような機転が、弁蔵にあるとは思えない。

それなら正吉はどうか。そちらはよくわからない。もちろん一緒に遊んだことはないし、それどころか今日まで口をきいたこともなかったのだ。

ただなんとなく、正吉にはしぶとそうな印象がある。喰うに困れば盗みもやりかねない、という印象だ。けれども、それこそ栄五郎のいうあてずっぽうでしかないだろう。

そしてこれもなんとなくだが、信太郎は正吉にかばわれたような気がしていた。こちらがほかの子供たちから仲間はずれにされないよう、正吉は言葉や態度を選んでいたのではないかと思うのだ。

井戸端でおたみに「水汲みしてるわりには、桶が空だね」といわれたとき、正吉は「こいつが汲み終わるのを待ってたんだ」といった。信太郎は不安で頭がいっぱいだったから、すぐには気づかなかったが、なにか奇妙な感触が耳に残った。

あとで思い起こしてみると、その感触は正吉の言葉が残したようだった。あのとき二人は名前をたしかめあったばかりなのに、正吉は「信太が」といわず、ひどくよそよそしく「こいつが」といったのだ。

正吉がもし親しげに名前を呼んでいたら、おたみはきっとこちらにも険しい眼をむけただろう。想像するだけで、ぎすぎすした声が耳を抉《えぐ》ってくる。あーら、信坊はいつからこの子と友達になったんだい。そして、そうなれば幸助がいやがらせをはじめるのも待ったなしなのだ。

信太郎に火の粉が降りかかるのを、正吉はふせごうとしたにちがいない。幸助がこちらを見ているあいだ、正吉はすこし離れて歩いていたし、おたみに詰問《きつもん》されるあいだも、一度もこちらに眼をむけなかった。だれの注意もむけさせまいとするかのように、信太郎をまったく無視していた。

――なのに、おれは……。

十五年経ったいまも、信太郎は思い出すたび口中に苦味《にがみ》がこみあげる。おたみにいわれるまま証人になり、鍋を見たかと訊かれてうなずいた。それが弁蔵か正吉が盗んだと証言するのとなんらかわりない、とわかるぐらいの分別はあのときすでに具《そな》えていたのに、赤鬼に睨まれることをひたすら恐れたのだ。

それから二日は迷っていた。三日目からは機会を探したが、なかなか見つからなかった。そうするあいだにも、弁蔵親子への風当たりは日に日にきつく冷たくなっていった。

好機が訪れたのは、騒ぎがあってから八日目だった。おとくが三月《みつき》に一度の寺参りに出かけ、さらに正吉の隣の家が留守になったのだ。おもんのほうではなく、反対隣のおよしのうちだ。

信太郎は戸口から眼を覗かせて、路地のようすを窺《うかが》った。人影のないのをたしかめると、素早く路地を横切り、正吉の家に滑《すべ》りこんだ。

五

「だれ?」

正吉が鋭くいった。

信太郎は薄く開いた戸をすぐに閉めたので、家のなかは暗かった。台所の煙出しの天窓からぼんやりと光が射《さ》していたが、ちょうど信太郎と正吉のあいだを照らしていた。光のなかにこまかな塵《ちり》がいっぱいに漂い、黴臭《かびくさ》いにおいが鼻についた。

正吉が身構えて眼を凝《こ》らし、ああ、おまえか、とため息まじりにいった。

「どうしたのさ?」

信太郎は腹に力をこめた。こんどこそいうべき言葉をきちんといわねばならない。

「ごめん」

「へっ? なんのことだい」

「おれのせいで、鍋泥棒にされたろ。だから、ごめん」

「それなら気にすんなよ。おまえがいなくても、どうせ盗人にされてたから」

正吉がそういって、口もとだけで浅く笑った。

「いまじゃ、茶碗や箸《はし》まで盗んだもんだっていわれてるけどな。まあ、じきにみんな飽きていわなくなるさ。おんなじ悪口ばっかじゃつまらねえからな」

「…………」

「おまえ、もう帰ったほうがいいぜ。ひとに見られるまえに」

「うん……」

信太郎はうしろ手に戸をさぐった。だが路地に跫音《あしおと》がして、慌てて手を引っこめた。ねえ、ちょいと、と呼ぶ声がして、井戸のほうから話し声が聞こえはじめた。

「あーあ、ありゃ鬼婆《おにばば》連中だ。とすると、しばらく路地には出られねえ。連中がしゃべりつかれて井戸端を離れるのを待つしかねえな」

と正吉が顔をしかめた。およしの家の側の壁に顎をしゃくりながら、

「さいわい、こっちのうちはまだしばらく帰ってこねえから、じっと息を詰めてることはねえよ」

信太郎は鳩尾のあたりがずきずきした。謝《あやま》りにきたことを後悔しかけたが、なんとか思いとどまった。そんなことをすれば、自分まで小鬼になってしまう。

「おまえ、鍋を見たよな。おれが盗んだとは思わねえのか」

正吉が声を落として訊いた。

「わからねえ」

と信太郎は囁《ささや》いた。

「けど、父ちゃんがあてずっぽうはいうなっていってた」

「ふうん……」

正吉が口を尖らせて、小刻みにうなずいた。そしてなにかいいかけたとき、正吉の背後にむくむくと大きな影が盛りあがった。

弁蔵だった。正吉はたぶん母親似なのだろう。弁蔵は大柄でのっぺりと長い顔をしている。肉づきは薄いが見るからに骨組みが太く、人相から体格まで痩せ馬を思わせた。

弁蔵が胡坐をかいて、こちらにのそりと頭をさげた。

「おはつにお目にかかります、三次郎《さんじろう》でやす」

信太郎はぽかんとした。そこにいるのは、たしかに弁蔵らしく見える。十中八九、いや、十の十、そうにちがいないのだが、では、これはどういうことなのか。

「ああ、気にしねえでくれ。親父は挨拶の稽古《けいこ》をしてるんだ」

と正吉がいった。いつもながら平然としている。

「三次郎でやす、どうぞよろしゅうお願いしやす」

弁蔵がまた頭をさげる。ばかていねいとは、こういう仕草《しぐさ》をいうのだろう。

信太郎はまだわかったような、わからないような気分だった。挨拶の稽古といわれたら、そのとおりなのだろうが、なぜ弁蔵が三次郎と名乗るのか。弁蔵というのは渾名《あだな》で、本名は三次郎というのか。それとも自分の名前すらあやふやなのだろうか。まさかと思うけれど、弁蔵ならありえなくもないような気がする。

「いっとくけど、そこまで頓馬《とんま》じゃねえぜ」

と正吉が信太郎の顔色を読んだようにいった。

「ひとにたのまれて、今日からしばらく身代わりをするんだとさ。それで他人の挨拶の稽古をしてるんだ」

「う、うん……」

「親父、そろそろ出かけたほうがいいんじゃねえか」

と正吉がうしろを見返していった。だが弁蔵は返事しない。正吉はいいなおした。

「三次郎さん、そろそろ出かけたほうがいいよ」

「そうかな、ふん、そうしよう」

弁蔵が立ちあがった。それがまた、おかしな立ちあがりぶりだった。どこがというと難しいのだが、たとえば首を右に左にと傾けて、手は宙にあるなにかをつかむような仕草をする。ようやく立ちあがると、こんどは金魚のように口をぱくぱくさせて、眼は天井の一隅を睨んでいる。上がり口までくると、弁蔵はにたりと会釈《えしやく》した。

「あいすみませんな」

信太郎は慌ててわきによけた。弁蔵は土間におりて、擦《す》り切れた雪駄《せった》をつっかけると、正吉に振りむいて親身な声でいった。

「火の始末には、くれぐれも用心するんだぞ」

「わかったよ。親父も、いや、三次郎さんも気をつけてな」

「おう」

弁蔵は戸口にむきなおると、おはつにお目にかかります、三次郎でやす、ともう一度繰り返してから、戸を開いてのそのそと出ていった。路地にはまだ井戸端の女房たちの声が響いていた。弁蔵が開け放していった戸を、信太郎はいそいで閉めた。

「おかしな話と思うだろ、他人の身代わりなんて。けど、親父はひとにものをたのまれると、とにかくいやとはいえねえんだ」

と正吉がいった。腹立たしげな口調だった。

「ほんとに、なんでも引き受けちまう。それで損ばっかりしてるのによ」

「…………」

「けど、親父はひとのものを盗ったりしねえ。どんだけ困っても、死ぬほど腹が減っても、困ったあ、腹減ったあ、といってるだけさ。おれは腹が減ったら、喰い物を盗んでこようかと思うけど、やっぱりそんなことはしねえ。それでなくても困ってるのに、このうえ親父を厄介事に巻きこめねえだろ」

正吉がにっと口を曲げた。一瞬のことだが、正吉の笑顔をはじめて見たのだった。

信太郎はなぜかすこし悲しいような気持ちになりながら、小さく笑い返した。謝りにきてよかったと思った。

とはいえ、思いがけず長居したようだ。信太郎は横をむいて路地に聞き耳を立てた。井戸端の話し声はまだつづいている。まだまだつづきそうだ。

「まずいな。この調子じゃ、いつになるかわからねえ。へたすりゃ、となりが帰ってきちまう」

と正吉が舌打ちした。すると、壁がこつこつと音を立てた。おもんの家のほうの壁だ。

「信坊、信坊……」

とおもんの囁きが聞こえてきた。

「なに?」

信太郎は口に手を添えて囁き返した。

「あたしが井戸端の連中を追い払ってやるから、そのあいだにうちに帰りな」

「あ、ありがとう」

信太郎は声が高くなるのをかろうじてこらえた。もちろん、とつよく思う。もちろん、おもんはこれっぽっちも耄碌なんかしちゃいない。

正吉が立って壁をこつこつと叩き、婆《ばあ》さん、ありがとよ、と声をかけた。そして、信太郎に手を振ってみせた。おもんが家を出ていく気配がした。

「おもんさんは親切だな」

信太郎はいった。

「そうだな。婆さんも、おまえの親父さんも、親切だ」

「父ちゃんが、どうして？」

信太郎は訊き返そうとしたが、そのひまがなかった。

「あら、みんな忙しそうだね。それだけ井戸端にいたら、神田《かんだ》の水を全部汲みあげちまったんじゃないか」

とおもんの声が響いてきたのだ。

六

大家の佐兵衛《さへえ》があたふたと路地に駆けこんできたのは、それから四日後のことだった。

佐兵衛は小間物屋の隠居で、ふだんは鷹揚《おうよう》に構えている。あのひとは真夏でも涼《すず》しい顔をしているからと、よくもわるくも店子からいわれていたが、この日は色白の顔を赤く火照《ほて》らせて大粒《おおつぶ》の汗を流しながら、信太郎のむかいの家に飛びこんだ。

「弁蔵はいるか」

と呼びかけて、返事を待たずに、

「正吉、お父《と》っつぁんはどうした?」

「出かけてます」

正吉はいつもよりていねいな口をきいた。

「仕事か?」

「たぶん。けど、昨日から帰ってねえんです」

「どうして？」

「わからねえし、そんな当てもねえから、心配してるんです」

「やっぱり、そうか……」

佐兵衛は呟きともため息ともつかぬ声を洩《も》らした。懐《ふところ》から手拭をだして、額《ひたい》から頰、顎と汗を押さえ、手拭をたたみなおして、首筋をごしごしとこすった。

そのときにはもう路地に数人の女房が出ていて、おとくも戸を開いてむかいのようすを窺っていた。

鍋騒動があってから、長屋では大半の家が昼間も戸を閉め切っている。夏の盛りが近づいて暑苦しいことこのうえないが、それもこれも弁蔵親子のせいだと、戸を閉めている住人たちは、なおさらかっかと頭に血をのぼせていた。おとくも額から湯気を出しているひとりだった。

「ひょっとして、行き倒れちまったんですか」

正吉が上目遣《うわめづか》いに訊いた。

「いや、そうじゃない」

と佐兵衛は首を振って、こめかみに伝った汗を拭《ぬぐ》い、

「正吉、落ち着いて聞けよ。そうだ、よくよく落ち着くのだ。よいか、いうぞ。

お父っつぁんが番屋にしょっ引かれたらしい。まだたしかなことではないが、弥《や》兵衛《へえ》町の番屋から、それらしき男が捕まったと知らせがあった」

「親父が？　弥兵衛町の番屋に？」

「あそこの大家とは知り合いでな、まえにおまえたち親子の噂話《うわさ》をしたことがある。このあたりの生き字引のようなひとだから、弁蔵のことも顔だけは見知っていたようだ。おまえのお父っつぁんは道を歩いていても、ちょっと目立つからな」

「はい……」

「そこでしょっ引かれてきたのを弁蔵と見分けたわけだが、それが奇妙なのだ。源蔵《げんぞう》という親分が捕まえたのは、鳶人足《とびにんそく》の三次郎だという。大家があやしんでたしかめると、当人もやはり三次郎と名乗るらしい。そういうことで他人の空似《そらに》かといぶかりつつも、念のためこちらに知らせてくれたのだ」

「それなら、親父かもしれません」

と正吉がいった。顔から血の気が引いて、声がうわずっている。

「待て、待て」

と佐兵衛は抑《おさ》える手振りをして、

「家を貸すまえに、おまえたちの素性《すじょう》はきちんと調べてある。弁蔵は弁蔵、本《ほん》所林町《じょはやしちょう》で生まれたときから、その名前のはずだ。おまえが生まれた深川西町《ふかがわにしちょう》の長屋でも、弁蔵の名で暮らしておった」

「だけど、いまは三次郎なんです」

「いまは？　ううむ、わけがわからぬが、とにかく心当たりがあるなら、こうしてはおれん。大番屋にでも移されたら、それこそ大事《おおごと》だ。話は道々に聞くから、弥兵衛町までついておいで」

　店子が不始末をしでかせば、こととしだいで大家も連座させられる。たとえば店子の罪が博奕《ばくち》や失火であれば、大家も過料《かりょう》や押込《おしこ》めなどに処せられるのだ。そうでなくても、店子が奉行所に出頭することになれば、紋付袴《もんつきはかま》を着て付き添わねばならない。

　そして大番屋とは嫌疑者の取り調べや留置もできる、通常の自身番より大きな番屋だ。このため調番屋《しらべばんや》ともいうのだが、ここにいるあいだに「仮に入牢申附《じゅろう》」と町奉行の証文がくだれば、たちまち小伝馬《こでんま》町の牢屋敷に送られてしまうのだ。

「さあさあ、帯など結びなおさなくていいから」

　佐兵衛はまたぞろ大粒の汗を浮かべて急《せ》かすと、正吉を抱えるようにして路地を小走りに出ていった。

信太郎は母の陰から、その一部始終を眺めた。路地はいっとき重苦しい驚きに静まっていた。だれもがすんなりと事態を呑みこめず、眼にした出来事を牛みたいにゆっくりと反芻《はんすう》しているようだった。

やがて女房のひとりが動いて、信太郎の視線のまえを横切った。おたみが肩を怒らせて、おもんに歩み寄ったのだ。小さな眼がぎらつき、肉厚の頬が醜《みにく》くゆがんでいる。

「ほら、いわんこっちゃない！」

おたみが胴間声を張りあげた。

「あの男がまたぞろ悪さしでかしたんだ。こんどはもっと大きなものを盗んだにちがいないよ。それをなにさ、あの男が知らないっていうなら、ほんとに知らないだって？　わけ知り顔で偉そうに、よくもそんな出鱈目《でたらめ》がいえたね」

「…………」

「えっ、どうするのさ。あのとき番屋に突きだしときゃ、それですんだのに。鍋ひとつならまだしも、大金を盗んで死罪や遠島にでもなったら、大家さんがどれだけ迷惑するか。あたしたちにも、どんなお咎《とが》めがあるかしれないよ。でなくても、長屋から縄付《なわつ》きなんかだしたら、みんな世間に顔むけができやしない。年寄りがよけいな口出しするから、こんなことになるのさ。つぎからはその薄汚い口に蓋《ふた》して、若いもんのいうことをおとなしく聞いときな！」

おもんはなにか言い返しかけたが、皺寄る口もとを弓のようにたわめて、おたみに背をむけた。家に入ると、鍋騒ぎのあとも開け放しつづけていた戸をぴしゃりと閉めた。

おたみが女房たちを見まわして、路地の奥にもどっていった。女房たちがあとにつづき、おとくも家を出ていく。井戸端からぺちゃくちゃと高い声が押し寄せてきた。

信太郎は後退《あとじさ》り、上がり框《かまち》に腰を落とした。すぐに立って戸を閉めると、部屋の一番奥までいき、耳を押さえてうずくまった。女房たちの悪口雑言《あっこうぞうごん》を聞きたくなかった。とりわけ、おたみと母の話し声を聞くのがいやだった。

後日にくわしく打ち明けられたのだが、このとき正吉が弥兵衛町の番屋にいくと、そこにはやはり弁蔵がいたという。

弁蔵は北町奉行所の定町廻《じょうまちまわ》り同心瀬尾平左衛門《せおへいざえもん》の聴取を受けていた。縄目を受けてはおらず、長い足を窮屈にたたんで正坐している。横手に弥兵衛町の大家が坐り、土間に瀬尾同心が立っていた。その二人に睨まれながら、弁蔵は困り顔でぼそぼそと呟いていた。

「へえ、わっしは三次郎でやす」

「ならば、伊勢《いせ》町の乾物商千種《ちぐさ》屋に出入りしておるな」

瀬尾同心が問い糾した。無表情だが、声音は斬《き》りつけるようだった。

「ちぐさ、ちぐさ……、いや、知らねえでやす」

「たわけ、三次郎であれば千種屋を知らぬはずがない」

「たわけというのは、ばかってことで。へえ、それならわかりやす」

佐兵衛と正吉が番屋のまえにそっと立つと、弥兵衛町の大家が気づいて、瀬尾同心に目配せした。瀬尾同心が振りむいて、佐兵衛に名前と身分をいわせ、それから弁蔵のほうを手振りでしめして、あの男を知っているかと訊いた。

「てまえどもの店子、弁蔵に相違ございません」

「たしかだな」

「はい、この者の父にございます」

と佐兵衛がかしこまってこたえた。瀬尾同心は正吉に眼を移して、名前と年齢をいわせ、あれはおまえの父かと訊いた。正吉はつよくうなずいた。

「はい、親父です。名前は弁蔵です」

瀬尾同心は眉をひそめて、佐兵衛と正吉を見くらべ、正吉のほうに命じた。

「おまえが言い聞かせて、父に本名を名乗らせよ」

大家よりも息子のほうが、話が通じると見たのだろう。正吉は番屋に入ると、身を乗りだして、「親父、おれだよ」と声をかけた。弁蔵がむくりと顔を起こして、「おうっ」とうれしそうに笑った。

「なあ、親父、お役人さんが訊いてなさるんだ。ほんとうの名前をいってくれよ」

「おう、わっしは三次郎でやす」

「ちがうよ、三次郎ってひとにたのまれて、そういってるんだろ。いまはほんとうの名前をいわなきゃだめなんだ」

「ほんとうに三次郎でやす。だれに訊かれても、なにがあっても、三次郎なんでやす」

「なにがあっても?」

と瀬尾同心が聞き咎めた。

「ふむ、三次郎にそうしろといわれたか」

ぱんと音を響かせて袂《たもと》を払い、弁蔵のほうに踏みだした。わずかに態度を荒らげただけで、息が詰まるような凄味《すごみ》があった。

「おまえが三次郎なら、博奕と盗みの疑いできびしく吟味《ぎんみ》することになる。おそらく死罪はまぬかれまいが、それでもよいのだな」

正吉は首を竦めて、すぐに伝えなおした。

「親父、ほんとの名前をいわねえと、もっときつく怒られるんだ。それで牢屋に連れていかれて、首をちょん切られちまうんだよ」

「大丈夫だ、正吉。牢屋は悪いひとのいくとこだ。父ちゃんはなんにも悪いことをしちゃいねえ。だから、安心しろ」

「ばかっ！」

正吉は叫んだ。そのとき番屋のまえにあらたな人影があらわれた。二人連れで、ここまで駆けつけてきたらしく、年輩のほうの男は息を切らせている。

「瀬尾さま、千種屋を連れてまいりました」

若いほうの男がいった。それが岡ッ引の源蔵だった。見たところ三十前後で、浅黒く日焼けして、濃い眉の奥に切れ長の鋭い眼を隠している。

「うむ、ごくろう。千種屋にも足労をかけたな。どうやら無駄足になったようだが」

瀬尾同心は憮然《ぶぜん》といって、千種屋にかいつまんで事情を聞かせると、番屋のなかにいる男をあらためさせた。千種屋はひと目見るなり、別人ですとこたえた。

「はい、たしかに。三次郎とは似ても似つきませんので」

三次郎は鳶人足だった。鳶人足といえば火事場の花形だが、平素は普請場《ふしんば》や商家の手伝い仕事で日銭を稼《かせ》いでいる。別名を仕事師といい、上方《かみがた》ではそのまま手伝《てつた》いと呼ぶ。たとえば、物置の棚《たな》が落ちたから、鳶のだれそれを呼んで修繕させておけ、というぐらいのあつかいだ。

商家とすれば臨時に人手が必要なときのために、顔馴染《かおなじ》みの鳶人足をこしらえておく。鳶人足のほうもこまめに顔を覗かせては、どうでもいいような手伝いまでして駄賃をせびる。おたがい相手を便利に使うところがあるから、義理の気持ちが欠けると揉め事が起きやすかった。

三次郎は遊ぶ金ほしさに足繁く千種屋に通っていたが、せびりや寸借《すんしやく》の回数が度を越したうえに、遊びというのが博奕らしいとわかって出入りを禁じられた。すると、勝手を知った内証《ないしよう》から三十両の金子《きんす》を盗んで、行方《ゆくえ》を暗《くら》ましたのだ。

「親父は騙《だま》されたんだ。三次郎ってひとに盗人の身代わりをさせられたんだ！」

正吉は声を張って呼びかけた。弁蔵はこの五日間、弥兵衛町の商家に通って三次郎の名前で通夜や葬儀の手伝いをしていた。その店には以前に三次郎の仲間の鳶人足が出入りしていたという。

「もはやあやしむ余地はない。おまえが弁蔵であるのは明らかだが、あくまで三次郎と言い張るなら、それはそれでべつの罪に問わねばならんぞ」

瀬尾同心が脅《おど》すようにいった。他人の名を騙《かた》れば、所払《ところばら》いなどに処せられることがある。詐欺《さぎ》を意図《いと》したのではないにせよ、弁蔵が商家や町役人に偽名を名乗り、あまつさえ町方の同心に虚言《きょげん》を弄《ろう》しているのは事実なのだ。

だが弁蔵はだれの声にも耳を貸さず、口をぽかんと開いて、瀬尾同心の顔を見あげていた。働き疲れた駄馬のような、すこし悲しげな透《す》き通った眼の色だった。

正吉は瀬尾同心の言葉を嚙《か》み砕いていいなおそうとしたが、うまく声が出なかった。かわりに目頭が熱くなり、涙がこぼれてきた。泣くつもりなどこれっぽっちもないのに、とうに涸《か》れつきたと思っていた涙が身体の芯からしみ出てきたのだ。

弁蔵がはっと顔色を変えた。おっおっと声を洩らしながら、いそがしく瞬《まばた》きすると、いきなり両手を突いて床に額を押しつけた。

「どうぞ、勘弁《かんべん》してやってくだせえ。倅《せがれ》が泣きやがるもんで、ほんとはひと月のあいだ三次郎なんでやすが、ここでやめさしてもらいまさ」

「なに、三次郎をやめる？」

「へえ、けつを割っちまって、ほんとにすまねえこって」

「ならば、いまよりおまえは弁蔵にもどるのだな」

と瀬尾同心が念を押した。

「へえ、弁蔵で、あいすみません、このとおりでやす」

「よし、それなら、このことをわしから三次郎に伝えて、おまえのかわりによくよく謝ってやろう。三次郎の居場所に心当たりはないか」

七

大家の佐兵衛と岡ッ引の源蔵に付き添われて、弁蔵と正吉が長屋に帰ってきた。

信太郎はその姿を戸口から覗き見て、内心で小躍りするほど喜んだ。けれども、母のおとくは心底から不服なようすで、路地にむけて愚痴《ぐち》を吐き捨てた。

「どうして盗人なんか連れ帰ってくるんだろ。あんなふうだから、見逃《みのが》してもらえたのかね。これじゃ町中が抜け作の盗人だらけになるよ」

おなじような聞こえよがしの声が、あちこちの家からこぼれた。さらに、愚痴だけではおさまらない女房がいた。弁蔵と正吉が家に入ると、待ち構えていたようにおたみが駆け出してきて、佐兵衛に喰ってかかった。

「どうしてあの男が帰ってくるんです？　いまごろ大番屋じゃないんですか」

「弁蔵は人違いで捕まえられたのだ。そうですな、親分さん」

佐兵衛が話をむけると、源蔵はむっつりとうなずいた。

「ま、本物もじきに捕まるだろうし、無罪放免てところですな」

「そう、それならしかたないけど……」

おたみは口惜《くや》しげにうつむいたが、また眼を吊《つ》りあげて、こんどは源蔵のほうに咬《か》みついた。

「こちら、あの男を捕まえた親分さん？　それなら、もう一度捕まえてくださいな。あいつはうちの銅の鍋を盗んだんです」

「銅の鍋？」

「ええ、うちにもひとつっきりしかない、値の張るものなんですから」

おたみはそういうと自分の家を見返して、戸口に丸顔を出していた幸助をいそがしく呼びつけた。と思うと、ぎらつく眼をこちらにむけて、信坊もちょいと出てきておくれ、と猫撫で声を出した。幸助が勇んで駆けつけ、信太郎はおずおずと路地に出た。

「この子が鍋を見つけて。こっちの子が、その証人です」

おたみが早口に鍋騒ぎのなりゆきを捲し立てた。耳を塞ぎたくなるようなぎすぎす声だった。源蔵はざっと聞き流して、中途で話をさえぎった。

「それで、だれも鍋を盗むところは見ちゃいねえんだな」

「けど、この子が……」

おたみがいいかけるのを、源蔵は手振りで黙らせた。そして幸助ではなく、信太郎にひたと眼を据えた。

「おめえ、いま信坊と呼ばれてたな？」

信太郎は眼を伏せてうなずいた。

「おめえはそのとき正吉と一緒に井戸端にいたわけだ。それでこのかみさんに話しかけられてるあいだに、えっと、幸助といったか、そっちの坊主が正吉の家にいって鍋を見つけたんだな?」

「はい……」

「井戸端では長いあいだしゃべってたのかい」

信太郎は首を横に振った。

「じゃあ、ほかの家を探すひまはねえな。で、おめえも隠してある鍋を見たというが、正吉の家のなかはあっちこっち探しまわってあったのかい」

「いいえ……」

「つまり、幸助はまっすぐに正吉の家にいって、まっすぐに揚げ板を開いて、たちまち鍋を見つけたわけだ」

「たぶん、そうだと思います」

「ほほう、たいした千里眼《せんりがん》じゃねえか」

と源蔵が振りむいて、前屈《まえかが》みになり、幸助に笑いかけた。

「おめえ、今日からでも岡ッ引になれるぜ。いや、人違いをするおれなんかより、よっぽど腕利《うでき》きだ」

幸助が顎を引いて、窺うような眼つきをしながら、うっすらと笑い返した。

「せっかくだから、教えてくれよ。なんで盗まれた鍋が正吉の家の揚げ板のしたに隠してあると、探しもしねえでわかったんだ？」

「えっと、それは……」

幸助が小さな眼をきょときょとさせて、

「そう、隠すところを見たんだ」

「ほう、盗むところは見てねえが、隠すところは見たのか」

「うん、見たよ」

「だれが隠してた？」

「えっと、正吉、いや、弁蔵が……」

「で、どうして見たときすぐにいわなかった？」

「そ、それは……」

「信坊、あんたも見たんだろ、弁蔵が鍋を隠すところ！」

おたみが喚いた。満面が赤黒くゆがんでいる。眉間《みけん》の二筋の縦皺《たてじわ》が額のなかほどでさらに幾筋にもひび割れ、獅子鼻を大きく開いたまま肉厚の頬がわなわなと痙攣《けいれん》していた。

信太郎は顔を起こし、源蔵の眼を見て、きっぱりといった。

「見てません。盗むところも、隠すところも、見てません」

「そうかい」

源蔵が身体を起こして、おたみを睨み据えた。

「おい、あんた。いまの話、番屋にいって、瀬尾さまのまえでもっぺんしてみるかい。大番屋にいくのは、あんたのほうかもしれねえぜ」

おたみが一歩、二歩と後退り、ぶるぶると頬を左右に震わせた。赤黒かった顔が、見るみる蒼褪《あおざ》めていく。源蔵が幸助の肩をつかんで、ぐいと引き寄せた。

「ひとを罪に陥《おとしい》れるってのは、なみの悪さより罪が深いんだ。がきのことだから、こんどばかりは見逃してやるが、二度とこんな真似《まね》をするんじゃねえぜ」

幸助を突き放すと、源蔵はくるりと振りむいて、佐兵衛に声をかけた。

「それじゃ、大家さん、いきますかい。なんだか、ややっこしい長屋ですな」


翌日、信太郎は隙《すき》を見つけて、このまえよりも大胆に正吉の家に滑りこんだ。土間に立って、薄暗いから見えないかなと思いつつ、ちょっぴり笑顔をつくる。

「父ちゃんのこと、それから鍋のことも、よかったな」

正吉は部屋の奥に坐っていた。こちらの笑顔に気づくふうもなく、ふふんと鼻を鳴らし、足首をつかんで胡坐をかきなおした。

「はじめからわかってたさ、幸助がここに鍋を隠したことなんか。けど、そんなことといったって、あの鬼婆をよけいに怒らせるだけだろ。たぶん、おまえのお袋さんもかんかんになってたぜ」

「ごめん……」

「おまえが謝ることたァねえよ。それより、岡ッ引のまえではっきり見てねえといってくれて助かった」

「だって、見てねえものは、見てねえから」

「ふうん、おまえは親父さん似だな」

「そうかな。母ちゃんに似てるって、よくいわれるけど」

「おれはときどきひとの顔が二重《ふたえ》に見えるんだ。ぼんやりと透けたお面をつけてるみたいにな。鍋を見つけたとき幸助の顔はあかんべェして見えたし、昨日はおまえの顔が親父さんそっくりに見えたよ」

ふしぎなことをいう、と思ったことを信太郎はいまもおぼえている。が、そのときはくわしい話を聞けなかった。

「もういきなよ。今日はこっち、すぐに帰ってくるぜ」

と正吉が隣家との境《さかい》の壁に顎をしゃくったからだ。そちらは、正吉のいう鬼婆のひとり、およしの家だった。

「ちょっとあがっていいか」

と信太郎は訊いた。正吉がびっくりしたように胡坐の膝をぴょこんと浮かせた。

「ああ、いいけど……」

信太郎は部屋にあがり、正吉が顎をしゃくったのと反対側の壁に近づいた。軽く叩いて「おもんさんも、よかったね」と呼びかけると、こつこつこつっと弾《はず》むような音が返ってきた。

二話

四つの眼《め》

一

いまでこそ、うしろ姿を父親と見違えたといわれたりもするが、あのころ信太郎はさほど体格がよくなかった。

畳《たたみ》職人の父はがっちりと肩幅が広く、蟹《かに》のように両腕が逞《たくま》しい。信太郎もそんな男になりたいと思っていたが、実際には会うひと会うひとに母親似だといわれたし、そういわれてもしかたのない、つるんとした撫《な》で肩と見るからにひよわな腕をしていた。

あの日、おなつに手招きされたとき、思わずたじろいだのは、そういう引け目を感じていたからかもしれない。

「ほら、おいでなさいよ」

おなつが澄《す》まし顔でまた手招きして、井戸《いど》わきの端家《はしや》の陰《かげ》にすっと入った。

信太郎は路地を見まわして、おずおずと井戸に近づいた。突き当たりの左手に、表店《おもてだな》の塀《へい》と裏店《うらだな》の壁にはさまれた狭《せま》く短い空地《あきち》があり、芥溜《ごみため》と惣後架《そうこうか》（共同便所）がならんでいる。

気配を窺《うかが》いながら空地の角を曲がると、そこにおなつが待っていた。信太郎は慌《あわ》てて立ちどまり、問いかけるように顔を見あげた。おなつはひとつ齢上《としうえ》で、物心がついてこのかた一度も背丈でまさったことがない。

「なに？」

おなつが黙っているので、信太郎は声に出して尋《たず》ねた。すると、おなつは信太郎の着物の肩口を指先でつまんで、なにもいわずに奥へと引っ張っていった。

力ずくで引っ張られるわけではないし、指先ぐらいたやすく振りほどけるはずなのだが、信太郎はさからえなかった。むしろ、つままれた着物がおなつの指からはずれないように足運びをあわせて歩いていた。

奥までくると、おなつはあやつり人形を振りまわすように、指先だけで信太郎を引きまわして塀際に立たせた。そして半歩さがると、顎《あご》をやや斜めに突きあげて、険《けん》のある眼《め》つきで見おろした。

「このまえから、あたしのことを見てるんだって？　昨日も井戸端《ばた》で洗濯しているのを、うしろからこっそり見てたそうじゃない。お尻《しり》ばっかりじろじろ見てたって聞いたわよ」

「…………」

信太郎は驚きと口惜《くや》しさに、咄嗟《とっさ》に声が出なかった。やられた。そのひと言だけが、ぱっと胸に弾《はじ》けた。だれがこんなでたらめをおなつに告げ口したのだろう。幸助、それとも、満吉《まんきち》だろうか。そうだ、あの二人が口裏をあわせてつくり話を吹きこんだにちがいない。

「あら、こんどは胸を見てるわ。ほんとにじろじろと」

信太っていやらしい子ね、とおなつが眉《まゆ》をひそめて睨《にら》みつけてきた。

「見てねえよ、べつに」

信太郎は上目遣《うわめづか》いに見返した。見るもなにも、ふつうに立って、ふつうに眼を伏せれば、そこにおなつの胸があるのだ。けれども、そうとは言い返せず、おなつの視線に押し負けて、信太郎は顔を横にむけた。

おなつにはまえから背丈で負けているが、近ごろはまたなにかべつの差がぐっと開いたように、信太郎は感じていた。たとえば厚ぼったい瞼《まぶた》がいつのまにか二重《ふたえ》になり、浅黒い肌がひとかわむけたように眩《まぶ》しく輝きだしたのだが、そうしたことに気圧《けお》されるような気分があったのだ。

おなつの尻がしだいに丸みを帯びてきたことや、胸がぷっくりと膨《ふく》らんできたことにも、信太郎は気づいていた。それはたしかにこちらの眼を惹《ひ》きつける、ふしぎな力を宿した変化だったが、だからといって、こっそり見つめたことや、まじまじろじろ眺《なが》めたことはない。たとえおなつの身体のどこかを見たとしても、それはたまたまちらっと眼がいっただけだ。

「へえ、胸を見てないのなら、どこを見てたのよ。ほら、いってごらんよ」

そむけた顔を振りむかせようとするように、おなつが胸を反《そ》らして詰《つ》め寄ってきた。突きだされた膨らみが、ほんのりと熱気をともなって頰《ほお》のあたりに迫ってくる。

信太郎は耳が真ッ赤になった。芥溜と後架の臭気にまじって、おなつの身体のにおいが鼻にしみる。すこし汗のまじった甘酸《あまず》っぱいようなにおいだ。

「ほら、やっぱり、いまも見たわ！」

ちらと流した横眼を信太郎はいそいでそらしたが、もう手遅れだった。おなつが勝ち誇ったように胸を揺《ゆ》らす。甘酸っぱいにおいが、いっそうつよく鼻面《はなづら》を包んでくる。

くすくすと笑い声が聞こえた。姿は見えないが、空地の角のむこうにひとがいる。幸助だろう。満吉と二人で覗《のぞ》き見ているのかもしれない。

「こんどあたしのことをいやらしい眼で見たら、おとくおばさんにいいつけるわよ」

とおなつが母の名を出して脅《おど》した。

「それとも芳《よし》ちゃんにいって、懲《こ》らしめてもらおうかしら」

信太郎はほとんど真うしろを見るぐらい、精一杯に顔をそむけていた。どうしてこんな目に遭《あ》わされるのか、理由には見当がつく。見当はつくが、もちろん納得はできない。

――こんなことなら、いっそ……。

ひそかに感じる怒りに火がつきかけたが、信太郎はその小さな火種《ひだね》をすぐに揉《も》み消した。短気を起こしても、なにもいいことはない。がき大将の芳松《よしまつ》はきっとおなつや幸助たちのほうに味方するにちがいないし、母のおとくもこの件については当てにならないのだ。

「黙ってないで、なにかいいなさいよ。このまえ岡ッ引のまえじゃ、いい気になってしゃべってたじゃない。あたしのまえじゃ、口がきけないの？」

「…………」

「なにさ、そっぽをむいて知らん顔して。これだけいっても、謝《あやま》りもしないのね。いやらしいし、意地が悪いし、ほんとにいやな子ね」

　ほら、こっちむきなさいよ、とおなつがまた肩口をつまんで引っ張ろうとしたとき、路地のほうからおとくの声が響いてきた。

「信太、いないのかい、信太！」

　戸口から顔を出して呼んでいるのだろう。母はいつもそうする。

「幸ちゃん、うちの子を見なかったかい」

「ああ、おばさん。信太なら、ここにいるよ」

　こたえる声がして、幸助が端家の陰からひょいと姿をあらわした。案《あん》の定《じょう》、満吉が金魚の糞《ふん》みたいにくっついている。二人は振りむいたおなつと目配《めくば》せをかわしたようだ。

「幸ちゃん、うちの子を呼んでくれるかい」

「うん、わかった」

　幸助はおとくのほうにうなずくと、こちらに顔を突きだし、薄笑いを浮かべた。そして、いやに赤い舌をぺろりと出した。

二

信太郎は渡された小銭を握り締《し》めると、

「寄り道するんじゃないよ！」

という母の声にも振りむかず、小走りに路地を抜けて、長屋の木戸《きど》を飛びだした。まさか幸助たちが追いかけてくるとは思わないが、おなつの身体の丸みや膨らみ、温《ぬく》もりやにおいが、いつまでも眼や鼻に残っていて、その息苦しさから逃げだす気分になっている。

左右の軒《のき》が張りだした裏通りから、駕籠屋《かごや》新道に出ると、天気が変わったように、あたりが明るくなった。乾いた日射《ひざ》しを浴《あ》びて歩くあいだに、信太郎はしだいに胸のざわめきが鎮《しず》まり、かわりに忘れていた口惜しさがこみあげてきた。

幸助たちがでたらめを告げ口したことにも腹が立つが、おなつにしてもそれをつくり話と承知でいいがかりをつけてきたのだ。思い返してみても、おなつは本気で怒っていなかった。顎をつんと突きあげた浅黒い顔には、齢下の男の子を手玉にとって楽しんでいる色が見えたし、その顔色の奥には幸助たちとしめしあわせた悪意が覗いていた。

——もっと、しゃんとしとくんだった。

と信太郎は思う。見ていないものは、見ていないのだ。あんないいがかりなど、きっぱり打ち消せばよかった。

だがそう思いながら、信太郎は不安にもなっていた。こんなことがいつまでつづくのだろう。じきに終わるような気もするけれど、このさきどんどんひどくなっていきそうな悪い予感も動く。どちらに転《ころ》ぶかは、つまるところ幸助たちの気分しだいなのだ。

鍋《なべ》泥棒の騒ぎのあと、弁蔵親子への風当たりはいちだんと厳しくなった。長屋の住人はなぜか、盗みの濡《ぬ》れ衣《ぎぬ》を着せられかけた親子より、濡れ衣を着せそこねた親子のほうに、もっぱら同情したのだ。

実際、岡ッ引の源蔵に詰問《きつもん》されて、幸助は度を過ぎたいたずらをしたことがはっきりしたし、母親のおたみもみなのまえで意地の悪さを曝《さら》け出して面目《めんぼく》が丸潰《まるつぶ》れになった。ところが、そうしたことも弁蔵を嫌悪《けんお》するひとたちにいわせると、

「あんな男が越してきたのが、そもそもまちがいのもとなんだ。悪いのは、みんなあの親子さ」

ということになるらしい。

信太郎の家でも、母のおとくはあいかわらず弁蔵の悪口をならべるばかりで、幸助の行為についてはひと言も咎《とが》める素振りがなかった。父の栄五郎が「あとで恥をかくぞ」といったとおりになったわけだから、さすがに父のまえでは鍋のの字もいわないが、井戸端で女房たちと額《ひたい》を寄せながら、

「鍋は盗んでなくても、きっとほかのものを盗んでるよ」

「あの岡ッ引、なにを考えてるんだろ」

「ほんと、おたみさんもとんだ災難に遭ったわ」

と鼻息荒く囁《ささや》きあっているのを、信太郎は何度も耳にしている。

なにをどうひっくり返せば、そんなふうに話が捻《ね》じ曲がるのか、信太郎は当時もいまもさっぱりわからない。が、そういう考え方をする連中が大勢いることは、当時からよくわかっていた。他人事《ひとごと》ではなく、わが身で痛切に思い知ったのだ。

母は気づいていなかったが、子供のなかにも母とおなじ考え方をする連中が大勢いた。そして、そういう連中は幸助に同情するだけでなく、正吉を憎み、信太郎にも白い眼をむけた。見ていないものを見ていないといったのが、よくなかっ

たのだ。

「あんなよけいなことをいって、おまえはだれの味方だよ」

「おまえのせいで、幸ちゃんは岡ッ引に怒られたんだ。悪いことをしたと思わないのか」

そんなふうにいわれて、幸助に謝れと詰め寄られたこともある。信太郎のしたことは、長屋の子供としてふさわしくない。友達への手ひどい裏切りだ、というのだ。

信太郎はあれこれ考え、思い迷ったあげく、幸助に謝らなかった。どんな理屈をつけても、悪いことをしたのは自分じゃなく、幸助のほうだと思ったからだ。ふつうに考えれば、そんなことはだれにでもわかる。

けれども、ふつうに考えるひとは思ったよりも少ないらしかった。というのも、幸助に謝るつもりがないとわかると、こんどは信太郎にたいして嫌《いや》がらせがはじまったのだ。

正吉相手のときほど露骨ではないが、たとえば気がつくとひとりぼっちにされていたり、みながこちらを見ながらひそひそと内緒話をして、ときおりわざとらしく顔をしかめたりする。

今日のことも、そうした嫌がらせのひとつにちがいなかった。おなつは弁蔵を嫌い、正吉を嫌っている。幸助たちとおなじ、長屋にふさわしい子供なのだ。

――だから、あれでよかったんだ。

自分の不甲斐《ふがい》ない態度を、信太郎は納得しようとした。おなつに気圧されていうこともいえなかったが、へたにさからえばみんなの機嫌をそこねて、明日からはもっとひどい嫌がらせを受けるだろう。

――だけど……。

と唇を嚙《か》んだとき、信太郎のまえに小柄な人影が立った。

「どこにいくんだ？」

正吉が眉をひそめて、こちらの顔を覗きあげている。

「えっ？」

信太郎はわれに返って、右手の小銭を握りなおした。正吉がその動きを目敏《めざと》く見とめて、ふうんと鼻を鳴らした。

「お使いか」

「そう」

「どこまで？」

「味噌《みそ》屋、まで」

「どこの？」

「丸三《まるさん》」

「丸三なら、むこうじゃないか」

「えっ、むこう？」

と信太郎は通りを見返した。考え事をしていて、店のまえを通り過ぎてしまったらしい。

「おまえんちは、いつも丸三で味噌を買うのか」

と正吉が訊《き》いた。長屋の近くにも味噌屋はあるが、丸三のほうが上等の品をあつかっている。そのかわり値段も高い、と知っている口ぶりだった。

「ううん、たまに」

信太郎は無表情に首を振った。正吉のせいで、友達に嫌がらせされているのだ。これ以上、関わり合いになりたくない。

「丸三の味噌は、やっぱり美味《うま》いのか？」

「さあ……」

「わからねえのか」

「父ちゃんは、そういってるけど」

「ふうん、おまえの父ちゃんがいうなら、間違いなさそうだな」

「うん、だから母ちゃんがときどき奮発《ふんぱつ》するんだ」

「おれは喰《く》ったことねえけど、高い味噌ってどんな味がするんだろ」

正吉が首をかしげた。

「おれも知らねえんだ。うちでも父ちゃんしか喰わねえから」

と信太郎はいった。関わりたくないのだが、なぜかみんなと話しているより気分が楽だった。

「じゃあ、ちょっとだけ買うわけか」

「そうだよ、だから丸三にいくときは、おれがお使いをさせられるんだ。ほら、大人じゃちょっぴりは買えねえし、たとえ店のほうは売ってくれても、そんなことをたのむのは恥ずかしいだろ」

「へえ、おまえもちっとは世間がわかってるんだな」

「世間?」

「浮世の情ってやつだよ」

正吉がいいおいて、さきに歩きだした。信太郎は一瞬、ぽかんとして、それか

ら正吉を追いかけた。横にならびかけると、わずかにためらったあと、

「正吉……」

と呼びかけた。そう呼ぶことをためらったのだが、あとはすらすらと言葉がつづいた。

「正吉はどこかにいってたのか？　なにか荷物を持って出かけるとこ、さっき見かけたけど」

「おれも、お使いさ」

はじめて名前を呼ばれたことに、気づいたのか気づかないのか、正吉はそっけなくいった。

「父ちゃんのかい？」

「いいや、おくみさんにたのまれて、内職の鼻緒《はなお》を納めにいってきたんだ。あそこのうちの弥一《やいち》さんには、親父《おやじ》がいま仕事を世話してもらってるからな。用事をいいつけられたら、断れん」

弥一とおくみは、長屋には数少ない弁蔵親子に親切な夫婦だ。

「弥一さんは日傭《ひよう》取りだね」

「ああ、いまはなんだかせっせと荷物を運んでるぜ。帰ってきたら、親父は大八《だいはち》

車《ぐるま》の話ばっかりしてら。あれをくるっとまわすには、どうすりゃいいとか、こうすりゃいいとか」

「そういえば、父ちゃんもあれにはちょっとこつがいるっていってたな。ほら、畳を運ぶときに使うだろ」

「おい、いいのか。しゃべってると、またぞろ行き過ぎちまうぜ」

「あっ、ちょっと待って」

見ると、そこが丸三の店先だった。信太郎は慌てて暖簾《のれん》をくぐり、握り締めた小銭と引きかえに、てのひらに載るぐらいちょっぴりの味噌を買った。むかしはお使いというだけで一所懸命になって、味噌の多い少ないなど気にもしなかったが、このごろはさすがに顔が赤くなる。

「お待たせ」

そそくさと暖簾を出るなり、信太郎は息を呑《の》んだ。赤らんだ顔がすうっと蒼褪《あおざ》めていく。正吉のまえに、芳松が立っていたのだ。

三

当時、長屋には例外といえる住人が二人いた。

一人目はおもん婆《ばあ》さんの亭主、喜八郎《きはちろう》。喜八郎はただひとり、弁蔵にたいする好悪《こうお》の天秤《てんびん》のどちらの皿にも乗っていなかった。

元は左官かなにかだそうだが、いまは塩売りをしているせいか、喜八郎はいつもしょっぱいような顔をしている。そしておもんによると、隣人をことごとくがきと見くだしているらしい。

実際、まわりにいるのはほとんどが子か孫か、へたをすれば曾孫《ひまご》ぐらいの年齢になる。だから弁蔵にかぎらずだれが利口《りこう》でだれが頓馬《とんま》でも、高《たか》が知れたことだと片づけてしまうし、住人が二手にわかれていることも、小僧の喧嘩《けんか》と歯牙《しが》にもかけない。

喜八郎の言葉を借りれば、「だいの大人ががき相手に好きも嫌いもあるものか」ということになるのだ。

そして、二人目は芳松。芳松は弁蔵を嫌い、正吉をいじめるから、そういう意味では例外どころか大勢にくみしているのだが、親子の関係がほかの子供とちがっていた。

芳松の親は弥一とおくみ、ということは弁蔵に親切な夫婦なのだ。つまり芳松は親の背を見て育つかわりに、そっぽをむいてわが道を歩いているわけで、長屋のなかで芳松の家だけが、親子でわかれて好悪の皿に乗っていた。しかも、この親子はたがいに遠く離れて、ふたつの皿の両端から睨み合う素振りがあった。

信太郎が蒼褪めたのは、芳松がしばしば力まかせに正吉をいじめるからだった。幸助のような陰湿なやりかたも見ていられないが、芳松のやることはほんとうに眼を覆《おお》わずにはいられなかった。

なにしろ、芳松はごつい。子供といっても、もはや十五になるから、身体のつくりがちがう。しかも根っからの悪がきだった。奉公先を追い出されて長屋にもどってくるぐらいだから、札付きといっていい。とにかく長屋のほかの子供が束《たば》になってかかっても、芳松には歯が立ちそうにないのだ。

――逃げなきゃ。

と信太郎は思った。正吉と一緒にいるところに出喰わしたのは、とんでもなく悪い巡《めぐ》り合わせだけれど、いまはそんなことを気にしているときではない。芳松は仁王《におう》のような形相《ぎょうそう》で、正吉を睨《ね》めおろしている。

「お使い、早く、帰らないと……」

信太郎は緊張で片言《かたこと》になりながら、正吉に近づいた。正吉がこっちに歩み寄ってきたら、そのまま一緒に駆けだそうと思っている。

ところが、正吉は振りむきもせず、芳松を見あげていた。薄い胸を反らして、一歩も退《ひ》かない姿勢だ。

かわりに、芳松のほうがじろりとこちらに眼をむけた。切れ長の細い眼がなにか羽虫でも見つけたように、ひときわ細くなる。

信太郎は立ち竦《すく》んだ。いまにも拳《こぶし》が飛んできそうな気がする。けれども、芳松は糸のような眼を正吉にもどした。

「ちょっとこい」

そういって軽く顎をしゃくり、正吉に身体をぶつけるようにして歩きだした。正吉がたじろぐふうもなく、あとについていく。信太郎は腰が引けたが、すこし離れて二人につづいた。すると、芳松が振りむいて脅しつけるように、

「おまえはくるな」

信太郎は反射的に立ちどまった。眩暈《めまい》がするほど迷ったが、もうすこし離れて歩きだした。芳松が気づいてまた振りむき、こんどは眉をひそめただけで、なにもいわなかった。

裏通りに折れて、片側に黒塀がつづく細い路地のまえにくると、芳松が顎をしゃくって正吉をさきに入らせた。そして、さえぎるように信太郎に背中をむけると、ゆっくりと路地に踏みこみ、数歩進んで立ちどまった。

正吉も足をとめて振り返った。逃げだす仕草《しぐさ》など欠片《かけら》もない。

「お袋に使いをたのまれたろ」

と芳松が低い声でいった。奉公に出ているあいだに声変わりしたのだ。

「ああ、たのまれた」

それがどうしたといわんばかりに、正吉がそっけなくこたえる。

「鼻緒の代金をあずかってきたな」

と芳松がいって、右手を突き出した。

「出せよ」

信太郎は息を詰めた。だが芳松の顔はもちろん、その大きな背中にさえぎられて、正吉の表情も見えない。

「鼻緒は届けたけど、代金はあずかってねえ。そんな大事な用事なら、おれなんかに使いさせねえだろ」

正吉がいった。声にひるんだようすはない。

「嘘《うそ》だ。鼻緒の数はわかってるから、代金をちょろまかされる心配がねえ。だから、お袋はおまえに使いをさせたんだ」

「さあ、なんのことだか。おれは鼻緒を届けろっていわれただけだぜ」

「おとなしく出さねえなら、ここで裸にひん剝《む》いてやろうか」

「やってみなよ」

正吉がいうなり、芳松に跳《と》びかかった。ぼすっ、と音がしたのは、芳松の胸板に頭突きを喰らわせたらしい。だが正吉はそのまま弾き返されて、仰《あお》むけに道に転んだ。芳松が素早く馬乗りになり、正吉の胸倉をつかんで顔を引き起こすと、恐《こわ》いほどの勢いで平手打ちを喰らわせた。びしっ、びしっ、と両頰を繰り返し打ち据《す》える。

信太郎はおろおろと手足を戦慄《わなな》かせた。芳松の手のさきから赤い滴《しずく》が飛び散った。正吉の鼻血かもしれない。信太郎は背筋がぞくりと震えた。小便をちびったような気がする。わあっと叫んで、芳松の背中に組みついた。叫んでいるのがだれだかわからないほど、信太郎はわれを忘れていた。

だが芳松が肩をひと揺すりしただけで、信太郎は軽々と弾き飛ばされた。尻餅《しりもち》をついた勢いで、どんと黒塀に頭をぶつける。痛さのあまり、信太郎は頭を抱えて道に転がった。

芳松が立ちあがった。正吉の懐《ふところ》から奪い取った金入れの口を開いて、小さな紙包みをつまみだす。

「これだな」

「返せっ！」

正吉が濁《にご》った叫びをあげてつかみかかった。だが芳松はそれを容赦《ようしゃ》なく足蹴《あしげ》にして突き放した。

信太郎は頭を抱えたまま、芳松が傲然《ごうぜん》と路地を出ていく跫音《あしおと》を聞いた。

四

「おまえはいいよ。おくみさんには、おれひとりで話すから」

長屋の木戸の手前で立ちどまると、正吉が振りむいていった。

「だいたい、こんなとこまで一緒にきちまって。おれとつるんでるのを見られたら、やばいだろ?」

「いいよ。そんなのかまわない」と信太郎は首を振った。おなつにいいがかりをつけられたときより、もっと激しい口惜しさが胸に渦巻いている。こころのなかでまだ、わあわあと叫んでいる気分だった。

「とにかく、おれひとりで話してみるよ。そうでなくても、おまえにはとばっちりを喰らわせちまったからな」

「あれぐらい、たいしたことねえさ」

「そうか? おれは慣れてるからいいけど、こういうのは落ち着いたころに、あっちこっち痛くなってくるぜ」

「わかってるさ、おれだって喧嘩ぐらいなんべんもしてるから」

「そうだな、たいした度胸だ。芳松に跳びかかるなんて無茶をやらかすのは、長屋でもおれたちぐらいじゃねえか」

正吉がにっと笑った。両頰が赤く腫《は》れて、鼻血を拭《ぬぐ》った跡が横一文字についている。

「けど、ここはおれにまかせてくれ。てめえのことは、てめえで始末をつけたいんだ」

「ううん、そういうなら」

「な、おれにまかせてくれよ。おれも見たことをぜんぶ話すから」

「けど、おくみさんが信じてくれなかったらいってくれよ」

「わかった、そのときはたのむ。助かる」

正吉がうなずいて、じゃあなと手を振り、木戸を入っていった。

信太郎はしぜんと間をおいて、ひとりで長屋に帰る恰好《かっこう》になった。こちらが仲間はずれにされないよう、正吉はこんなときにも気を遣《つか》ってくれているのだった。

ふいに痛いほどの恥ずかしさが、信太郎の胸を衝《つ》いた。これまで正吉に冷たくしてきたのは、自分の好き嫌いよりも、まわりの眼を気にしたせいだろう。だとすれば、自分は度胸なんかこれっぽっちもない。

――ミミズみたいに、いじけたやつじゃないか……。

うつむいて木戸をくぐり、ひとの気配に顔を起こして、信太郎はぎょっとした。

満吉と兼太《かねた》が路地にいた。二人はこちらに気づかず、左奥から二軒目の家のようすを窺っている。おくみの家だ。正吉のようすを見て、なにかひと騒ぎあるものと眼をつけたらしい。

信太郎は自分の家をとおりすぎて、二人のほうに歩いていった。すると、二人がようやく気づいてこちらを振りむき、にやにやしながら目配せしてきた。面白いから、おまえも仲間に入れ、という思い入れだ。

信太郎はかっと頭に血がのぼった。だれが！　と思う。そう叫んで、さっきみたいに跳びかかってやろうかと思ったとき、おくみの声が聞こえてきた。

「ほんとうだろうね。ちょいと金入れを見せてごらん」

耳を疑わせるような、ささくれ立った声だった。が、まぎれもなくおくみの声だ。

「この鐚銭《びたせん》は、あんたのかい？」

「そうだよ」

「ふうん、たしかにここにはないね。けど、だからって盗《と》られた証拠にはならないよ。どこかほかに隠してるんじゃないか」

「隠してねえよ。代金を包んだ紙ごと持ってかれたから」

「紙ごと、ねえ……」

「………」

「まあ、そのざまじゃ、ただごとでないのはわかるけど。ほんとうにうちの子が盗ったんだろうね？　嘘だったら、あとでひどいよ」

「ほんとだよ。おれがお使いするのを知ってたみたいだ。待ち伏せされたようだから」

「しかたがないね。じゃあ、あとは芳松にたしかめるから、あんたはもう帰りな」

「おばさん、ちゃんとお使いができなくてごめんなさい」

「ちょい待ち。もう一度訊くけど、ほんとうに隠してないだろうね。出すならいまのうちだよ」

正吉は戸口を出てくると、疲れた眼で満吉、兼太、信太郎の顔を順に見て、自分の家にもどっていった。満吉と兼太が、正吉の背中を指さしてげらげらと笑い、信太郎は家に帰って、母にどこに寄り道していたのかとこっぴどく叱《しか》られた。

その日のうちに、新たな噂《うわさ》がひろまった。正吉がおくみの内職の代金を盗んだというのだ。やっぱりあの親子は盗人《ぬすっと》だった、せっかく親切にしてもらっているのに恩を仇《あだ》で返した、犬畜生《ちくしょう》にも劣る親子だと、日が暮れるまで井戸端からやかましく声が聞こえた。

そして翌日、おくみがその噂をようやく打ち消すと、こんどはあの親子はほんとうにどうしようもない、父親があれなら倅《せがれ》もお使いひとつできやしない、やっぱりあんなやつらに親切なんかするもんじゃないと、一日中うるさく陰口が叩《たた》かれた。

弁蔵がおくみの亭主の弥一を背負って帰ってきたのは、その翌日の夕暮れだ。

「弁蔵さん、もういいよ。大丈夫だから、ここでおろしてくんな」

弥一が背中でしきりに呼びかけるのに、弁蔵は馬のようにぶるぶると首を揺するばかりだった。

「いやいや、いけねえ。遠慮は無用でやす」

「遠慮はしねえが、ここまできたら、あとちょっとだから」

「へいへい、あとちょっとの辛抱《しんぼう》でやす」

「助かったよ、恩に着るよ、だからもうおろしてくんなよ」

なにごとかと台所の窓から覗き見る女房もいれば、戸口から出てくる亭主もいる。弥一の家は奥から二軒目だから、路地を進むあいだにひととおりの家から見物されるのだ。

弥一はそれが恥ずかしくて顔を赤らめていたが、弁蔵はてんで気にするようすがなかった。

信太郎が路地に出ると、むかいの家から正吉も顔を覗かせて、ちらと眼を見かわし、親父がまたやってら、といわんばかりに渋《しぶ》ッ面《つら》をしてみせた。

「あんた、なんて恰好してるの！」

おくみの声が路地にこだました。騒ぎを聞きつけて出てきたのだ。

「わかってるよ。けど、弁蔵さんが負ぶってやるといってきかねえんだ」

弥一が弱り果てたように首を振ってこたえる。

「みっともないから、早くおりなさいよ」

「おれだっておりてえけど、えらい力で抱えられて足が抜けねえんだ。ほんとにいい、なんとか力ってやつさ。まさか殴《なぐ》り飛ばしておりるわけにもいくめえしよ」

路地にくすくす笑いが洩《も》れた。弁蔵は大柄でのっぺりと長い顔、肉づきは薄いが骨太で、まさしく痩《や》せ馬のような外見をしている。弥一はいい齢をしてお馬遊びをする、ちょっとおかしな大人にも見えた。

「それなら、早くこっちにおいでなさいよ」

おくみが口を尖《とが》らせて、ぞんざいに手招きする。

「弁蔵さん、たのむよ。おろすか、急ぐか、どっちかにしてくれ」

弥一がいうと、また路地にくすくす笑いが洩れた。おくみも顔を赤くして、ちらちらと隣人に眼を配っている。だが弁蔵は割れ物でも運ぶように、そろりそろりと足を進めた。おろすつもりも急ぐつもりも、これっぽっちもないらしい。

ようやくおくみのまえまでくると、弁蔵は背中の弥一を揺らさないようにしながら、ばかていねいに頭をさげた。

「ええ、おかみさん、いつもご親切にありがとうござんす」

「はいはい、それはいいから、早く亭主をおろしてくださいな」

「蒲団《ふとん》をお願《ねげ》えします」

「蒲団？」

「へえ、蒲団をひとつお願えします」

「弁蔵さん、なにをいってるの。あんたのうちはむこうだよ」

「わっしのうちはむこうでやす」

「だから亭主をおろして、あんたもうちにお帰りよ」

「へえ、蒲団をひとつ敷いてやってくだせえ」

「ほんとに、なにいってるのさ。いいかげんにおしよ」

おくみが苛立《いらだ》たしげに足を踏み鳴らす。

「弥一さんは腰が痛《いて》えんでやす。だもんで、蒲団を敷いてやってくだせえ」

「えっ、あんた腰が痛いのかい？」

おくみは弥一に訊いたが、弁蔵が馬面《うまづら》を左右に揺らして、

「いやいや、わっしはこのとおり丈夫なもんで、腰が痛えのは弥一さんのほうでやす。へえ、このまえからずっと痛くて、ろくに荷物も運べねえあんべえでして。それが今日はまた歩けねえほど痛むもんで、ずっと大八車のはじっこに坐《すわ》ってたんでやす」

「おい、そいつはほんとうかい？」

唸《うな》るような声を響かせながら、大柄な男が路地に出てきた。藤助《とうすけ》だった。藤助は弥一とおなじ日傭取りで、弁蔵にたいしては、とりわけ親切なわけではないが、おおむね寛容に接している。

「へえ、それで大事にしなきゃならねえんで、わっしが大八車から長屋まで負ぶ

ってきたんでやす」

と弁蔵がうなずいた。

「ふうん、腰がなあ」

と藤助が眉をひそめて、弥一の顔をまじまじと眺めた。

「弁蔵さん、いいからここで弥一をおろしてやんなよ」

「いやいや、いけねえ。腰に障《さわ》りやす」

「かまわねえよ。当人が大丈夫といってるんだし、おれはちょいと按摩《あんま》の心得《こころえ》があるんだ。どんなもんか腰の具合を診《み》てやるよ」

おめえも早くおりてえんだろ、と藤助は弥一に声をかけた。

「ああ、そりゃな……」

弥一がぼそぼそと呟《つぶや》く。

「そんなら、弥一さん、おろしますんで気をつけてくだせえよ」

弁蔵がいって、そろりそろりと屈《かが》みこんだ。弥一は地面に足がつくと、ぱっつ悪げな顔をして、弁蔵が手を離すなり、すぐさま家に入ろうとした。

「おい、待てよ。腰を診てやるぜ」

と藤助が弥一の肩をつかんだ。

弥一がそれを振り払いながら、

「いいよ。しばらく横になりゃ治るんだ」

「治る? そんだけ力が出せりゃ、とっくに腰は大丈夫みてえだがな」

「ああ、そうさ。弁蔵さんのおかげで助かったよ」

と弥一が背をむけようとするのに、藤助が肩をつかみなおしてぐいと引き寄せた。

「おい、待ちなよ」

「なんでえ、痛えじゃねえか」

「どこが痛え? 肩かい、腰かい」

「腰に決まってるだろ」

「おれが働いてる普請場《ふしんば》に流れてきた男で、おめえの噂をするやつがいてな。おめえが仕事をずるけて、相方ばっかりに働かせてると、そんなことをいやがるんだ。つまらねえ陰口を叩くなとどやしつけてやったが、このようすだとまんざら嘘でもなかったみてえだな」

「なんの話だ。おかしな因縁《いんねん》をつけてくれるなよ」

藤助の手を振りほどいて、弥一がまた家に入ろうとする。

「おい、逃げるのか。話はまだ終わってねえぜ。そいつはおまえが相方の駄賃《だちん》をぴんはねしてるともいってたが、どうだ、そっちは身に覚えがあるのかい」

「そんなわけねえだろ。日当ならきちんと按配《あんばい》してるぜ」

「弁蔵さん、こいつはこういってるが、あんたはきちんと銭をもらってるのかい」

藤助に訊かれて、弁蔵はぺこりと頭をさげた。

「へっ、おあしはありがたく頂戴《ちょうだい》してやす」

「一日にいくらだい」

「いくら？　さあ……」

「おい、弁蔵さん、しっかりしてくれよ」

と弥一が口を挟《はさ》んだ。

「さっき渡したろ、二百文。昼飯代は差っ引いてあるけど、あとはきっちりしたもんだ。こいつにもそういってくれよ」

「へえ、そうでやす。昼飯がきっちりと……」

「嘘だよ。いつも百文しかもらってねえ！」

正吉が叫んだ。まえにいた信太郎がびっくりするほどの大声だった。

「おい、ほんとだろうな?」

藤助が振りむいて念を押す。声音《こわね》にずんと凄味《すごみ》がました。

「疑うなら、いまそこで親父の金入れをたしかめたらいいよ」

「いや、そこまですることはねえ」

藤助がそういって、弥一のほうにむきなおった。肩を怒らせて詰め寄り、右手でどんと弥一の胸を突いた。

「おい、てめえの仕事を押しつけたうえに、日当を半人前もぴんはねするとは、どういうこったい。おめえのようなやつこそ、長屋の面汚《つらよご》しだぜ」

すると、弥一の顔つきが見るみる険《けわ》しくなった。額に青筋が浮かび、裂けるほど眼尻《まなじり》が吊《つ》りあがる。両手で激しく藤助の胸を突き返すと、咬《か》みつくように喚《わめ》いた。

「なに、えらそうにぬかしてやがる。こんなぼんくらに仕事を世話してやってんだ。百文ぐらい上前《うわまえ》をはねてあたりめえだろうが」

「なんだと、このくそがきが!」

「やるのか!」

二人がほとんど同時に叫んで、取っ組み合いがはじまった。

「あっ、あっ、弥一さん、腰が、腰が……」

弁蔵が割って入ろうとするのを、正吉とおもんが駆けつけて、かろうじて引きとめた。両脇から腕を抱えて、痩せ馬のような巨軀《きょく》をじりじりと家のほうに引きずっていく。

ちょうど商売帰りの喜八郎が木戸を入ってきて、路地奥の騒ぎを見やり、けっ、また小僧の喧嘩か、と唾《つば》を吐《は》き捨てた。

五

「ふうん、いつもここで遊んでるのか」

高砂町の北はずれに近い空地《あきち》に入ると、正吉はさして感心したふうもなく、ぐるりと周囲を見まわした。

鬼ごっこやかくれんぼをするにはすこし手狭《てぜま》だが、夏場はいろんな種類の虫が集まるし、冬場は相撲《すもう》を取るのにちょうどいい。なにより奥のほうに大きく枝を張った欅《けやき》がそびえていて、それが自慢の空地だった。

「もうひとつの広いほうの空地で遊ぶことのほうが多いけど、おれはこっちのほうが好きなんだ」

信太郎はいいながら、欅のほうに歩いていった。

「ほら、立派だろ。けど、この木にはだれも登らねえんだ」

「だれも？」

「そうさ、うちの長屋だけじゃなくて、町内の子供のだれもだよ。むかしここに神社があって、そのご神木《しんぼく》だとか、そうじゃなくて、むかしこの木で三人も首を吊ったとか、いろんなことをいう子がいるけど、ほんとうのところはよくわからねえんだ」

「へえ、それならおれが登ろうか？　ご神木でも、首吊りの木でも、べつにかまわねえぜ」

正吉がさもつまらなそうにいう。

「よしなよ。うん、とりあえず、今日はよしとこう」

信太郎は慌てて手を振った。

「首吊りしたんなら、あの枝あたりかな」

ひときわ逞しく張りだした枝を指さしながら、正吉が草むらに腰をおろした。

信太郎がわきに坐ると、正吉はごろんと仰むけに寝そべった。

「このまえは驚いたな。弥一さんやおくみさんが、あんなひとだったなんて」

信太郎は膝《ひざ》を抱えて、草の葉を見つめた。

「そうか？　おれはべつに驚かん」

正吉がそっけなくいった。

「どうして？　二人とも弁蔵さんやおまえに親切にしてたじゃねえか。そりゃほんとはそんなことなかったわけだけど、このまえまでは長屋でいちばん親切に見えたぐらいだ」

「親切にするひとが、親切なひととはかぎらんさ」

「えっ？　親切にするから、親切なひとなんだろ」

「おまえ、やっぱり世間がわかってねえな」

「なんだよ、それ。どういうことさ」

信太郎は肩をまわして見おろしたが、正吉は草の葉をくわえて眼をつむっている。

「わかってねえなんてこと、ないさ」

と信太郎は口を尖らせて、

「おれもおかしいとは思ってたよ。おまえが芳松に叩かれたとき、おくみさんはお金のことばっかりいって、おまえの怪我《けが》のことをちっとも心配してなかったろ。あのあと弥一さんも知らん顔をしてたみたいだし。うちの母ちゃんはそれであたりまえって口ぶりをしてたけど、父ちゃんはなんだか気に入らねえようすだった」

正吉がぷっと葉っぱを吹き飛ばして、

「芳松は一度奉公にあがって、うちにもどってきたんだろ。どうしてだかわかるか」

「奉公先で喧嘩ばかりして、追い出されたって聞いたけど」

「それで?」

「それで、おしまいだろ」

「やっぱりわかってねえな」

と正吉が眼を開いて、首を起こし、ふと眉間《みけん》に皺《しわ》を寄せた。そのまま身体を起こして、ぐいっと胡坐《あぐら》をかいた。

空地に人影が入ってきた。幸助と満吉、それに、おなつと芳松だ。

「ほら、やっぱりここにいた。信太がこそこそやってるから、あやしいと思ったんだ」

幸助がこちらまで聞こえるように声を高めて、芳松に話しかけた。

「いやな子といやらしい子がくっついて、気持ち悪いったらないわ」

おなつも芳松のほうをむきながら、聞こえよがしにいう。

四人は信太郎たちのまえまでくると、横一列にならんで毛虫でも見るような眼つきで見おろした。

「信太、おまえにはあとで話があるからな」

と幸助がいった。そして正吉のほうに一歩踏みだすと、

「おい、おまえ、芳ちゃんに謝れよ。おまえら親子のせいで、弥一さんは藤助さんと喧嘩になったんだぞ」

「おれのせいじゃねえ。親父のせいでもねえな」

正吉がそっけなくこたえる。

「おまえの親父はぼんくらだし、おまえがよけいなことをいうから、あんなことになったんだろ。悪いのはおまえらだ」

「ちがうぜ。芳松の親父が小狡《こずる》いことをするから、ああなったんだ」

「こいつ、こんなこといってるよ」

と幸助が芳松に振りむいて、

「弥一おじさんのことを、小狡いだって。芳ちゃん、いいのかい、こんなことをいわせといて？」

「幸助、おまえはおれにこいつを殴ってほしいのか」

芳松がいいながら、正吉を睨みつけた。正吉が胡坐のまま、胸を反らして睨み返す。

「そうだよ、でっかいのをがつんと喰らわしてやってよ」

幸助が喜色を浮かべてうなずく。

「こんなやつをか？」

芳松が幸助の鼻先に手を伸ばして、拳を固めてみせる。

「そう、そいつをがつんと！」

叫んだ幸助の顔を、芳松がいきなり殴りつけた。肉厚の頬に拳がめりこみ、幸助はもんどりうって草むらに倒れた。

「ほかにこいつを殴ってほしいやつはいるか？」

満吉とおなつに、芳松がじろりと眼をむけた。

「い、いや……」

満吉が首を振りながら後退《あとじさ》り、おなつが「あたしはそんなことしてほしくないわ。ほんとにちっともしてほしくない」と早口に捲《ま》し立てる。

「ふん」

芳松が鼻息を吐いて背をむけ、傲然と歩きだした。おなつがちょこちょことうしろについていき、満吉は幸助を助け起こしてべつのほうに逃げていく。

信太郎はまばたきするのも忘れて、しばらく呆然《ぼうぜん》とした。

「な、なんだったの、いまの……？」

「そういうことさ」

「そういうことって、どういうことさ」

「はあ、まだわかんねえかな」

正吉がため息をついて、こちらに顔をむけた。

「芳松はよく親父の悪口をいったり、おれを小突《こづ》いたりしてたろ。あれはべつにおれたち親子が嫌いだからじゃねえ。芳松が嫌いなのは、てめえの親父とお袋さ」

「えっ、そうなのか。どうして？」

「どうしてかは知らねえけど、そりゃひどく嫌ってるぜ」

「けど、それといまのことに、なんの関わりがあるのさ」

「親父やお袋がおれたちに親切にしてたから、芳松はこれまでおれをいじめてたんだ。で、親父やお袋がほんとは親切じゃねえとわかったから、こんどはおれをいじめるのをやめたんだ」

「そ、そうなのか……？」

「さっきいってた奉公先で喧嘩ばっかりしてたってのも、親を困らせるためだ。ようは親のやること、決めたことに、とことんさからいたいんだ。そうにちがいないぜ」

正吉は自信たっぷりにいったが、信太郎は半信半疑だった。だがこの翌年、芳松は自分で奉公先を見つけて、なかば家出するように長屋を出ていった。正吉の見こんだとおりになったのだ。

とはいえ、信太郎はこのときまだ正吉のいうことがふしぎなばかりで、正直なところ、疑っていいのか信じていいのかもよくわからなかった。だから、そのとおりにいった。

「おれには、よくわからねえよ。当たってるのかもしれねえけど、ぜんぜん間違いかもしれねえ」

「これを見てみろよ」

正吉が懐に手を突っこんで、首からさげた御守袋を引っ張りだした。そして口の紐を弛《ゆる》めると、なかから小さく折りたたんだ紙をつまみだす。

信太郎が受け取って開いていくと、それは一枚の絵だった。浮世絵かなにかを小さく描き写したものらしく、幾人かの子供が輪になってたわむれている。

「それ、何人に見える?」

と正吉が訊いた。

「えっと、十人かな」

「そうか? よく見ろよ、頭が五つしかないぜ」

「ほんとだ。じゃあ、五人」

「けど、よく見りゃ、やっぱり十人に見えねえか」

「うん、見える……」

「それな、騙《だま》し絵っていうんだ」

「騙し絵?」

信太郎はもう一度、じっくりと絵を見なおした。頭と身体が奇妙に組み合わさって、やはり五人か十人か、それともべつの人数なのか、わかるようでわからない。

「世の中ってのは、その絵みたいなもんさ。親切に見えるのが親切でなかったり、嫌ってるように見えるのが嫌ってなかったり、ほんとのことに見えるのが嘘だったり、嘘に見えるのがほんとのことだったり」

「………」

「だから、おれたちは二つの眼をしっかり開いて、ひとや物事を見きわめなきゃならねえんだ。でなきゃ、ころっと騙されちまう」

「うん、でも……」

「どうしたよ？」

「おれはさ、なんだか騙されっぱなしになりそうだ」

信太郎は絵を見つめて、あきらめまじりに呟いた。

「なら、おれたち二人、四つの眼で見りゃいい。そうすりゃ、だんだんほんとのことが見えてくるぜ」

ぷちりと草をむしって口にくわえ、正吉がまた仰むけに寝そべった。信太郎はその顔を見おろして、あっと思った。見かけとはちがう真実が、ひとつだけ見えた気がした。

この日、信太郎は正吉をはじめて遊びに誘った。正吉はそのことにも空地の景色にもいたって平然としていたが、ほんとうはちょっぴり喜んでいるのかもしれない。

三話　三つの口

一

高砂町の湯屋は平常、朝の五ツ（午前八時）頃に開いて、夜の五ツ（午後八時）頃にしまう。大晦日《おおみそか》だけは夜どおし開いて、未明に新しく湯を入れかえ、元旦の客を迎える。そうするのが、江戸の湯屋の慣《なら》わしらしい。

この元旦のときだけは景気よく湯を沸《わ》かして、いかにも正月らしい目出度《めでた》い気分がしたけれど、あとはあまり評判のよくない湯屋だった。とくに夜分がしみったれていた。店じまいが近くなると湯を追いたさず、湯船の底に日向《ひなた》の泥水《どろみず》みたいな残り湯が溜《た》まっているだけになるのだ。

ところが、あの夜はどうしたわけか遅くまでたっぷりと湯が張られて、しかも熱かった。どうせいつものぬるま湯だと高《たか》を括《くく》っていた肌に、がぶりと熱い湯が咬《か》みついてきた。

「うわ、わっ……」

信太郎は思わず湯船から足を引き抜きかけて、かろうじてこらえた。息を詰《つ》めて、もう片方の足を入れると、すこしずつ身体を沈めて肩まで浸《つ》かる。

となりのようすを窺《うかが》うと、父の栄五郎は瞼《まぶた》を閉じて、ゆったりと息をついている。信太郎もさっそく眼《め》をつむり、その眼を瞼の裏で白黒させながら、精一杯に平気な顔をした。

湯は朝一番のさら湯のように熱く透《す》きとおっていた。栄五郎は硬く尖《とが》った肌触りが気に入ったらしく、いつもより長々と湯船に浸かっていたようだ。

「う、ううっ……」

信太郎は平気な顔が茹蛸《ゆでだこ》みたいになった。

帰り道、そんなわけで信太郎はしつこく身体が火照《ほて》り、拭《ふ》いても拭いても汗がとまらなかった。ゆるい風が吹いていたが、昼間の暑気《しょき》を残してむうっと肌にまとわりつき、よけいに汗の粒《つぶ》が噴《ふ》き出てくる。

すると、栄五郎が首にかけていた手拭《てぬぐい》をひろげてくるくるとまわし、こちらの首筋にぽいとかけてくれたのだ。あのひんやりとした感触は、いまも昨日のことのように思い出せる。

信太郎は咄嗟《とっさ》に首を竦《すく》め、それから心地《ここち》よさに眼を細めて、父の顔を見あげた。栄五郎はとうに汗が引いて、涼《すず》しい顔をしていた。広い肩幅と逞《たくま》しい腕《うで》ッ節《ぷし》があれば、多少長湯したぐらいではのぼせないのだろうか。

栄五郎が知らんふりしているので、信太郎もなにもいわず道に眼をもどした。丸みをおびた月が明るく町を照らしていた。淡《あわ》いこがねいろの光は遠い家なみの屋根をくっきりと浮かびあがらせ、むしろ間近な軒下《のきした》がぼんやりとかすんでいる。おぼろな暗がりは、そう思うと、なにかひそんでいそうにも見えた。

だが信太郎は恐《こわ》くなかった。そこになにがいようと、父と一緒なら大丈夫。信太郎にとって恐いのは、父と離ればなれになり、反対の方角に歩いていくことだった。

——どうしようかな……。

ほんのすこし迷って、信太郎はぬるんできた手拭をはずした。いましがた見たとおり、両端をつまんでくるくるとまわす。そうして首にかけなおすと、なまぬるい風に当てた手拭は、また驚くほどひんやりとした。

気がつくと、栄五郎がこちらを見おろしている。手拭を冷《さ》ます仕草《しぐさ》を眺《なが》めていたらしく、眼が合うと、笑顔で軽くうなずいた。

「父ちゃん」

信太郎は足をとめて見あげた。いまなら話せる。そんな気がした。信太郎には話さなければならないことがあり、そんなふうに思えるときがくるのを待っていたのだ。

　ところが、いざ父とむき合うと、言葉が喉《のど》の奥につかえてしまった。このひと言で、父に背をむけることになるかもしれない。反対の方角に歩いていくことにもなりかねない。

「どうした？」

「うん……」

「……」

　栄五郎は繰り返し問うでもなく、信太郎を見おろしていた。息苦しいような沈黙だった。ひどく長く感じる沈黙だった。

　けれども、信太郎は父の眼を見つめるうちに、なにかあたたかなものが胸にしみてきた。いったん膨《ふく》らんだ不安が、古い紙風船のように色褪《いろあ》せて萎《しぼ》んでいく。

　信太郎は胸のうちで、こくりとうなずいた。正直になにごとでも打ち明けてよい人物がどんな眼の色をしているか、このとき学んだ気がした。

「父ちゃん」

「なんだ？」

「父ちゃんは、弁蔵さんのことが嫌いだね」

「ああ、好きなほうじゃないな」

「なら、おれが正吉と遊んだら、父ちゃんは怒る?」

「いや、怒らん」

「えっ、そうなの、どうして?」

栄五郎は手振りでうながして、ならんで歩きはじめた。蚊《か》が寄ってきて、耳もとでぷうんぷうんと鳴いている。

「信太は、正吉のことが好きか」

と栄五郎が訊《き》いた。

「えっと、嫌いじゃねえ」

信太郎は慎重にこたえた。

「好きとはいえんか」

「好きかどうかは、よくわからねえんだ。まえは嫌いだったし。けど、いまは嫌いじゃねえ、それはわかる」

「なるほど、な。それで嫌いなふりをしているのが、いやになったか」

信太郎はまた足をとめて、父を見あげた。だが栄五郎がとまらずに歩いていくので、すぐに追いかけた。

「おまえがだれと遊ぼうと、父ちゃんはかまわんさ」

と栄五郎がいった。

「ただし、だれと一緒でも、悪さをしたら承知せん」

「悪さなんかしねえよ」

「さあ、どうだかな」

「ほんとさ」

と信太郎はむきになって、

「正吉も悪いことはしねえ。だって、そうでなくても困ってるのに、このうえ悪いことして弁蔵さんを困らせられねえっていってたから」

「ほう、あの坊主がそんなことを」

「正吉はしっかりしてるんだ。利口《りこう》だし、物知りだし。ちょっと変わってるけど」

弁蔵親子にたいする好悪《こうお》の天秤《てんびん》の嫌悪《けんお》のほうの皿に、信太郎はいまも乗りつづけている。長屋の子供のなかで仲間はずれにされたくなかったし、これまで仲良く遊んできた友達とこれからも仲良くしていたかったからだ。

だが信太郎は近ごろその皿のうえでしだいに息苦しく、また肩身が狭《せま》く感じはじめていた。ときおり友達の言動に内心で反発することがあったが、そんなとき本音をうまく隠しきれるほど、信太郎は器用ではなかった。だから、友達のほうでも信太郎に反発するようになりだしたのだ。

いまや信太郎は皿のすみっこに追いやられ、幸助や満吉のようなわがもの顔の子供に、ことあるごとに小突《こづ》かれたり嫌《いや》がらせされたりした。もう一度みんなのなかにとけこみたいと思いつつ、もういやだと逃げ出したい思いもあった。

本音とちがう皿に乗っているから、まわりの顔色が気になり、肩身の狭い思いをするのだ、と信太郎もわかっている。幸助たちも、信太郎が仲間はずれになるのをおそれて我慢すると知っているから、手加減《てかげん》なしに嫌がらせしてくる。

――いっそ、皿から降りてしまおうか。

そうすれば意地悪なやつらとは開きなおって喧嘩《けんか》もできるし、人数は少なくても弁蔵親子を嫌っていない子供とは仲良く遊べるはずだ、と考えたことも一度や二度ではない。

信太郎にとって悩ましいのは、両親が弁蔵を嫌悪していることだった。友達のことでは思い切れても、親と離ればなれになるのはためらわれる。生半可な覚悟でできることではない。

だがよくよく眺めてみると、父はさほど弁蔵を嫌うふうでもなかった。げんにいまも「好きなほうじゃない」という言い方をしていたし、嫌悪の皿に乗っているというのも、信太郎がそう思いこんでいただけかもしれない。

「正吉と遊ぶのはかまわんが……」

と栄五郎がいくぶん重い口ぶりになり、

「母ちゃんには黙っておけ。そんなことをいうと、親不孝者と泣き喚《わめ》くかもしれん」

「わかった、黙ってる」

信太郎はうなずいたが、

「けど、遊んでるところをいつか見つかりそうだし、たとえ見つからなくても、きっとだれか告げ口するよ」

「それはまあ、遅かれ早かれそうなるさ。だがな、土砂降りになるとわかっているのに、わざわざ雨乞《あまご》いをすることはあるまい。そう思わんか、信太?」

「うん、そうだね。そう思う」

信太郎は父と眼を見かわした。男と男の話という気がした。

二

翌日、父の御墨付《おすみつき》を胸におさめて、信太郎はさっそくむかいの正吉の家の戸を叩《たた》こうとしたが、そうは問屋が卸《おろ》さなかった。

まず母のおとくが朝から機嫌が悪くて、きりきりと吊《つ》りあげた眼をしきりに四方に走らせていた。これはとても危険な兆候で、こんなときに母の気に障《さわ》ることをしでかすと、なにかひどく八つ当たりされる。

それからむかいの家でも、弁蔵がなかなか仕事に出ていかず、正吉の姿も見かけなかった。

正吉とは友達づきあいするにしても、弁蔵のことをどうみなすかは、まだちょっとはっきりしない。悪いひとには見えないけれど、はた迷惑なひとなのはたしかだし、なるべく関わらないほうがいいような気がする。

それに弁蔵のまえで正吉を遊びに誘えば、こんど弁蔵が母と顔を合わせたとき、坊ちゃんにはいつも倅《せがれ》が世話になってやす、なんてことをいいだしかねない。いずれは母に知れるにせよ、弁蔵から直撃するのだけは避《さ》けたい。

やはり弁蔵が出かけてからにしようと、ようすを窺うあいだに、その日は訪《たず》ねそびれてしまったのだ。

つぎの日も母は機嫌が悪く、弁蔵も一日中家にいたようだ。そのつぎの日もおなじで、正吉を訪ねる隙《すき》はなかった。

四日目の午后《ごご》、信太郎はようやく家を出て路地を横切った。べつに状況が好転したわけではない。むかいの戸口からおかしな物音が聞こえてきて、なかのようすが気になって気になって我慢できなくなったのだ。

「正吉、いるかい？」

小声で呼びかけて戸を開くと、すぐそこの上がり口に弁蔵が胡坐《あぐら》をかいていた。射《さ》しこんだ日の光に眼をしょぼつかせながら、馬面《うまづら》をのっそりと縦《たて》に揺《ゆ》らしてお辞儀する。

「こりゃ、けっこうなお日和《ひより》ですなァ」

信太郎が驚いて挨拶《あいさつ》に詰まるあいだに、弁蔵の嵩高《かさだか》い体軀《たいく》のむこうから、正吉の声が早口に飛んできた。

「信太か？　用事があるなら、入って戸を閉めてくれ。でなきゃ、今日は帰ってくれ」

信太郎は慌《あわ》てて土間に入り、うしろ手に戸を閉めた。せっかく覚悟を決めたのに、これでは人目を憚《はばか》っていたときとなにも変わらない。

家のなかが薄暗くなり、信太郎は周囲に眼を凝《こ》らしたあと、はたと思い出していった。

「おじさん、こんにちは」

「はい、こんにちは」

弁蔵はにこにこしながら、こちらを眺めている。そのむこうから、また正吉の声がした。

「暑苦しいけど、こうしとかねえと、逃げ出したら困るからな」

やっぱり、と信太郎はうなずいた。なにが逃げ出すかはわからないが、とにかくこの家にはいま弁蔵と正吉のほかになにものかがいるのだ。

「どうした、入ってきたってことは、用事か？」

「えっ？　ああ、そうだ、このまえの空地《あきち》に遊びにいこうと思って」

「誘いにきてくれたのか」

「うん。うちの手伝いも終わったし、天気もいいしさ」

「このまえっていうと、ご神木《しんぼく》で首吊りのあった空地だな」

「そうじゃねえけど、そうだよ」

と信太郎はいった。ただしくは、もとはご神木だったとか、むかしひとが首を吊ったとか、そういう噂《うわさ》のある古びた欅《けやき》がそびえている空地だ。

「せっかくだけど、遊びにはいけねえ。こいつの面倒《めんどう》を見なくちゃならねえから」

正吉はあいかわらず姿が見えない。大きくてやたらと陽気な衝立《ついたて》のように、弁蔵がにこにこと眼のまえを塞《ふさ》いでいる。

「こいつって、なんのこと？」

と信太郎は訊いた。すると、正吉が「あがってこいよ」といって、それから弁蔵のほうに、

「親父《おやじ》、信太をとおしてやってくれよ」

「おっ、よしよし」

弁蔵はなにを勘違《かんちが》いしたのか、信太郎が藁草履《わらぞうり》を脱《ぬ》いであがろうとすると、その両脇に手を差し入れて、ひょいと持ちあげた。土間から部屋のなかに移して、すとんとおろす。

一瞬のことで、信太郎はただぽかんとした。あまりにも軽々と持ちあげられ

て、赤ん坊のように足をぶらぶらさせたのだ。

われに返ると、馬鹿力《ばかぢから》という言葉が浮かんできた。そういう見くだした言葉しか思い浮かばないのだが、なぜかそれは尊い力のような気もした。

「ほら、こっちきて見てみなよ」

と正吉が手招きした。ぺたんと尻《しり》をついて、左右に足をひろげ、股《また》ぐらに木箱を据《す》えて、抱えるように坐《すわ》っている。木箱は二尺（約六〇センチ）四方ほどの大きさで、正吉は手招きするあいだも、なかを覗《のぞ》きこんで眼を離さなかった。

信太郎はなんとなく忍び足で近づいて、正吉のわきから覗きおろした。木箱の底になにか白いものが見える。

「これは……」

あっ、と息を呑《の》んだ。猫だった。真ッ白な毛なみの猫である。何度か耳にした音は、この猫の鳴き声にちがいない。

「しっ、大きな声を出すな。恐がるだろ」

正吉が振りむいて、小声で叱《しか》った。だがすぐに表情をやわらげて、木箱のなかに眼をもどしながら、

「どうだ、きれいだろ？　親父が拾ってきたときには、古雑巾《ふるぞうきん》みたいだったんだ

ぜ。汚くて臭くて、猫か溝鼠《どぶねずみ》かわからねえぐらい。ほんとにひどいもんだった」

「それじゃ、溝猫だな。おじさんは、そんなものをよく拾ってきたな」

「そうさ、あんまり汚いから洗ってやろうと思ったけど、元気がねえのにまずいと思ってな。それで湯を沸かして拭いてやったら、どんどんぴかぴかになって、このとおりさ。こんなきれいな白猫、おれはこれまで見たことがねえよ」

たしかにきれいな毛なみをしている。きちんと手入れすれば、もっと眩《まぶ》しく純白に輝くかもしれない。だとしても正吉のいうのはちょっと大袈裟《おおげさ》だ、と信太郎は思った。そこまで褒《ほ》めたくなるような猫でもない。なにしろがりがりに痩《や》せて、背骨や肋骨《ろっこつ》のかたちが毛なみのしたから浮かびあがっている。

「ほんとに元気がねえけど、病気？」

それとも怪我《けが》してるのかな、と信太郎は首をかしげた。

「病気かどうかはわからねえ。怪我は見えるところにはなかった。けど、だれかに酷《ひど》い目に遭《あ》わされたみたいだ。ひとをすごく恐がってるし、こんなに弱ってるのに、眼を離すとすぐに逃げ出そうとするんだ」

木箱のふちを撫《な》でながら、正吉がいった。

「おじさんは、どこで見つけたの？」

「駕籠屋新道の潰《つぶ》れた植木屋の角を北に入ったところ。ほら、路地の端《はし》に古い植木鉢《ばち》を山と積んでるところがあるだろ。あの山の奥に隠れてたんだ。親父はまっすぐまえしか見ねえで歩いてるわりに、鳥の巣だとか捨て猫だとかによく気がつくんだぜ」

「それで、拾ってきたんだ？」

「仕事をくびになって、これからどうしようって晩に、野良猫の心配をしてるんだから、まったく世話ねえや」

正吉はぼやいたが、いうほどに不満そうではなかった。ふいに弁蔵がむくりと頭をもたげた。ゆっくり立ちあがると、着物の皺《しわ》を伸ばそうとするのか、太腿《ふともも》のあたりをぽんぽんと叩いて、帯の結び目を締《し》めなおし、また太腿をぽんぽんと叩く。

「親父、どうした？」

「おう、父ちゃんは仕事にいってくる。猫の世話をたのんだぞ」

驚くほどきっぱりと、弁蔵がいった。なにやら気合が入っている。

「それはいいけど、多左衛門《たざえもん》さんの湯屋にいっても、もう働かせてもらえねえよ」

「そりゃ、いけねえな。釜焚《かまた》きがいねえと、多左衛門さんが困っちまう」

「困るのは、親父だろ。湯を沸かしすぎて、くびになったんだから。心配しなくても、いまごろはべつのひとが釜の番をしてるよ」

「べつのひと?」

「ああ、あんまり湯を沸かさねえひとが」

正吉がいっているのは、高砂町の湯屋のことだ。主人の多左衛門は町内に知れ渡った吝嗇《りんしょく》家で、湯屋のほうも湯が少ない、ぬるいと評判が悪い。ひょっとすると、弁蔵が湯を沸かしすぎたというのは、信太郎が長湯してのぼせた夜のことかもしれない。

「あはは、正吉、おまえはもうちっとしっかりものを考えなきゃなんねえぞ」

と弁蔵が笑った。

「釜焚きが湯を沸かさねえなら、そりゃ怠《なま》け者だ。怠け者は雇ってもらえねえ。べつのひとが釜焚きをしてるなら、そりゃ父ちゃんよりもたくさん湯を沸かすひとだ」

「はいはい、そうだな。そうだろうから、とにかく坐ってなよ」

と正吉が手を振って、

「もっぺん働き口を見つけてやるから、しばらく家でじっとしてろって、大家さんに怒鳴《どな》りつけられたろ」

「そうか、ふん、そうだったかな」

弁蔵は立ったまま、腕組みして、首を捻《ひね》っている。

湯屋の仕事を弁蔵に斡旋《あっせん》したのは、大家の佐兵衛だった。弁蔵なら女客に色気を見せることも、懐中物に悪心《あくしん》を起こすこともあるまいと見こんだのだが、落とし穴はべつにあった。弁蔵は新参《しんざん》の釜焚きとして、一心不乱に湯を沸かしたのだ。

それにしても、佐兵衛はふだん物静かなひとなのだが、ことが弁蔵に絡《から》むと、冷や汗を流したり目くじらを立てたり、別人のような顔を見せる。弁蔵にはなにかそういう、ひとの建前よりも深い部分を刺激するところがあるらしい。

「あれ、いってたら、大家さんがきたかな」

と正吉が戸口のほうを見なおした。

三

「弁蔵さん、いるかい」

戸を開いたのは、初老の大家ではなく、若くて眼つきの鋭い男だった。源蔵という名の岡ッ引だ。大家に聞いて弁蔵が家にいると知っていたのか、眼のまえの痩せ馬のような巨軀《きょく》に驚くでもなく、すっと土間に入ってきた。

「おや、出かけるところかい」

源蔵は浅黒い顔が夏のあいだにいちだんと日焼けして、額《ひたい》や鼻筋などはもはや黒光りするようだった。

「へえ、坐るところでやす」

弁蔵がまた上がり口に腰をおろし、長い脚を不器用に曲げて胡坐をかく。そのままじっと見つめられて、源蔵はにがっぽく顔をしかめた。十手《じって》をおさめる懐《ふところ》をひとさすりして、ひょいと頭をさげた。

「弁蔵さん、あんたに詫《わ》びなきゃならねえ。三次郎のやろう、あんたから聞いたねぐらのひとつに隠れていやがったが、あと一歩のところを取り逃がしちまった」

三次郎は弁蔵と知り合いの鳶人足《とびにんそく》だ。弁蔵は友人と思っていたが、残念ながら相手にそのつもりはなかったらしく、三次郎は出入りの商家で盗みを働いたあと、弁蔵を身代わりに仕立てて行方《ゆくえ》を暗《くら》ました。

源蔵はそのたくらみにはまり、はじめ人違いで弁蔵を捕えた。そのあと弁蔵から聞き出した話をもとに、三次郎の居場所を探り当てたが、そこは武家地の辻番《つじばん》所《しょ》だった。隣接の旗本《はたもと》が寄合《よりあい》でおいている、いわゆる組合辻番だ。

大名や旗本の管理する辻番に、町方は手出しができない。三次郎はそこに眼をつけて辻番所に寝泊りしたうえ、番所内でひそかに開帳《かいちょう》される博奕《ばくち》の元締をしていた。

悪人が辻番所を隠れ家にするのは、三次郎にはじまったことではない。むしろそういう事例があとをたたないため、公儀では御触《おふ》れを出して、町奉行所や火付盗賊改方が辻番所に踏みこむこともあると牽制《けんせい》していた。

だが実情としては、やはり町方が辻番を取り締まるのは難しかった。源蔵も三次郎が番所を出てきたところを捕まえるべく、手下とともに待ち伏せていた。ところが、それを察知した三次郎に裏をかかれて、仕掛けた網の目をすり抜けられてしまったのだ。

「調べてみると、三次郎はどうして一筋縄《ひとすじなわ》じゃいかねえ。叩けば叩くほど、真ッ黒な埃《ほこり》が出てきやがる。いまさらあんたにどうこうってことはねえと思うが、いちおう用心はしといたほうがいいぜ」

と源蔵がいくぶん脅《おど》すようにいった。だが弁蔵は口を半開きにして、ぼんやりと源蔵の眉間《みけん》の皺を眺めている。

「親分さん、親父にはおれがあとでいってきかせますから」

と正吉が膝立《ひざだ》ちになって、

「それより、うしろの戸を閉めてもらえませんか」

源蔵が、おや、ちょいと脅しすぎたか、と苦笑した。

「用心しろといっても、そんな急にびくつくことはねえ。万が一、三次郎がいまここにきたとしても、まさかおれを押しのけて殴《なぐ》りこんでもくるめえ」

「そうじゃなくて、猫が逃げ出したら困るから」

と正吉がいうそばから、白猫が木箱を飛び出して、戸口にむけて走った。だが素早かったのは最初のひと跳《と》びだけで、すぐに足が縺《もつ》れて動きが鈍《にぶ》くなった。

「なんだ、年寄り猫かい。これじゃ家を出たとたんに、ばったり行き倒れそうだな」

源蔵がすかさず戸を閉めて、足もとにきた白猫をつかみあげた。

「だから逃げねえように気をつけてるんだけど、油断も隙もねえから」

正吉が立って迎えにいくと、源蔵は猫の顔を眺めて、ふと眼を丸くした。

「ほう、めずらしいな、金目銀目か。存外に毛なみもいいし。いっちゃなんだが、こいつは裏店《うらだな》で飼うにはもったいねえ猫だ」

「親分さん、そんなこといわねえで。こいつがよけいに逃げる気を起こしちまうから」

正吉は白猫を受け取り、そっと運んで木箱にもどした。いつもぶっきらぼうな正吉が文字どおり猫可愛《ねこかわい》がりしているようすは、ふしぎなようでもあり、おかしなようでもあり、とにかく意外な気がした。

「話が前後したが、まさか三次郎はこっちに顔を見せちゃいねえだろうな」

源蔵がそういって、弁蔵の顔を見なおした。

「へえ、困ったもんで」

弁蔵が首を捻り、申し訳なさそうにいった。

「わっしが勝手に弁蔵にもどっちまったこと、三次郎さんには詫びなきゃならねえのに、とんと顔を見ねえんでやす」

「そうかい。ま、なにかあったら知らせな」

むしろ正吉のほうを見ながら、源蔵は軽く手を振ってみせた。

岡ッ引が帰ったあと、正吉はあらためて弁蔵に三次郎が町方の手を逃《のが》れたことを話し聞かせた。赤ん坊でも呑《の》みこめるぐらいに細《こま》かく嚙《か》み砕いて話していたが、弁蔵が事情を理解したかどうかはすこぶるあやしかった。

信太郎はそのあいだ白猫の見張りをまかされて、木箱のまえに坐っていた。さっきひと騒ぎしたせいか、白猫は足を横に投げ出して、ぐったりと横たわっている。源蔵は値打ちがあるようなことをいっていたが、やはりただの痩せ猫にしか見えない。

――金目銀目って、なんのことかな……？

信太郎が首を伸ばして覗きこむと、くいっとこちらを見あげた猫と眼が合った。その眸《ひとみ》の色が左右で違った。左眼が黄色、右眼が淡い青色をしている。なるほど金色と銀色に見えなくもない。

「みゃあ」

と白猫がそっぽをむいて、ため息のような低い鳴き声を洩《も》らした。

「ふうん、おまえはこいつに好かれたみたいだな」

正吉がわきに坐って、信太郎を肘《ひじ》で小突いた。

「どうして？　そっぽをむかれたよ」

「猫はいやな相手とは、じいっと睨《にら》み合うんだ。眼をそらすのは、この相手は大丈夫と安心したときさ」

「へえ、よく知ってるな。まえにも猫を飼ってたのかい」

正吉はそれにこたえず、木箱のふちに手をかけた。

「猫は仲間のまえじゃ、弱味を見せねえんだ。見られりゃ、とたんにいじめられるからな。どんなにしんどくても、平気なふりする。だから、道をよたよた歩いてる野良犬はいても、そんなだらしのねえ野良猫は見たことがねえだろ」

信太郎はしばらく思い返して、そういえばと合点した。

「うん、見たことねえな。もしかして、この猫は平気なふりができなくて、植木鉢の奥に隠れてたのかな」

「たぶんな。親父が見つけなきゃ、そのまま死んでたぜ。あのときはもう動けねえぐらいに弱ってたし、猫はこっそり隠れて死ぬっていうからな」

「でも、ちゃんと助かって、いまはもう大丈夫なんだろ？」

「なんとか動けるようになったけど、さっきのとおりだから、大丈夫とはいえん。いまおもてに出たら、仲間にいじめられるか、野良犬に追われるか、大八《だいはち》車《ぐるま》に轢《ひ》かれるか、どっちにしても、たちまちあの世いきだ」

「なのに、さっきみたいに逃げ出そうとするんだな」

「そうさ、それがふしぎだ。ここなら餌をもらえるし、いじめられもしねえってわかってるはずなのに。それにまだ平気なふりもできなくて、よたよたしてるくせに。なにがしたいのか、さっぱりわからん」

「飼い主のところに帰りたいんじゃねえか」

「えっ？」

と正吉が振りむいた。

「そうか、あんまり汚かったから、おれは野良って決めつけてたけど」

「あの親分さんも、めずらしい猫だっていってたろ。どこをどう見たら、長屋で飼うのがもったいないのか、おれにはわからねえけど」

「いや、この毛なみのよさからすりゃ、よっぽどいいうちの飼い猫かもしれん」

正吉が手を伸ばして、白猫の背中を指先で撫でた。そして、さっと手を引いた。白猫がいきなり爪を出して、引っ掻《か》こうとしたのだ。

「へへっ、もうその手は喰《く》わねえよ」

と正吉が木箱を覗いて、白猫にあかんべェした。よく見ると、手の甲に幾筋か爪痕《つめあと》が走っている。

「これからどうするんだ？　このまま このうちで飼うのか」

と信太郎は訊いた。弁蔵に正吉に、この気難しい白猫。それはそれで釣り合いが取れているような気もする。

けれども、正吉はそっけなく首を振った。

「そうはいかん。うちには蓄《たくわ》えなんぞねえから、じきに畜生《ちくしょう》を喰わせるどころか、人様の喰うぶんもなくなっちまう。おれもこいつを見張ってばかりはいられねえしな」

「そうか……」

信太郎はうつむいて、ちらと弁蔵のほうを見た。

「おじさん、早く仕事が見つかればいいな」

「大家さんをずいぶん怒らしちまったからな。まあ、あのひとの機嫌がなおるまで、なんとか喰いつなぐしかねえよ」

「でも、猫が元気になるには、もうちょっとかかりそうなんだろ」

「そうさ、それが厄介《やっかい》なんだ」

「じゃあ、飼い主を探したらどうかな。そうすりゃ、このうちだって猫だって助かるだろ。二人で探せば、きっと見つけられるよ」

「ううん、飼い主なあ……」

正吉がめずらしく煮《に》え切らない口ぶりをした。

四

「穀潰《ごくつぶ》しが穀潰しを飼ってどうすんだい」

「ほんと、倅の面倒もろくに見られないくせに、くそ生意気《なまいき》なことしてさ」

井戸端《いどばた》でそんなやり取りが声高《こわだか》にかわされはじめたのは、翌日の昼下がりだ。

信太郎が耳にとめた猫の鳴き声を、正吉の隣家のおよしも聞き咎《とが》めた。朋輩《ほうばい》のおしげを連れて押しかけ、正吉が猫を世話しているのをたしかめると、ひと言も事情を聞かずに、いっきに噂をひろめたのだ。

「自分のうちじゃ餌をやらず、近所で盗み喰いさせて飼ってるんだよ。みんな、台所のものには気をつけなきゃ」

「盗人《ぬすっと》親子に泥棒猫なんて、ああもう、つくづくこの長屋に住んでるのがいやになるわ」

そういう声のなかに、信太郎の母のおとくもすかさず加わり、

「こないだから二度も干物を盗《と》られたけど、やっぱりあの親子のせいだわ」

母のいうことにけちをつけたくはないけれど、これは濡《ぬ》れ衣《ぎぬ》だった。一枚目の干物を盗られたのは白猫が拾われてくるまえだし、いまも盗み喰いができるほど体力が恢復《かいふく》していない。もともとこの近所には手癖《てくせ》や尻癖の悪い野良猫がいて、そのことはおとくたちもわかっているはずなのに、みんなあれもこれも弁蔵親子と白猫のせいにするのだ。

とにかく、白猫の飼い主を探す計画は、こういう事情で頓挫《とんざ》した。長屋の大人も子供もほとんどが弁蔵の家のようすを窺い、そこに飼われている猫がなにかしでかすのをいまかいまかと待ち構えている。信太郎としてはそんな視線の雨をかいくぐるだけでも首が竦むのに、そこに母の大粒の視線がまじっているとなれば、これはもうとても路地に踏み出していく気にはなれなかった。

さいわい、この日の朝に大家の佐兵衛が訪ねてきて、新たな働き口を見つけたからと、首に縄をつけるようにして弁蔵を引っ立てていった。そこでいきなりし

くじったようすもないので、親子二人と猫一匹、とりあえず三つの口が干あがるおそれだけはなくなったようだ。

――あとは母ちゃんさえ……。

あんなに弁蔵を嫌っていなければ、と信太郎は思う。もしそうなら、他人の眼など気にせず、いますぐ正吉を誘いにいくだろう。二人で町なかを歩きまわって、白猫の飼い主を探すのは、きっと岡ッ引みたいにたいへんで、面白いにちがいない。

どうにかして母ちゃんもおもん婆《ばあ》さんみたいに、正吉にたいしてやさしくなってくれないかな。信太郎は切実にそう思うのだが、考えれば考えるほどそれは無理な注文に思えてくるのだった。

おもんは弁蔵親子が越してきた当日から親切にしていたし、おとくはおなじその日から弁蔵親子を嫌っていた。どちらも首尾一貫《しゅびいっかん》していて、自分のおこないをためらうこともなければ、他人のおこないにまどわされることもない。それがおもんの美徳だとすれば、おとくのそれもやはり美徳になるだろう。

実際、長屋をぐるりと見渡しても、好悪の天秤の皿を乗り換えた者は、信太郎のほかにいなかった。もうひとり芳松も弁蔵親子にたいする態度を変えたが、芳松の場合は好き嫌いの問題でなく、つねに両親と反対の皿に乗っているだけのことなのだ。

——焦っても、しょうがないか……。

正吉のうちに猫がいることに、みんなが慣れるのを待つしかない、と信太郎はあきらめなかばに思った。慣れてしまえば、みんなとやかくいわなくなる。しばらくはかかるだろうけれど、辛抱《しんぼう》さえしていれば、やまない雨はない。

ところが、信太郎が覚悟していたよりはるかに早く、長屋の住人は白猫を受け入れたのだ。

「信太、ちょっといいか」

と最初に声をかけてきたのは、満吉だった。

「なに?」

信太郎は小便をしながら用心深くこたえた。長屋の惣後架《そうこうか》には小便所がひとつしかないが、譲れといわれて途中で譲れるものではない。

「うん、あのな……」

満吉はいつも幸助のあとに金魚の糞《ふん》みたいにくっついて、正吉へのいじめや信太郎への嫌がらせをにやにやしながら眺めている。だがこの日は幸助の姿が見えず、満吉はぎこちなく愛想笑《あいそ》いを浮かべていた。

「正吉の飼ってる猫を見たいんだけど、たのんでくれないか」

「猫?」

「そう、猫」

「猫?」

あまりに思いがけなくて、信太郎はついおなじ言葉を繰り返したが、

「それなら自分でたのみなよ。正吉は出し惜《お》しみなんかしねえから」

「そうだろうけど、ひとりじゃ顔を合わせにくいんだ。な、わかるだろ?」

と満吉が困り顔をする。愛想笑いが崩れて口の端が曲がり、あまり感じはよくないけれど、これまでのことをうしろめたく思っているなら、こちらが意地悪をしかえすこともない。

「わかった。じゃあ、たのんでやるよ」

信太郎は用を足しおえると、井戸端でちょちょっと手を洗い、満吉を連れて路地を引き返した。母はいま買い物に出かけているが、たとえ見咎められても、満吉と一緒ならいきなり雷《かみなり》は落ちないだろう。

「正吉、入るぞ」

ひと声かけると、「ほら早く、戸に挟《はさ》まるよ」と満吉を急《せ》き立てながら、さっと戸を開け閉めして、土間に入る。

「信太か？　ちょうどよかった、小便にいきたかったんだ。こいつを見といてくれ」

正吉がまともに顔を見もしないで、いれちがいに飛び出していった。

満吉が呆気《あっけ》に取られた顔で、眼をぱちくりさせている。信太郎は部屋を見まわした。奥のほうに木箱が逆《さか》さに返してあり、白猫はそのうえに丸くうずくまっていた。このまえよりふっくらして見える。

信太郎は部屋にあがって、満吉に手招きした。白猫ははじめ信太郎を見ていたが、くいと顎《あご》をまわして満吉に眼を据えた。そういうわずかな動きにも力が感じられ、ヒゲもぴんと張っている。

「この猫か……」

と満吉が前屈《まえかが》みになって近づいた。白猫の眼を見ながら、じわじわと首を伸ばしていく。

「ほんとだ、右と左で眼の色が違うや」

だれに聞いてきたのか、満吉がそんなことを呟《つぶや》いた。

「あんまり近づかねえほうがいいよ、引っ掻かれるから」

と信太郎はうしろから教えた。満吉が慌てて首を引っこめ、

「えっ、こいつ気が荒いのか」

「けっこう、やんちゃみたいだ。それにいまみたいに眼を合わせるのは、怪しんだり怒ったりしてるときなんだってさ」

「どうして怒るんだ、おれはなにもしてねえぞ」

「そんなこと、猫に訊きなよ」

満吉はまた前屈みになり、さっきより離れてじろじろと白猫を眺めまわした。

「名前は？」

「さあ、知らねえ」

「尻尾は短いな？」

「うん、短い」

信太郎はいいながら白猫の尻のあたりを見なおした。白猫はまだ満吉を睨んでいる。

「正吉がいってたけど、尻尾の長い猫は猫又《ねこまた》になるからって、いやがるひともいるんだと」

猫は年寄ると猫又という化け物になる。このとき尾が二股にわかれるというのだが、たしかにちんちくりんの尻尾ではさまにならないだろう。

「猫又がどうしたって?」

正吉がもどってきて、土間に立って背伸びした。このところあまりおもてに出ないので、身体がなまっているらしい。

「いい猫だな」

と満吉が振りむいて、また愛想笑いを浮かべた。

「そうだろ。こんなきれいな猫、おれは見たことがねえ」

正吉は満吉がこの場にいることにこだわるふうもなく、ふだんどおりの口調でいった。案《あん》の定《じょう》だった。日ごろの相手の言動をどう思っているにせよ、それをいちいち態度に出したりはしない。

満吉が首をぎくしゃくと振って、正吉と白猫を見くらべながら、

「ずっと、つきっきりで世話してるのか?」

「ああ、ずいぶん弱ってたし、そのくせすぐに逃げようとするからな」

「小便にもいけないなんて、たいへんだな」

「そうでもねえよ」

「いや、ずいぶんたいへんそうだ。よかったら、この猫、しばらくうちで預かろうか」

「ふうん、親切だな」

正吉が部屋にあがり、じっと満吉を見つめた。

「えらく、親切だ」

「いや、ほんとにたいへんそうだしさ」

「………」

「母ちゃんも、助けてやれっていってたから……」

「まあ、遠慮しとくよ。だいぶ聞きわけがよくなってきたし、もうすこし元気になったら放してやるつもりだから」

「えっ、放しちまうのか？」

「そうさ、ここにいたけりゃ居つくだろうし、どこかにいきたきゃ行っちまうだろうし、好きにさしてやるよ」

正吉がそっけなくいった。なんだ、飼い主を探すつもりはないのか、と信太郎はがっくりしたが、どういうわけか満吉も顔を強張《こわば》らせていた。

五

たとえば梅雨《つゆ》明けのように、その日を境《さかい》に長屋の空気がころりと変わった。満吉のあとにも、おなつや兼太などが猫を見たいといいだし、信太郎はたのまれるたびに、はるばるむかいの家まで案内した。

それにしても生き物というのは、嘘《うそ》のようにひとをなごませるらしい。白猫を見ると、みなが正吉に笑いかけ、世話を手伝おうか、いっとき預かろうか、と猫撫で声を出す。そのようすがあまりに熱心なので、信太郎はみながおかしな風邪《かぜ》にでもかかったのかと首をかしげたが、幸助がきて泣きそうな顔でたのむよといったときには、さすがに頰《ほお》をつねって夢でないとたしかめたのだった。

子供だけでなく、大人も猫を見物にきた。おもに女房たちが入れかわり立ちかわり押しかけたのだが、夫婦で見にくるうちもあり、やはり正吉に笑いかけ、預かるだの世話を手伝うだのと猫撫で声を出し、弁蔵がいれば、なんと弁蔵にもお世辞《せじ》をいった。

みなが競《きそ》うように弁蔵親子に朝夕のおかずを差し入れ、ついでに猫の餌も差し入れたが、実際には猫の餌のついでに、弁蔵親子のおかずを差し入れているようにも見えた。このさき猫を放してやるなら、うちで飼わせてほしい。いや、それならうちで、と正吉に頭をさげる亭主たちまでいて、ひとつまちがえば奪い合いにもなりかねない勢いだった。

長屋に重苦しい影を落としていた天秤は姿を消して、みなが一匹の白猫と弁蔵親子にたいして善意と友情をしめした。

ただなぜか母のおとくだけは蚊帳《かや》のそとにいて、猫をちらりとも見物にいかず、むかいの家の賑《にぎ》わいを眉《まゆ》をひそめて眺めていた。とはいえ、おとくはなにごとにつけ、ほかの女房たちにおくれを取ったことがない。

──母ちゃんもじきに、正吉に笑いかけるさ。

と信太郎は楽観していた。そうなれば、おとくのまえでも大手を振って正吉と遊べるようになる。

ところが、眩しい日の光にあふれる盛夏から、暗く湿《しめ》った梅雨に引きもどされるように、ある日を境に長屋の空気がまた一変したのだ。

きっかけは、やはり猫だった。その日、突然に白猫が倒れた。体格も体力も恢復して、もうじき町に出してやれるだろう、と正吉が話していた矢先のことだ。

白猫は横たわったなり吐《は》き下《くだ》しを繰り返し、そのまま立ちあがれなくなった。

住人たちはそのことを知ると、にわかに猫見物をやめて、弁蔵親子に関わるまいとしはじめた。いま思い出しても、てのひらを返すという言葉にあれほどみごとにあてはまる景色は記憶がない。

ぴたりと差し入れがとまり、だれも正吉に笑いかけなくなった。猫の世話を手伝うともいわず、預かるなどもってのほか。それどころか、長屋にいるだけでも迷惑千万という態度をみなが取りだした。弁蔵にお世辞をいう者がいたなど、とうてい信じられないありさまになった。

「ほんと、ばからしいったらないわ」

数日後、信太郎は母のぼやき声を夜具のなかで聞いた。

「みんな、なに眼の色を変えて騒いでるのかと思ったら、あの男が拾ってきた猫、上総《かずさ》屋の飼い猫じゃないかっていうのさ。ほら、ふた月ほどまえに行方知れずになって、おかみが八方手をつくして探してるっていう。あんたもいやでも噂ぐらい耳にしてるだろ?」

「ああ、そうだな」

と栄五郎がいつもの相槌《あいづち》を打った。たぶん噂など聞いてもすぐに忘れてしまったのだろう。

「真ッ白な毛なみで、金目銀目、短い尻尾。これは間違いないって、みんな内心で舌なめずりしてね。それでなんとか手に入れて、上総屋に連れていこうと算段してたのさ。上総屋ならうんと礼金を奮発《ふんぱつ》するだろうし、うまくすりゃあとあとまでご利益《りやく》がありそうだからね」

どこでなにをしている上総屋か、信太郎には見当もつかないが、かなりの大店《おおだな》ではあるらしい。

「だから、おたみさんもおしげさんも、あたしには内緒にしてたんだ。あたしから信太、信太から正吉に話が伝わったら、元も子もなくなっちまうからね。けど、そんな小狡《こずる》いことをして、あの厄介者親子の機嫌を取ってるあいだに、肝心の猫が病気になっちまうんだから、笑っちまうじゃないか」

笑いごとじゃないよ、と信太郎は胸裡《きょうり》で呟いた。母の声を聞くのがつらくなってきた。

「獲《と》らぬ狸《たぬき》の皮算用《かわざんよう》、骨折り損のくたびれ儲《もう》け。それだけですめばまだいいけど、このまま猫を死なせて、それが上総屋に知れたら、どんな目に遭わされるかって、みんなびくびくしてるのさ。上総屋はあれで商売の裏のほうじゃ、いろいろといわれてるからね。あたしゃ内緒にしてもらって、かえって助かったわ」

さあ、どうなることだろ、とおとくはまるきり他人事《ひとごと》という口ぶりでいった。

一方、正吉はそんな事情を知るはずもなく、ただただ懸命に白猫を介抱していた。昼はつきっきりで、夜もほとんど寝ていないらしい。だが白猫は日に日に痩せ細るばかりで、わずかな恢復の兆《きざ》しも見せなかった。

信太郎は母から聞いたことを正吉には話せなかった。話したところでどうできるわけでもないし、正吉も白猫もすでに十分すぎるほど苦しんでいた。隣人の下心、上総屋の剣呑《けんのん》な噂、そんなものを聞かせるのは残酷なだけに思われた。

岡ッ引の源蔵がふたたび弁蔵を訪ねてきたのは、雲間からときおり日射しがこぼれる静かな午后だった。その日、弁蔵は朝から家にいた。大家に斡旋してもらった働き口をまたぞろくびになったのだ。

源蔵はやはり大家に聞いて、それと知っていたのだろう。迷いのない声で呼びかけた。

「弁蔵さん、いるかい。今日は引き合わせたいおひとがいて、案内してきたんだが」

源蔵のうしろには、見るからに裕福そうな中年の女性がたたずんでいた。商家のおかみらしい物腰で恰幅《かっぷく》がよく、風呂敷《ふろしき》包みを抱えた若い娘を供にしたがえている。

信太郎は開け放した戸口からようすを見ていたが、ほかの家でもそろって路地を覗き見ていたようだ。源蔵が土間に入ると、こんどは洩れてくる声にいっせいに聞き耳を立てたにちがいない。

「じつは、あんたの拾った猫だが、こちらにきていなさる……」

という源蔵の声がにわかにうわずった。

「なに、猫が死んだ？」

「へえ、今朝方《まの》、ぽっくりと」

弁蔵の間延びした声が聞こえてきた。ならびの家々からため息をつくような気配が流れだして、路地の空気がじっとりと湿った。戸口を出てきた源蔵は、いつになく表情が硬かった。詫びるような口調で、中年の女性に囁《ささや》きかけた。

「おかみさん、どうもよくねえ話のようですが、どうさしてもらいましょう」

だが中年の女性は態度を変えず、落ち着いた声でいった。

「その猫、見せてもらえますか。珊瑚《さんご》かどうかたしかめますから」

源蔵がうなずいて、また戸口を入った。すぐに弁蔵が手ぶらで出てきて、源蔵がそれにつづき、最後に正吉が木箱を抱えて出てきた。

正吉はうつむいて、下唇を噛んでいた。中年の女性のほうが歩み寄り、木箱のなかを見おろした。眼を凝らすまでもなく、源蔵を振りむいて、

「間違いありません。うちの猫です。ええ、珊瑚です」

「おばさん、ごめんなさい」

正吉が声を震わせた。

「一所懸命世話したんだけど、こんなことになっちまって」

「わたしは上総屋のりょう、この猫は珊瑚といいます」

路地の空気が張り詰めた。源蔵の硬い顔つきが、覗き見る住人をよけいに緊張させる。だがおりょうは穏やかにうなずいた。

「わかっていますよ、こんなきれいにしてもらって、本当によく世話をしてくれたんですね。あなた、お名前は？」

「正吉」

「そう、正吉さん、珊瑚が死んだのは、あなたのせいではありません。もともと内臓《ない》の病を患って、もう長くないといわれていたのです」

「けど……」

「病気とわかってからは、ほとんど座敷に閉じこめるようにしていたのだけれど、珊瑚はそれがいやだったのでしょう。ある日、隙を見て逃げ出して」

とおりょうは嘆じるようにいって、

「もう一度町を歩きまわって、死に場所を探すつもりだったのかもしれません。けれど、もう足元もおぼつかないぐらいでしたから、ずいぶん心配していたのです」

「ここにきたときも、はじめは歩けなくて。けど、動けるようになってからは、うちに帰りたかったんだと思う。何度も逃げ出そうとしたから。こんなことになるなら、ちょっとでも元気なあいだに、帰してやりゃよかった」

正吉が深くうなだれた。おばさん、やっぱりごめんなさい、といっそう声を震わせた。

だがおりょうは首を振って、

「いいえ、うちに帰るのではなくて、たぶん最期まで町をぶらつくつもりでいたのでしょう。そういう気ままなところのある猫でしたから。けれど、どこかでさみしく死ぬより、あなたに看取《みと》ってもらってよかったと思いますよ。だって、こんなにやすらかな顔をしていますから」

おりょうは木箱に手を入れて、白猫の背をゆっくりと撫でた。ふと表情を変えて、木箱を抱える正吉の手を見やり、

「まあ、ひどい引っ掻き。痛かったでしょう。珊瑚はまたずいぶんやんちゃをしたのね」

これを薬代にしてちょうだい、とおりょうが懐から財布を出して、花紙に金子《きんす》を包んだ。

信太郎は度肝《どぎも》を抜かれた。遠目ながらも小判をはじめて見たのだ。それも十枚。

おりょうは木箱越しに手を伸ばして、その包みを正吉の懐に滑《すべ》りこませようとした。だが正吉が後退《あとじさ》って、首を横に振った。

「薬代はいらねえ。唾《つば》をつけてりゃ治るから」

「どうか遠慮しないでおくれ。珊瑚を世話してもらったお礼もあるのだから」

「けど、そんな大金は受け取れねえ」

「これは、わたしの気持ちだから、多い少ないはいわないでおくれな」

とおりょうが包みを差し出す。

「親父、おばさんがこういってるけど、どうしよう?」

と正吉が弁蔵を見やった。

「はあ、なんのことだ？」

「猫を世話したお礼をくれるっていうんだ」

「ばか、野良猫を世話して、おあしがもらえるわけねえぞ」

「けど、このおばさんがそういってるんだ」

「ほんとうか？」

「ほんとさ」

「ははあ、野良猫を世話して、おあしがもらえるわけか」

「そういうことだけど……」

「そりゃ困ったなァ。それがほんとだと、みんな仕事にいかねえで、野良猫の世話ばっかりする」

「うん……」

「おまえは、まっとうに働けよ。父ちゃんが思うには、そのほうがいいぞ」

「わかった」

と正吉はうなずいて、おりょうに眼をもどした。木箱を抱えなおして、きっぱりといった。

「親父がああいってるから、お礼はいらねえ。そのかわり、おばさんのうちまでこいつを送っていっていいかな。せめて一度ぐらいこいつを連れて、町を歩きたいから」

おりょうは正吉の顔を見つめ、十両の包みを懐にしまった。

翌日、大家の佐兵衛がきて弁蔵に三度目の働き口を斡旋したが、どうやらそれは上総屋が口利《くちき》きしたようだった。その日、弁蔵は目一杯に働き、汗まみれで小銭を握り締めて嬉《うれ》しそうに帰ってきた。

四話

十の約束

一

空地《あきち》に近づくと、騒ぎ声が聞こえてきた。子供が四、五人ぐらい。男女のまじる声で、なにやら囃《はや》し立てている。

信太郎は眉《まゆ》をひそめて、いっそう足運びを急《せ》かした。空地の欅《けやき》の木陰《こかげ》で、正吉と待ち合わせている。

「そうだよ、いつもの空地。もうじき手伝いがすむから、さきにいっといて」

そう声をかけたあとに、母におまけの用事をいいつけられて、家を出るのが遅くなってしまった。手狭《てぜま》なかわりに、たいていは貸切で遊べる空地だけれど、この日はほかの子供にさきを越されたらしい。

いやな予感がした。空地にいるのがおなじ長屋の子供にせよ、よその子供にせよ、正吉がそのなかにまじっていっしょに騒いでいるとは思えない。とすれば、正吉はひとりぼっちで騒ぎに囲まれていることになる。

早足に近づいていくと、案《あん》の定《じよう》、騒ぎ声は賑《にぎ》やかさのなかに棘《とげ》をふくんでいた。そして、どの声にも聞き覚えがあった。

空地のまえまでくると、信太郎はいったん立ちどまって眼《め》を凝《こ》らした。

正吉の姿は見あたらず、欅の根元を子供たちが取り囲んでいた。やはりおなじ長屋の子供だ。満吉や兼太、おなつやおたかたちが、唄のように節回しをつけながら囃し立てている。

「女郎の倅《せがれ》、やいこら、女郎の倅――」

信太郎はぐっと顎《あご》を引いて、空地に踏みこんだ。まっすぐに欅の根元をめざす。晩夏の日射《ひざ》しを浴《あ》びて、欅は凄《すご》いほどに大きく緑にそびえていた。

跫音《あしおと》よりもこちらの剣幕に気づいたのか、兼太がくるりと振りむいた。このあいだまでなら、騒ぎの輪に入るよう手招きしたり、そこに盛りあがる悪意をわかつよう目配《めくば》せしてきただろう。

だが兼太は半身に肩を返して、睨《にら》む眼つきをしただけだった。満吉やおなつも振りむいて、尖《とが》った視線をぶつけてきた。じきに信太郎もあらわれるものと、待ち構えていたのかもしれない。

「女郎の倅に客がきたぞ。客はやっぱり女郎好き――」

兼太がいきなり声を張りあげた。すぐさま満吉たちがつづき、いっとき低くなっていた騒ぎがまた、わっと高くなった。

「女郎好き、やいこら、女郎好き――」

信太郎はひるまず、上目遣《うわめづか》いに兼太を見返して、一歩一歩近づいた。

「女郎の倅に、女郎好き。商売繁盛《はんじよう》、商売繁盛――」

満吉は欅のほうに顔をもどして囃し立て、おなつとおたかはちらちらと振り返りながら黄色い声をふりまいている。女たちのけがらわしいものを見るような眼つきは、男の荒っぽい視線とはちがう痛みがあった。もうひとり齢下《としした》の鶴一《つるいち》も欅のほうをむいているが、いつこちらを振りむいて弥次《やじ》を飛ばそうかとうずうずしているらしかった。

空地は狭く、距離は見るみる詰《つ》まった。欅の木陰のふちまでくると、信太郎はふだんどおりに声をかけた。

「正吉、遅くなってごめんな」

あえて声を張らなかったのは、満吉たちの囃し立てを煽《あお》るだけだと思ったからだ。五人と一人で大声の出し合いになれば、逆立《さかだ》ちしても勝てっこない。

「ああ、いいぜ」

そっけない声が返ってきた。満吉たちの背中の隙間《すきま》から、草のうえに寝そべる正吉の身体が見えている。顔は隠れているけれど、たぶん頭のうしろに手を組んで、眼をつむっているのだろう。

兼太と満吉が苛立《いらだ》たしげに眼を見かわし、鶴一も二人をまねて怒った顔つきをした。おなつとおたかも、なにさというように眼尻《まなじり》を吊《つ》りあげている。正吉のひともなげな態度が気に喰《く》わないのだ。

信太郎は内心では息苦しいぐらいにどきどきしていたが、それが顔色や声音《こわね》にあらわれないよう精一杯に抑《おさ》えていた。弱味を見せたら、いっぺんにつけこまれてしまう。ここが勝負所なのだ。

「あれからまた、母ちゃんに手伝いをさせられたんだ」

「そうかい、ご苦労さん」

いじめている側からすれば、餌食《えじき》にしているはずの二人が平然と話しているのだ。とうてい許せないことだろう。兼太の顔に赤みがさして、囃し立てる声がむしろ低くなった。満吉も拳《こぶし》をかためて、険《けわ》しく肩を怒らせている。

いよいよ喧嘩腰《けんかごし》に咬《か》みついてくるつもりなのだ。その牙《きば》が剝《む》きだされるまえに、信太郎はもう一度正吉に声をかけた。

「芳ちゃんも、まだきてないんだな」

芳松は長屋一の悪童だ。というか、奉公先を追い出されて長屋にもどってきたから、もはや童《わらべ》と呼べないような齢ごろで、体格や腕力もほかの子供とは比べ物にならない。

その芳松はつい先日まで力まかせに正吉をいじめ倒していたが、いまはぴたりと暴力を振るうのをやめている。信太郎とおなじく、弁蔵親子にたいする好悪《こうお》の天秤《てんびん》の皿を乗り換えたのだ。

もっとも、正吉の見立てによると、芳松の豹変《ひょうへん》は当人の好悪とはなんの関わりもなく、父や母と反対側の皿に乗っただけのことだという。だから両親がまた弁蔵にやさしくしだせば、芳松もまた正吉をいじめることになるらしい。

——そんなことってあるのかな……？

と信太郎はいまだに半信半疑だが、かりにその見立てが正しいとしても、正吉が殴《なぐ》られる心配は当分のあいだないようだった。芳松の両親は親切者の化けの皮が剝《は》がれたあと、それまで溜《た》めていたものを吐《は》き出すように、やかましく弁蔵の悪口をいいふらしている。

一方、芳松はすすんで正吉に親切にしたり、仲良く振る舞うわけではないけれど、いまのところ嫌悪《けんお》の側にくみしていないことはたしかだった。たとえば長屋の子供のあいだで喧嘩が起きれば、きっと正吉のほうに味方するだろう。

兼太たちがにわかに口をつぐんだのは、それがわかっているからだった。げんに幸助が芳松をそそのかそうとして、吹っ飛ぶぐらいに殴られている。そういえば幸助は先頭に立って囃し立てていそうなものなのに、今日は朝から顔を見ていない。

「いくか、そろそろ」

「ほかのことして遊びましょうよ」

「こんなところに長居したら、女郎臭くなっちまう」

だれがだれにいうでもなく、満吉やおなつが欅に背をむけた。兼太がしきりに道のほうを気にしているのは、芳松の姿を探しているのだろう。信太郎と眼が合うと、脅《おど》すように睨みつけて、また道のほうを見やる。

「どこにいく？」

「広いほうの空地がいいかしら」

「けど、あそこはさっき野良犬が集まってたよ」

「どこでもいいから、とにかくちがう場所にいこう」

思いがけないほどの慌《あわ》てぶりで、兼太たちは捨てぜりふも残さず、そそくさと空地を出ていった。そのうしろ姿を見送ると、信太郎はほっと息をついて、欅の根元を振りむいた。がらんとした木陰には、やはり正吉が瞼《まぶた》を閉じて寝そべっていた。

二

――肝《きも》っ玉《たま》が据《す》わってるのはわかるけど……。

と信太郎は呆《あき》れなかばに歩み寄った。すると、正吉が薄眼を開いて、小首をかしげながらこちらを見あげた。

「さっきのは、なんだい」

「さっきの?」

「芳松のことさ。もともと、きやしねえだろ」

「ああ、あれのこと」

と信太郎は笑顔でうなずいて、

「咄嗟《とっさ》の思いつきだったけど、うまくいったろ。へへっ、あんまりうまくいきすぎて、正直びっくりしたよ」

「みっともねえから、あんなことはやめたほうがいいぜ」

と正吉がぶっきらぼうにいった。

「みっともねえって、なにがだよ。うまくあいつらを追っ払ったろ」

「ああいうのを、虎の威を借る狐っていうんだ」

「しかたねえだろ。むこうは五人だし、ああいわなきゃ、おれたち殴られてたぞ」

喧嘩相手の人数に女を入れるのはおかしなようだが、おなつたちは身体が大きいし、引っ搔《か》いたり抓《つね》ったり、叩《たた》いたり喚《わめ》いたり、あれでけっこう手強《てごわ》いのだ。

「殴られたら、てめえの拳で殴り返す。虎の威も、芳松の拳も、おれは借りん」

正吉がぴしゃりといった。

「なんだよ、えらそうに。寝っ転がって、勝手なことばっかりいってら」

信太郎は口を尖らせて、ぷいと背をむけた。せっかくの機転をけなされて、かちんときている。

「あれ、もう帰るのか？」

「どうせ、おれはみっともねえ弱虫だからな」

「弱虫とはいってねえぜ、おれは。そうさ、信太は決して弱虫じゃねえ」

正吉が起きあがって胡坐《あぐら》をかくと、いくぶんなだめるようにいって、

「けど、さっきはちょっとずるしたな」

信太郎は振りむいて、ぐいと顎を突きあげた。

「教えてやるよ。ああいうのを、嘘《うそ》も方便《ほうべん》っていうんだ」

「なるほど、ものはいいようだ。けど、ずるはずるだぜ。そりゃ、世の中ってのはずるしたほうがうまく渡れるかもしれねえけど、おれは……」

正吉はなぜかそこでいうのをやめてしまった。なにをいおうとしたかは、幾通りも考えられるし、なぜ途中でやめたかも、よくはわからない。だが後日に正吉がこんなことをいったのを、信太郎は憶《おぼ》えている。

「親父《おやじ》みたいなあれでも、ずるせずに暮らしていけるんだ。賢いひとがどうしてずるしなきゃならねえわけがある?」

ともあれ、信太郎はこのとき正吉がなにをいいたいかより、自分がなにをいうかで頭がいっぱいだった。半歩踏み出して、つっかかるようにいった。

「おれがずるしたっていうなら、正吉はどうなんだよ。女郎の倅なんていわれて、聞こえねえふりしてるのは、ずるくねえのか」

「聞こえないふりなんかしてねえよ」

「けど、言い返しもしねえで、黙ってただろ」

詳しいことはわからないが、金を受け取って男の遊び相手をする女がいるのは、信太郎も知っている。それは人目をしのぶ、たぶん裸でするような、いやらしい遊びなのだ。

兼太たちがもっと詳しいことを知っていて、あんなふうに囃し立てていたのかどうかはわからない。けれども、正吉は信太郎や兼太よりはるかに正確なことを知っているだろう。もしかすると、大人なみの知識を具《そな》えているかもしれない。

「女郎の倅」

という言葉のもつ悪い意味を長屋の子供のだれよりもはっきりと知りながら、正吉は「てめえの拳」を揮《ふる》うどころか、寝そべったなり眼も口も閉ざしていたのだ。そんなだらしない真似《まね》しかできないなら、たとえ虎の威を借る狐といわれようと、意地悪してくる連中に一矢《いっし》を報《むく》いたほうがましじゃないか、と信太郎は思う。

だが正吉は相変わらずのそっけない口ぶりでいった。

「言い返すもなにも、ほんとのことだからな」

「えっ？」

「馬鹿《ばか》の倅のつぎは、女郎の倅。毎度のことで慣れちまったし、そういわれて嬉《うれ》しくはねえけど、べつに腹も立たん」

「…………」

信太郎は正吉の顔を見なおした。なにかいおうとしたが、うまく言葉が出てこなかった。正吉の背負っているものが、その小さな身体のむこうに、いちだんと黒く大きく盛りあがったようだった。信太郎は唇を嚙《か》んで、正吉のわきにならんで腰をおろした。

正吉が膝《ひざ》もとの草を抜いて、口の端《はし》にくわえた。下顎を突き出すように動かして、葉先をくいくいと上下させると、ぷっと吹き飛ばして、

「おれが気にしてねえのに、おまえが気にするなよ」

こちらの肩をぽんと叩いて、めずらしく愛想《あいそ》笑いした。

「ほんとなんだ……」

「まあな」

「じゃあ、あの話もほんとなのかな?」

と信太郎は遠慮がちに訊《き》いた。

「弁蔵さんが、むかし扇《おうぎ》屋の若旦那だったたって話」

三

その噂《うわさ》話をひろめたのは、おたかの母親のおみつだった。

おみつは木戸際《きどぎわ》の家に住んでいて、そういう場所柄のせいか、それともたんなる性分《しょうぶん》なのか、門番のように光る眼と敏《さと》い耳を持っている。さらに休みなく動く口の持ち主で、見聞きしたことをすぐさま井戸端《いどばた》で吹聴《ふいちょう》する。

実際、隣人はもとより長屋に出入りする棒手振《ぼてふり》や屑《くず》屋の消息にまで、おみつはおそろしいぐらいに通じていた。あの魚屋は昨日女房と喧嘩したらしいとか、さっきの白酒《しろざけ》売りは博奕《ばくち》で身を持ち崩したとか。

弁蔵についても路地で見せるおかしな仕草《しぐさ》や、ちょっとしたへまのたぐいを見《み》逃《のが》したためしがないが、こんどは長屋を離れた内神田《うちかんだ》から噂の種を仕入れてきたのだった。弁蔵親子が以前に暮らしていた松枝《まつがえ》町で聞いた話だという。

それによると、弁蔵は本所林町にあった扇屋の一人息子で、裕福とはいえないまでも、ひとなみ以上には暮らしていたらしい。

「ああ、そうだよ。おれもそんなふうに聞いてる」

と正吉がうなずいた。

「若旦那か馬鹿旦那かは知らねえけどな、へへっ……」

弁蔵は、もちろんそのころからたよりない男だった。だが両親はしっかりした嫁を迎えて、忠義な番頭に支《ささ》えさせれば、なんとか跡を継がせられると考えていたようだ。

ところが、八方手をつくしても縁談はまとまらず、番頭の忠義のほどもあやふやなまま、弁蔵が二十一のときに両親が相次いで他界した。よほど心残りだったのだろう。しばらくは近所で両親の幽霊の噂が囁《ささや》かれたほどだという。

それはともかく、一人残された弁蔵は熱心に悪所通いをはじめた。深川の櫓《やぐら》下《した》と呼ばれる岡場所に、仲間と連れ立って入り浸《びた》ったのだ。不謹慎というまえに、まず柄《がら》にもない話だが、実情はおなじ町内の道楽息子たちが、弁蔵の懐《ふところ》をめあてにしつこく誘ったらしい。

仲間連中も派手に遊んだが、弁蔵もおおいに散財した。三代続いた扇屋が傾くほどにだ。なにしろ金勘定《かんじょう》が不得手《ふえて》なうえに、ひとを疑うことを知らないから、出せといわれた金はほいほいと出してしまう。

「おれは見たわけじゃねえけど、ようすはありありと眼に浮かぶぜ。仲間面《づら》した連中にとっちゃ、親父はまたとない金蔓《かねづる》だったわけさ。おれがいりゃ、そんなことはさせなかったけど、生まれるまえじゃ、さすがに手も足も出ねえや」

実際、正吉が生まれるためには、弁蔵はもうひと散財しなければならなかった。

当時、弁蔵の懐に眼をつけたのは、近所の道楽者だけではなかった。同業の扇屋や職人、梓巫女《あずさみこ》や占師などが、あれこれ話を持ちかけたが、そのなかで弁蔵の財布をわしづかみにしたのは、馴染《なじ》みになった櫓下の女郎だった。

弁蔵と所帯を持ちたいから身請《みう》けしてほしいと、女はせつせつと訴えた。そして十の約束をして、弁蔵をその気にさせたというのだが、たぶん無用の手管《てくだ》だったろう。そんなことをしなくても、嫁にしてくれとひとこと頼んだら、弁蔵はふたつ返事でうなずいたにちがいない。

ともあれ、弁蔵は両親が考えていたのとはちがう意味で、しっかりとした女を嫁に迎えることになった。だがそれと引き換えに、店を潰《つぶ》してしまった。女の借金を清算して身柄を請け出したあと、わずかに残った金子《きんす》や商売物の扇を、さして忠義者でもなかった番頭が洗いざらい持ち逃げしたのだ。

身請けされた女は約束どおり、弁蔵と所帯を持った。十のうちの最初のひとつはなんとか守ったのだ。弁蔵の襟首《えりくび》をつかむようにして、女は着のみ着のままで裏店《うらだな》に転《ころ》がりこんだ。そして一年ばかり暮らしたすえに、ぽろりと赤ん坊を産むと、ある日風呂敷《ふろしき》包みを提《さ》げて出かけたきり、二度と帰ってこなかった。

「それが、おれのお袋さ」

と正吉がいった。道のほうに眼を細めているのは、ちょうど甲高《かんだか》い声の棒手振が空地のまえをとおりすぎ、それを眺《なが》めているのかと思ったが、よく見ると棒手振のむこうに、赤ん坊をおぶった女が歩いているのだった。

「お袋といっても、親父を騙《だま》した女だし、おれを見捨てた女だけどな」

信太郎はちらと正吉の横顔を眺めた。正吉はそっけない話しぶりをしているが、母子を見つめる眸《ひとみ》がいつになく深い色をたたえていた。

「もちろん聞いた話だけど、まあ、たいがいそんな事情だったらしいぜ。親父はお袋を筆頭にあっちこっちで喰い物にされて、残ったのはでっかい図体と赤ん坊だけ。あっというまにがりがりに痩《や》せこけて、文字どおり馬の骨になっちまったわけだ」

「…………」

「ほんと、ろくでもねえ、笑えねえ笑い話さ。な、そう思うだろ?」

「たいへんだったんだな。弁蔵さんも、おまえも……」

「おれはそんな時分のことを憶えちゃいねえし、貧乏なのもお袋がいねえのも、はなからそうだったから、気にしたこともねえけどな」

正吉がいいながら大きく手足を伸ばして、ばたんと寝転がった。

「けど、お袋が消えたあと、親父がどんなふうにしておれを育てたか、それだけは気になるな。すったもんだにてんやわんやの繰り返しで、見物だったにちがいないぜ」

「そう、きっとそうだろうな……」

信太郎が思案顔《しあんがお》でこたえると、それを見て正吉がくすくすと笑った。

「おいおい、そんな真面目《まじめ》に想像するようなもんじゃねえぜ」

だが信太郎は弁蔵の子育てではなく、自分の母親の顔を思い浮かべていたのだ。

いま正吉から打ち明けられたのとおなじ話を、母のおとくは井戸端で聞きこんできて、父の栄五郎にことこまかに話した。信太郎はそれを寝たふりしながら聞いていたのだが、おとくの口ぶりは終始冷《ひや》やかで、木枯《こが》らしのように耳たぶが痛かった。

弁蔵が自分たちより豊かに暮らしていたことが気に喰わない。根がだらしないから女遊びにうつつをぬかして騙される。店が潰れてざまをみろ、という口ぶりなのだ。

「まったくさ、あんな男が表店《おもてだな》の跡取りで、しっかり者の嫁をもらって、安閑《あんかん》と暮らしましたなんて、そんなばかな話があっていいわきゃないよ。落ちぶれるものは、やっぱりきちんと落ちぶれてもらわないとね。だからって、この長屋に住みつかれちゃ迷惑だけど、とにかくいまはあのていたらくなんだから、世の中ってのはそこそこ辻褄《つじつま》が合ってるわ。傾城《けいせい》の涙で蔵の屋根が漏《も》りとは、よくいったもんさ」

「ああ、そうだな」

「あのこまっしゃくれた倅にしても、事情がわかってみりゃ、なるほどなってもんさね。うどの大木にいかさま女郎の取り合わせで、まともな子が育つわけない。おかしなところだけ血の巡《めぐ》りがよくて、小生意気《こなまいき》なばっかりで、ありゃきっと親に輪をかけた、とんでもないろくでなしになるわ」

「…………」

栄五郎もしまいには相槌《あいづち》をやめて、寝たふりをはじめたようだった。

信太郎も寝返りを打って、それからまた延々とつづいた悪口には耳を貸さず、考え事をするうちに眠ってしまったが、何度考えてもふしぎでしかたがなかった。どうしておとくは他人の不幸をあんなにも手放しに喜べるのだろう。

嫌いなら、嫌いでいい。それでもほんの一瞬、弁蔵や正吉の立場から物事を見てみれば、二人がどれだけつらい道を歩いてきたかはわかるはずだ。べつに天秤の皿を乗り換えろとはいわない。こころのなかで好悪の一線をそっとまたいでみるだけでいいのだ。

そうすれば相手に同情まではしなくても、不幸を喜ぶことにはためらいが生じるだろう。そしてまた、そうなれば容赦《ようしゃ》なくひとをこきおろしたり、欠点をあげつらい、失敗をあざわらうことが、いかに醜《みにく》い行為であるかにも気づくだろう。

――正吉の気持ちを考えてみてよ。

母ちゃんにそういってみようかな、と信太郎は思う。ためしに、一度だけ。でも、そのまえに父ちゃんに相談したほうがいいかな。どうだろう。相談したら、やめておけといわれるかもしれない。なぜかしら、そんな気がする。

「どうした、信太。難しい顔して、さっきの話のことを考えてるのか」

正吉が肘《ひじ》をついて、顔を覗《のぞ》きこんできた。

「ううん、ちがう。ちょっとぼんやりしてただけ」

「そうか？　さっきもいったけど、おれが気にしてねえことで、おまえがあれこれ気に病《や》むことはねえぞ」

「わかった。けど、ほんとにちがうから」

信太郎はごろりと草のうえに寝そべった。指先に触れた葉っぱをちぎってくわえると、青い匂いとわずかな苦味《にがみ》が口から鼻へと抜けていった。

四

その夜、路地から父の声が響いてきた。家のまえあたりで、怪訝《けげん》な口ぶりをしている。

「なんだ、坊主、困り事か？」

正吉に問いかけているらしい。だとすれば、めったにない出来事だ。

おとくが立って土間に降りたので、信太郎も母のうしろからようすを窺《うかが》った。

半分ほど戸を開くと、むかいの戸もおなじぐらい開いていて、ちょうど正吉が出てくるのが見えた。戸口から顔を覗かせていて、栄五郎に声をかけられたようだ。

　路地は月明かりがおぼろで、ならびの家から洩《も》れる灯の色もかすれていた。正吉の表情は陰になって見えないが、身振りだけでも困っているようすは窺える。

「親父が帰ってこねえんです。いつもなら、もう晩飯を喰って、居眠りしてる時分なのに」

「ふむ、親父さんはいまどこに働きにいってる？」

　栄五郎の声がいっそう近くなり、正吉の手前に、がっちりとした背中があらわれた。

「上総屋さんの口利《くちき》きで、行徳河岸《ぎょうとくがし》の荷揚場《にあげば》で手伝い仕事をしてます」

「行徳河岸なら、小網《こあみ》町の南端。ここから眼と鼻の先というほどでもないが、帰り道に迷うことはないな」

「親父はそこで働きだしてから、毎日おんなじ時刻に、おんなじだけ日当をもらって帰ってきてました」

「寄り道することは？」

「ありません。誘われたらどこにでもついていくだろうけど、誘ってくれるひとはめったにいねえから」

「だが今日は誘われたかもしれんな」

「うん、だけど……」

「心配か？」

「親父はいつもとちがうことをやると、たいていろくでもねえことになるから」

正吉がそうこたえるのを聞いて、信太郎は思い出した。まえに正吉がこんなことをぼやいていた。弁蔵はひとつこうすると決めて、それを繰り返しているあいだは、まずまず無難に物事をこなすが、そこにちょっとした変化が加わると、とたんに失敗するという。

げんにそんな話をしていたとき、弁蔵が日雇い仕事から帰ってきて、いつもは右足から脱《ぬ》ぐ雪駄《せった》を左足から脱ごうとしたとたん、土間できりきり舞して尻餅《しりもち》をついたのを、信太郎も目撃している。

「親父、そっちの足じゃねえよ」

と正吉が声をかけた瞬間の出来事だった。

「さっき五ツ（午後八時）の鐘を聞いたところだから、あと半刻《はんとき》（一時間）ほどようすを見て、それでも帰ってこなければ探しにいくか。それまでに飯をすましておくから、なにかあったら知らせるといい」

と栄五郎がいった。けれども、正吉は首を横に振ったようだ。

「大丈夫、ひとりでいけます。待つのも探すのも慣れてるし」

「ひとりで大丈夫なら、手分けして探しにいけばいい。こういうことは、おたがいさまだ。つまらん遠慮をしても、だれのためにもならんぞ」

「ありがとう、おじさん、それじゃお願いします」

栄五郎が家に入ってくると、おとくがいそがしく戸を閉めて、ひそめた声を錐《きり》のように尖らせながら、

「ちょいと、あんた、あの親子に関わるのはおよしよ」

こちらをむいたおとくの顔は、いやな虫でも踏みつけたときのようにゆがんでいた。その顔を見て、信太郎は泣きたいぐらい胸がきゅうっと痛んだ。

栄五郎は黙って腰をおろした。懐をまさぐり、こちらにぽいと手拭《てぬぐい》を放り投げて、

「信太、そいつを井戸で絞《しぼ》ってきてくれ。滴《しずく》が垂《た》れんように固く絞るんだぞ」

「うん、わかった」

信太郎は手拭を受けとめると、逃げるように立ちあがった。土間に駆け降りるあいだにも、おとくは小声で言い募《つの》っていた。

「あんな男、帰ってこようがこまいが、放っときゃいいのさ。いっそこのまま帰ってこないほうが、せいせいするぐらいなんだから」

「………」

「探しにいくなんてばからしいこと、ほんとにおよしよ。近所のひとにも、なにをいわれるかしれないよ」

そのあとどんなやり取りがあったかはしれないが、信太郎が濡《ぬ》れ手拭を手にもどったとき、もうこの話題には決着がついていた。栄五郎は大きな声を出すでも、くどくどと理屈をならべるでもなく、おとくを黙らせたようだった。

もっとも、おとくは食事の支度《したく》をしながら、口のなかでぶつくさ呟《つぶや》きつづけていた。

栄五郎がひとりで遅い晩飯を食べ終えたころ、むかいの家にひとの出入りする気配がした。弁蔵が帰ったのではなく、だれか訪《たず》ねてきたらしい。しばらく話し声がして、こんどは正吉がこちらの家に訪ねてきた。

「おじさん、ありがとう。心配かけたけど、親父の居所がわかったんだ。これから迎えにいってきます」

「そうか、それはひと安心だな。で、親父さんはどこにいた?」

と栄五郎が訊いた。

「思案《しあん》橋の近くにある一膳飯屋《いちぜんめし》だそうです」

「思案橋の飯屋？　それなら迎えにいくほどのこともあるまい。それとも安酒でも喰らって悪酔いしたか」

「そうじゃなくて、勘定が払えねえから、迎えにいくんです」

と正吉がいった。

「使いのひとの話じゃ、仕事仲間に連れられて店に入って、みんなさんざん呑《の》み喰いしたあげく、親父ひとりを残して帰っちまったみたい。それで今日の日当だけじゃ足りなくて、店から取り立てがきたんです」

栄五郎はふうんと太い息を鼻から吐いて、正吉の胸元をちらと見やった。

「迎えにいくのはいいが、金はあるのか。話がこじれそうなら、店までついていってやるぞ」

「大丈夫です。このまえからちょっとずつ日当を貯《た》めてて、それで足りるみたいだし、使いのひとが店まで連れていってくれるから」

「そうか。なら、気をつけてな」

正吉を見送ったあと、栄五郎はにわかに厳しい顔つきになり、むっつりと黙りこくってしまった。おとくはむしろほっとしたようすで、食事の片づけをしながら、すこし声を大きくしてぶつくさいっていた。

「あんな親子の心配をしてやるなんて、それも金の心配までしてやるなんて、うちのひとはほんと気立てがよすぎるわ」

一膳飯屋の主人は、町内の木戸番に使い走りを頼んだようだった。番太郎《ばんたろう》とおぼしき老人に連れられて、正吉は新和泉町《しんいずみ》から堺町《さかい》、葺屋町《ふきや》の通りを抜け、東堀留川《ひがしほりどめ》の河岸に出た。そこから堀沿いに南に歩いて、二つ目の橋が思案橋になる。

このあたりには、移転した元吉原《もとよしわら》にちなむ名前があちこちに残っている。初代惣名主《そうしょう》の庄司甚右衛門《じじんえもん》にちなんだ親仁橋《おやじ》のたもとにさしかかったとき、まえから弁蔵が歩いてきた。町のほのかな明るみのなかに輪郭《りんかく》が見えるだけだが、大柄で妙にしゃっちょこばった歩き方をしているから、すぐにそれとわかった。

思いがけない父の姿に、正吉は眼を丸くした。飯屋の支払いはどうしたのだろう。まさか喰い逃げしてくるはずはないし、有り金をはたくだけで勘弁《かんべん》してもらえたのか。そう思いつつ眼を凝らすと、かたわらにもうひとつ人影が見えた。男だった。暗い色目の着物を着ているために、ふたつの人影の遠い近いを見誤っていたようだ。

弁蔵はその男と連れ立って歩いてくる。正吉を待ちきれず、むこうから迎えにきたのか。たぶん、そうだ。飯屋の主人が見張りについてきたのだろう。

正吉は懐に手を入れて、小銭を集めた金袋の重みをたしかめながら、しだいに近づいてくる連れの男の顔を見やり、ぎょっと息を呑んだ。

五

「ひと目見てわかったぜ、そいつが三次郎だって」

と正吉は眉をひそめていった。

「近づいてきたとき、あいつは薄笑いを浮かべてたけど、その笑いのしたに、ぞっとするような素顔が透《す》けて見えた。めったに見かけねえ、きわめつきの悪相だ」

「それで、十手《じって》持ちの親分には知らせたのか？　ほら、源蔵っていう、あの親分に」

信太郎は小声で訊いた。すると、正吉は黙って首を振った。二人はわざわざ新和泉町の橘稲荷《たちばないなり》まできて、ひとけのない小さな祠《ほこら》の裏手に隠れて話しているのだが、そういう場所だからよけいに声が小さくなるようだった。

「どうして、知らせねえんだ？　早く知らせて、こんどこそ捕まえてもらわなきゃ」

「だめだ。知らせて捕まりゃいいけど、またぞろ逃げられたら、親父が酷《ひど》い目にあわされる」

「酷い目って、どんな？」

「わからん。わからんけど、ぐさっとやられるかもしれん。あいつの顔をひと目見て、そういうやつだってわかった。げんに匕首《あいくち》を懐に捩《ね》じこんでるのも、ちらっと見えたしな」

「鳶人足《とびにんそく》っていってたけど、それじゃまるっきりのやくざ者じゃねえか」

「そうさ、これまでなにしてきたかは知らねえけど、このさきどんなことをやらかしてもふしぎじゃねえ、筋金入りの悪党だよ」

信太郎は思わず首を竦《すく》めながら、

「でも、昨日は仕返しにきたんじゃなかったんだな？」

「まあな」

と正吉はうなずいて、ふうっと細い息をついた。

「飯屋で出会ったのは、ほんとにたまたまだったみたいだ。で、三次郎がどう思ったにしても、親父のほうはあのとおりだろ。悪いことをしたのは、相手じゃなくて、自分のほうだと思ってる。だから一所懸命に謝《あやま》るし、三次郎もその場じゃ怒る気にならなかったんじゃねえか」

「そうか、ぎりぎり助かったんだな」

「けど、親父が八丁堀《はっちょうぼり》の同心や岡ッ引に問い糾《ただ》されて、あれこれしゃべったことはわかってるから、このさきおなじような真似はするなと、それとなく釘《くぎ》を刺《さ》されたよ。といっても、やんわり脅されたのはおれのほうで、親父にはこんど町方と口をきいたら絶交だ、なんてことをいってたけどな」

「なにそれ？　子供の喧嘩みたいじゃねえか」

「そういう言い方のほうが、親父には効《き》き目があると、あいつは知ってるんだ。荒っぽいだけじゃなくて、そういう小狡《こずる》いこともできるやつさ」

と正吉は舌打ちして、

「とにかく、そんな按配《あんばい》だから、岡ッ引に知らせるなんて間違ってもできねえ。飯屋の勘定の足らずを払ってもらって、親父はなおさらあいつのことを恩に着てるしな。おれがへたに岡ッ引に知らせたりしてみろ。倅が町方と口をききましたって、親父は半べそかいて三次郎のところに謝りにいくぜ」

「じゃあ、黙って用心するしかねえんだな」

「ああ、それですみゃいいけど……」

「どうしたんだ、なにか心配なことが？」

「いや、そうでもねえけど」

と正吉は首を捻《ひね》って、

「それより、おまえもなにか話があるんじゃねえのか」

「えっと。そうそう、あるよ」

信太郎はいいながら思い出して、あらためて深刻な表情をした。

「幸助のことだけど、二、三日顔を見ないと思ったら、疱瘡《ほうそう》なんだってさ」

「ほう、そうか」

「正吉！」

信太郎に睨まれて、正吉はすこしばつ悪げに洟《はな》をすすった。

「すまん……」

疱瘡は二人に一人が死ぬといわれる恐ろしい疫病《えきびょう》だ。疫神《えきじん》のひとつとして知られ疱瘡神がもたらすとされ、厄除《やくよ》けには赤い御幣《ごへい》や赤摺《あかず》りの錦絵《にしきえ》などがもちいられる。疱瘡神は赤色を嫌うと信じられていたからだ。

幸助の家ではいま母親のおたみが家の内外から赤い品をかき集め、御幣、御札、御守のたぐいはもとより、大きな錦絵を壁に貼《は》り、病人に赤い襦袢《じゅばん》を着せ、食器は朱塗《しゅぬ》りの椀《わん》や箸《はし》、枕元には鯛《たい》や猿などの赤い置物をところせましとならべていた。

「母ちゃんが井戸端からそのようすを見て、びっくり仰天《ぎょうてん》したんだ。で、幸助には可哀相《かわいそう》だけど、お見舞いはなし。路地の奥のほうにもなるべくいくなって、そんなことをいいだしてさ」

幸助の家は右側のならびの奥から二軒目になる。

「けど、井戸や厠《かわや》があるんだから、路地の奥にいかねえなんて、できっこねえぜ」

と正吉がお手あげの仕草で、てのひらをぶらぶらさせた。

「ほんと、無理な注文だけど、ようはそれぐらい気をつけろってことだろ。だから正吉にも教えておこうと思ったんだ」

「うん、それはありがたいけど、おれは大丈夫だ。疱瘡にはまえの長屋にいるとき罹《かか》ったから」

「そうか、もうすましたのか。じゃあ、正吉は疱瘡神を無事に追い払ったんだな」

「まあ、そうなるな」

「なにが効いたんだ？　御札？　錦絵？　置物？　やっぱり、赤い物が効くんだろ？」

「どうかな、あのときは親父がいろいろやってたみたいだけど」

「ふうん、いろいろか」

と信太郎は小さくため息をついて、

「幸助の母ちゃんもいろいろやってるみたいだけど、うまく効き目があるかな」

「あいつ、助かりゃいいな」

「うん」

「いやなやつだけどな」

「いいところもあるよ」

「なくてもいいさ。とにかく、死ぬことはねえ」

「助かるかな？」

「さあ……」

二人はなにやら重苦しい気分になって、稲荷の境内《けいだい》を出ると、とぼとぼと長屋に引き返した。ならんで歩きながら、信太郎は蟬捕《せみと》りのことを、正吉は野良猫のことを、ひとりごとのように途切れとぎれに話すばかりで、いっこうに会話は弾《はず》まなかった。

長屋の木戸まできて、ふいに二人で顔を見合わせ、

「せっかく神社にいったのに」

「うん、お参りしてくりゃよかった」

「稲荷様って、疱瘡に効くのかな」

「わからねえけど、なにもしねえよりましだろ」

「ここからでもいいから、お祈りしとこうか」

「そうしよう」

信太郎と正吉はうなずきあうと、橘稲荷の方角にむきなおって神妙に手を合わせた。

六

どのうちの母親もおとくとおなじ心配をしたらしい。それから数日、路地には子供の姿が見られなかった。家にいるときは戸や窓を閉めて引きこもり、おもてに出ると一散に路地から駆け出すのだ。

子供がいなければ大人の姿が目立ちそうなものだが、そちらもやはりまばらだった。とくに井戸端で立ち話する女房たちの姿が消えて、まるで一網打尽《いちもうだじん》に神隠しに遭《あ》ったかのようだった。実際には、みながそそくさと水を使って用事がすむなり家に引き返すのだが、それも見ようによっては神隠しに匹敵する変事かもしれなかった。

路地奥の左手にある惣後架《そうこうか》にいくときにも、奇妙な光景が見られた。狭い路地を片側に寄って、幸助の家の戸口を避《さ》けるように歩いていき、なかにはそのあいだ息を詰めている住人もいた。そういう気配は家のなかにも伝わるのだろう、おたみはときおり路地に出てきても、朋輩《ほうばい》の女房たちにろくに話しかけもしなかった。

そんな空気のなかで、おたみや幸助と犬猿の仲といえる正吉が、家のまえを通るたびに気遣《きづか》わしげに戸口を見やるさまは、あたりまえの姿なのに、むしろ不自然に見えた。信太郎はそんな正吉の姿を見ながら、なんとなく予感めいたものを胸裡《きょうり》に覚えていたようだ。

橘稲荷で正吉と話してから六日目の夕暮れに、その予感は現実となった。仕事から帰ってきた弁蔵が、わが家のまえを通りすぎ、まっしぐらに幸助の家までいって、どかどかと戸を叩いたのだ。

「お晩でやす。弁蔵でやす」

「………」

「弁蔵でやす。どうぞ開けてやってくだせえ」

「うるさいね、帰っとくれ！」

おたみの怒声が響いた。亭主の浅次郎《あさじろう》はまだ帰っておらず、戸には心張棒《しんばりぼう》がかってあるらしい。

「へえ、いま帰《けえ》ってきたところで。どうぞここを開けてやってくだせえまし」

「帰れったら帰りな！　うちには病人がいるんだ」

「坊ちゃんが、疱瘡だそうで」

「知っていて、ひやかしにきたのかい」

このひとでなし！　と路地の隅々まで響き渡る声で、おたみが喚いた。

だが弁蔵はどかどかと戸を叩いて、

「疱瘡ってのは、恐《こわ》い病気でして。それでまあ……」

「あんたなんかとは、金輪際《こんりんざい》口をききたくないんだ。さっさと帰っとくれ。でなきゃ、頭から煮《に》え湯《ゆ》を浴びせるよ！」

「それでまあ、倅が罹ったときによく効いた、厄除けを持ってきましたんで」

「…………」

「ほんに、よく効いた厄除けで。へえ、倅が助かりましたんで」

「あんた、からかってるんじゃないだろうね」

おたみの声がゆっくりと探る色をおびた。

「はあ、ふうん」

弁蔵が妙な息をついて、おかみさん、と諭すように呼びかけた。

「病人をからかうひとなんぞ、どこにもいませんので」

「…………」

「疱瘡は恐い病気なんで、だれもからかいません」

「ほんとに、あんたの倅はその厄除けで助かったのかい」

「あのころ倅はいまよりもっと小さくて、痩せっぽっちで、それがまるごとぶつぶつだらけになって、これはもう死ぬなと思ったら、へえ、こいつを教えてくれるひとがいて、いっぺんに助かりましたので」

弁蔵はつっかえながらも、ひと言ずつ、力をこめて話した。すると、戸のむこうでかたかたと心張棒をはずす音がして、端のほうがすこしだけ開いた。

「…………」

戸はそのまましばらく動かず、また閉まりそうにも見えたが、ふいに迷いを振り切るようにさっと開いて、おたみが顔を覗かせた。丸顔をうわむけ、小さな眼で弁蔵を見据える。その鼻面にむけて、弁蔵は手にする二つの品を突きだした。

「な、なにさ、これ……？」

小ぶりの達磨《だるま》人形と一升徳利《どつくり》だった。おたみは用心深く二つの品を見くらべた。一升徳利はともかく、赤色の達磨人形は厄除けとしてめずらしくない。しかし、その達磨人形は茶色くて、二つ三つの子供が土をこねたような出来の悪さだった。

突然、おたみが激しく顔をしかめた。

「あんた、これはなによ！」

「はあ、これは……」

「これ、汚いものじゃないか。こんなものを押しつけようなんて、なんのつもりだい」

「へへぇ、こっちは犬の糞《ふん》でこしらえた達磨。こっちは犬の小便でこしらえた厄除けの薬でやす」

と弁蔵は達磨人形と一升徳利を交互に持ちあげて、

「疱瘡の神様は、赤色のほかに、えらく犬が苦手だそうで。この達磨を神棚《かみだな》に供《そな》えて、それから、この薬で赤い手拭を濡らして、病人のおでこを冷やすと、たちまち疱瘡の神様は逃げだすんでやす」

「なにいってんだい！」

とおたみが拳を握り締《し》めて、弁蔵に喰ってかかり、

「あんた、それこそだれかにからかわれたんだ。そうさ、どこのだれかは知らないけど、それを教えたひとは、厄除けだといって犬の糞や小便をつかませて、あんたをこけにして嘲笑《あざわら》ってたんだ」

「いやいや、からかわれてねえ。倅はこれでいっぺんに助かったんでやす。だか

ら、おかみさんもどうぞ……」

「やめてよ、汚《けが》らわしい！」

弁蔵の差しだす手を、おたみが強く払いのけた。犬の糞の達磨が横手に飛んでこなごなに砕け、足元に落ちた一升徳利が割れて小便の飛沫《しぶき》が四方に飛び散る。おたみはその光景を見もせず、素早く戸を閉めていた。

「えっと……」

弁蔵は空になった両手をぽかんと眺めた。正吉がわきに駆け寄り、うずくまって一升徳利の破片を拾い集めた。手拭にくるんで立ちあがると、そっくり返るように父親の顔を見あげて、

「親父、大丈夫だよ。軒下《のきした》にこんだけ厄除けをばら撒《ま》いときゃ、きっと疱瘡神も逃げだすさ」

弁蔵は撒き散らされた犬の糞と小便を見まわし、厄除けの効験をたしかめるようにひくひくと鼻をうごめかして、ゆっくりとうなずいた。

「ふん、そうだな」

五話　七つの嘘《うそ》

一

いま思い返すと、あのころがもっとも悲惨な時期だったかもしれない。事情が事情だった。理由はどうあれ、疫病《えきびょう》で子供が苦しんでいる家に、犬の糞尿《ふんにょう》を持参して、厄除《やくよ》けに使えと押しつけたのだ。

それまで弁蔵を嫌悪《けんお》していた住人は、この出来事に激怒した。疱瘡《ほうそう》に罹《かか》ったのは、おたみの倅《せがれ》の幸助だった。おたみは弁蔵を毛嫌いしていて、井戸端《いどばた》で陰口《かげぐち》を叩《たた》くのはもちろん、当人の顔を見ればすかさず嫌味をならべ、機会を見つけてはいやがらせを繰り返していた。一度は鍋《なべ》泥棒の濡《ぬ》れ衣《ぎぬ》を着せて、番屋に突き出そうとしたこともあった。

「あのやろうは、それっぽっちのことを根に持って、こんなときに仕返しをたくらみやがった。頑是《がんぜ》ねえ子供が生きるか死ぬかってとき、その弱味につけこみやがったんだ。こりゃ馬鹿《ばか》どころか、とんでもねえ悪党だぜ!」

木戸際《きどぎわ》の家に住む多平《たへい》は、泡《あわ》まじりの唾《つば》を飛ばして喚《わめ》いた。

鍋泥棒の騒ぎは、幸助の悪意に満ちたいたずらに端《たん》を発している。頑是ないというにはいささかひねた子供なのだが、多平にいわせれば、幸助のやったことは罪のないわるさ、弁蔵こそが悪意と狡知《こうち》のかたまりということになるらしい。

「あたしゃいまさら驚きゃしないね。ああいう男は、ぼーっとしてるみたいで、案外、抜け目ないもんさ。うかうかしてると、ひょいと足を掬《すく》われて、こっちが間抜け面《づら》を晒《さら》すことになる。だから、あんな男はさっさと長屋から追い出しちまえっていってるんだよ」

弁蔵の隣家のおよしもここぞとばかりに泡唾を飛ばした。なるほど、驚きはすまい。弁蔵が越してきたその日から、およしは日課のように隣人の悪事をいいふらしてきた。ここで驚いては、これまで吹聴《ふいちょう》してきたことが、すべてでっちあげだと白状するようなものだ。

ともあれ、こういう怒り方をしているのは、人数でいえばわずかだった。ほとんどの住人はわかっていた。弁蔵がぼんやりに見えるのは内面からにじみだしてくるものだし、よくもわるくも知恵と名のつくたぐいのものは持ち合わせていない。今回のことも、おかしな親切心を起こしただけで、悪意でしたことではあるまい。

「だとしても、世の中にはやっぱり、はずれちゃならねえ道ってもんがあるぜ。

善意にせよ、悪意にせよ、それだけはやっちゃならねえってことがな」

「そうさ、悪気がねえからって、なにをしても許されるってわけじゃねえ。罪の重さがわからねえからって、罪が消えてなくなるわけじゃねえんだ」

「ほんとにね、あたしが心配してたのも、こういうことさ。いいもわるいもわからずに、とんでもないことをしでかすんじゃないかって。えらそうなことをいうようだけど、やっぱりひとには分別が大切。それがないひとには、長屋を出ていってもらわないとね」

というのが、大半の住人の意見だった。そこにはこれまで、どちらかといえば嫌いとか、なんとなく同情しているとか、そんなふうにあまり露骨な態度を取ってこなかったひとも含まれていて、長屋にはもはや好悪《こうお》をわける天秤《てんびん》が必要ないようにさえ見えた。

実際、信太郎にしても、母のおとくがいつもどおりに弁蔵をこきおろしながら、

「ねえ、考えてみとくれよ。藁《わら》にもすがりたいって思いのときに、よく効《き》く厄除けといわれてぬか喜びして、それが犬の汚いものだとわかったときのおたみさんの気持ち。ああもう、可哀相《かわいそう》で、痛々しくって、口惜《くや》しくって、こっちの胸まで

苦しくなってくるわ」

　と目頭を押さえるようすには、いつになく同情せずにはいられなかった。父の栄五郎もこんどばかりは母の話に理があると思ったのか、紋切型《もんきりがた》な相槌《あいづち》を打つかわりに、逞《たくま》しい腕を深々と組んで、金剛力士《こんごうりきし》のように口をへの字にたわめていた。

　そしてもうひとり、父親のことではめったに愚痴《ぐち》をこぼさない正吉でさえ、こんどばかりは、

「親父《おやじ》、やらかしちまったな……」

　と湿《しめ》ったため息をついた。

「まったく、救いがねえよ。疱瘡でも麻疹《ましん》でも、腹痛でも擦《す》り剝《む》きでも、どこのだれが犬のクソやションベンを持ってこられて、ありがたがる？　関八州《かんはっしゅう》を探したって、そんなのを真《ま》に受けて厄除けにするのは、親父ぐらいのもんさ。ほんと、怒らねえほうがどうかしてるぜ」

　たしかに犬の糞《ふん》を神棚《かみだな》に祀《まつ》り、小便で病人の額《ひたい》を冷《ひ》やしそうな人物というと、
　信太郎も弁蔵のほかには思い浮かばない。

　――そうか、ここを犬のションベンで冷やしたわけか。

と正吉のおでこをこっそり見やりながら、信太郎は訊《き》いた。

「そう思うなら、どうして弁蔵さんを引きとめねえのさ。まさか、あのときまで知らなかったわけじゃやねえだろ」

「知らねえわけあるかよ。二晩も三晩も、眼《め》のまえで犬のクソをこねくり回してたんだから。おれもよっぽど引きとめようかと思ったけど……」

と正吉はわずかに口ごもり、

「親父の顔を見てると、なんだかいいだしにくくてな」

「どうして?」

「どうしてって、そりゃ、親父は本気であの厄除けが効くと信じてるからさ。もちろん、おれはあんな厄除け、いんちきだと思ってるぜ。だれかたちの悪い連中に、親父は騙《だま》されたんだ。それこそ倅のおれが生きるか死ぬかってときに、犬のクソとションベンでからかわれて、笑いものにされたのさ」

「………」

「けど、親父はこれっぽっちも疑っちゃいねえし、おれが助かったのもあの厄除けのおかげだと信じてる。だから幸助が疱瘡だと聞いたとたんに、せっせと汚いもんを集めはじめてな。とくにションベンを集めるのが、たいへんだったらしいぜ。ほら、クソなら道に落ちてるやつでも拾えるけど、ションベンはそうもいかねえだろ。出してるところを集めなきゃならねえから、野良犬のあとを追いかけまわして、吠《ほ》えられたり咬《か》みつかれたりしたんだと」

と正吉は引きつるような笑いを浮かべて、

「で、やっとこさ集めてきたションベンに、ぺんぺん草とかを漬けこんで。それからこんもりと集めたクソをこねまわして、達磨《だるま》人形かなにかを作るんだけど、そりゃもう一心不乱だぜ」

「ふうん……」

「なんだよ、駄洒落《だじゃれ》か」

「えっ？　ちがうよ、真面目《まじめ》に聞いてる」

「とにかく、そういう親父のようすを見てると、おれはあんな厄除けこれっぽっちも信じちゃいねえけど、万が一、親父のほうが正しかったらって気もしてきてな。おれが疱瘡で死なずにすんだのはたしかだし、ちょっとでも効き目があるなら、どんなに間抜けに見えても、引きとめちゃならねえわけだろ」

「そうだな、うん。それにあれが効いたのかどうかはわからねえけど、とにかく幸助は助かったしな」

「やっぱり、あの厄除けはいんちきさ。でなくても、幸助とは関わりねえよ。だって、クソもショウベンも路地にばら撒《ま》いちまったんだから。これで効き目があるなら、江戸の道はふだんから犬がクソやショウベンを垂《た》れてるわけだし、だれもはなから疱瘡に罹ったりしねえ。幸助はほかの御守やまじないが効いたのさ」

「なるほど、正吉は利口《りこう》だな」

「利口じゃなくて、大人といってくれよ。けど、幸助が助かって、おれたちも助かった。でなきゃ、親父はいまごろ長屋中で袋叩きにされてたぜ」

正吉のいうとおりだった。幸助の病気が長引くにつれて、弁蔵にたいする怒りはふつふつと煮立っていった。あれはもうだめらしいとひそかに囁《ささや》かれるかたわら、あいつだけは勘弁《かんべん》ならんと声高《こわだか》に叫ばれるのも聞こえてきたのだ。

幸助にもしものことがあれば、弁蔵をただではおくまい。男連中のなかにはそう談合して、手薬煉《てぐすね》引いてそのときを待つ者がいた。女連中のなかにも自分が拳《こぶし》を揮《ふる》うかわりに、亭主を焚《た》きつける者がいて、

「あんたもがつんとやっておやりよ」

と信太郎の家でも、おとくがしきりにせっついていた。

信太郎はそういう話になるたび、父がどうこたえるかと耳を澄《す》ましたが、

「ああ、そうだな」

と栄五郎はいつもの相槌を打つだけで、どうやら手荒なことをするつもりはないらしかった。

これにはひと安心したものの、父が加わらないからといって、袋叩きがなくなるわけではない。弁蔵に味方する残りわずかなひとたちは、いきり立つ連中をなだめてくれるだろうか。たとえば、筋むかいのおもん婆《ばあ》さんは？　たよりにしたいところだけれど、残念ながらおもんにもそんなことはできそうに思えなかった。

年寄りだから、というのではない。どれだけ若くて、口八丁、手八丁でも、難しいだろう。弁蔵をかばう言葉はすべて、おたみや幸助への嘲《あざけ》りと受け取られる。母と子の苦しむ姿を眺《なが》めてほくそ笑むような、卑劣な人間とみなされるのだ。おもんにできるのは、まちがいが起きないようにと、せいぜい気を揉《も》むことぐらいだった。

それにしても、幸助が疱瘡に罹って以後、見舞いに立ち寄るどころか、家のまえを避《さ》けて歩いていた人びとが、病人を親身に案じ、野良犬に吠えられ咬まれながら厄除けを用意した弁蔵を批難するとは、いったいどういうことなのか、と信太郎はいま思い返しても、割り切れないものに胸裡《きょうり》をかきまわされる。

批難の元凶となった厄除けにしても、弁蔵にそれを教えたのは、おそらくおたみのように弁蔵のことを毛嫌いしていた人物だろう。重病の幼子に犬の糞尿を与えるという、醜《みにく》く残酷な悪意。弁蔵にむけられたそれが、巡《めぐ》りめぐって、弁蔵を毛嫌いするひとのもとに辿《たど》りついたのは、なにか屈折した皮肉のようだ。

だがその皮肉はもちろん弁蔵が意図《いと》したものではないし、それどころか弁蔵は皮肉の意味をわかりもしないだろう。だからこそ悪意は弁蔵のうえを素通りして、べつの悪意と衝突することになったのかもしれないが、その衝突は善意しか知らない弁蔵を巻きこまずにおかなかった。

あのとき、弁蔵親子はどうすればよかったのか。みなとおなじように、おたみの家を避けてとおり、幸助を見舞わず、まちがっても厄除けなど用意しないで、ただ口先だけ親身に同情していればよかったのか。そうすれば、分別をわきまえた男とみとめてもらえたのだろうか。

二

「神田祭、見にいこう」

信太郎は壁越しに、そっと声をかけた。長屋の壁は薄っぺらすぎて、となりの家だけに聞こえるようにするには、かなり加減《かげん》が必要になる。

「北《きた》ッ側《かわ》の道、はじめの角を曲がったところで待ってるから。しばらくしたら、きっとおいでよ」

耳を澄ますと、こつこつこつっと壁を叩く音が小さく返ってきた。

信太郎は振りむいて、ぺこりと頭をさげた。

「ありがとう、おもんさん。こんなふうにしねえと、母ちゃんに怒られるんだ」

おもんは軽くうなずいて、亭主の喜八郎の股引《ももひき》らしい繕《つくろ》い物《もの》に眼をもどした。わかっているよ、という表情に見えた。

信太郎はこのところ、おもてに遊びに出るたび、背中に母の鋭い視線を感じた。息子の遊び相手が以前とちがってきていることに気づいたのだろう。正吉と付き合わせまいとして、厳しく眼を光らせはじめたらしい。

そうなると、正吉の家が真向かいなだけに、かえって声をかけづらくなった。信太郎がなにげなく路地に出て、むかいの戸に近づこうとすると、たちまち手伝いをいいつけるおとくの声が追いかけてくる。ためしに聞こえないふりをしてみると、おとくは路地まで飛び出してきて、こちらの耳を抓《つね》りあげ、家まで引きずりもどすのだ。

これはたまらんと信太郎は直接に会うことをあきらめて、あれこれ知恵を絞《しぼ》ったすえに、この手を思いついた。用事をこしらえておもんの家にあがりこみ、壁を挟《はさ》んで正吉と話すのだ。

「ごめんなさい。ほんとは用事なんかねえのに、お針仕事のじゃまをして」

と信太郎はいった。おもんは穏和だけれど、躾《しつけ》にうるさくて、長屋の子供がでたらめなことをしたり、嘘《うそ》をついたりすると、厳しく叱《しか》る。だがこのとき信太郎がついた嘘は、大目に見てもらえたらしい。

「なに、じゃまなんてことあるもんか」

おもんはうつむいたまま、すこし疲れたようすで微笑《ほほえ》んだ。ふと思いつくような顔をして、こちらに眼をむけた。

「信坊、悪いけど、針に糸を通してくれるかい」

「糸？　うん、いいよ」

「近ごろ糸通しがひと仕事になってね。いまも糸が短くなってきたけど、億劫《おっくう》なもんだから、このまま半端《はんぱ》ですますか、迷いながら縫《ぬ》ってたんだ。ほんと、年寄るとちょっとした手間を惜《お》しむようになっちまう」

おもんはいいながら、さほど短くも見えない糸を針から抜いて、信太郎に手招きした。そして信太郎が針に糸を通すあいだに、こんどは懐《ふところ》から財布と花紙を出していたようだ。

「はい、できた」

と信太郎が顔をあげると、おもんは小さく折った花紙の包みを手にしていて、針と糸と引きかえに押しつけながら、

「ありがとうね。それじゃ、これはお駄賃《だちん》」

「えっ、こんなのもらえねえよ」

「お手伝いしてくれたじゃないか」

「でも、糸一本だけだし」

「いいから、ほら、神田祭にいくんだろ、正ちゃんと飴《あめ》でもお食べ」

「ありがとう。けど、ほんとにいらねえ」

「たのむから、もらっておくれ。ほんとはもっとなにかしてあげなきゃならないんだけど、あたしにはこれで精一杯。恥ずかしいねえ、ほんとに恥ずかしいったらない。信坊のこと見習わなくちゃいけないね……」

おもんがいきなり涙声になったので、信太郎はぎょっとした。なにが恥ずかしいのか、なにを見習うのか、なんと返事をしていいのか、あれもこれも見当がつかない。後退《あとじさ》るように家を出ると、あたふたと路地を抜けて、ようやくひと息つく。握ったままの花紙の包みを帯に挟んで、裏通りを北に歩きだした。

最初の角を曲がり、すぐそこにある天水桶《てんすいおけ》のわきにたたずんでいると、正吉はしばらく間を置いてあらわれた。すこし待たされた気がしたが、それはこちらに話したいことが山とあったからだろう。どこで待ち合わせても、正吉は遅からず早からずあらわれるのだ。

「神田祭っていっても、今年は陰祭《かげまつり》だろ。見所なんて、ひとつもねえぞ」

顔を見るなり、正吉がいった。

「でも、お祭りはお祭りだし」

「名ばかりだ」

「…………」

出鼻《でばな》を挫《くじ》かれて、信太郎は口ごもった。見にいくつもりがないのかな。そう思ったが、正吉はさきに立って歩きだした。

「とにかくいくか。名ばかりでも、祭りは祭りだ」

江戸の祭りといえば、神田明神《みようじん》の神田祭と日吉山王大権現《ひえさんのうだいごんげん》の山王祭、それに富岡八幡《とみおかはちまん》の深川祭。なかでも神田祭と山王祭は天下祭と呼ばれ、ともに江戸城内の吹上《ふきあげ》の馬見所で将軍家の拝礼《はいれい》を受ける。神田祭は神輿《みこし》二基と山車《だし》三十六台、山王祭は神輿三基と山車四十五台の行列が御城に入り、いわゆる御上覧場のまえを巡行するのだ。

神田祭は二年に一度、山王祭と交互に本祭を執《と》りおこなう。祭神は第一の神輿が大己貴命《おおなむちのみこと》、第二の神輿が平親王将門《へいしんのうまさかど》の御霊《ごりよう》で、これには下谷《したや》や小川《おがわ》町あたりの武家屋敷から飾り馬や槍《やり》の行列も警護につく。さらには付祭《つけまつり》と称してさまざまな出し物が繰り広げられ、賑々《にぎにぎ》しく氏地《うじち》を巡るのだが、陰祭の年には氏子の家々が軒《のき》に提灯《ちようちん》を吊《つ》るすぐらいだった。

信太郎もそういうものだと聞いてはいたが、正吉を誘ったのは長屋の重苦しい空気を逃《のが》れて澄んだ秋風にあたるためだし、なにより人目を気にせずゆっくりと話すためだから、見所のあるなしは二の次、三の次だった。

正吉もそれはもちろんわかっていて、だからよけいにそっけない口ぶりをしたのかもしれなかった。正吉は素直じゃない。というか、ああ見えて、けっこう照れ屋なのだ。

高砂町から北西に長谷川《はせがわ》町、田所《たどころ》町、堀留《ほりどめ》町をくねくねと折れ曲がりながら抜けて、大伝馬《おおてんま》町の通りに出る。木綿《もめん》問屋や呉服屋の大店《おおだな》がならび、黒漆喰《くろしっくい》塗りのいかめしい店構えのまえに、祭礼の提灯がぶらんぶらんと揺《ゆ》れている。

信太郎はふと立ちどまり、ぐるりと四方を見まわして、なかば首を捻《ひね》るようにうなずいた。子供どうしでよくこんなところまできたものだと思う。ついこのあいだまでは考えもしないことだった。

信太郎は見慣れない場所が苦手《にがて》で、町内を出ると、とたんに胸の奥で半鐘《はんしよう》が鳴りはじめ、そこからは一歩ごとに鐘音が高まっていき、隣町をすぎるころには、もう大火事みたいにわんわんがんがん鳴り響いて、頭はくらくら足はふらふらになる。

ところが、正吉が一緒だとふしぎに平気なのだ。すんなりと町境《まちざかい》を越えられる。

正吉がどこにいっても落ち着き払っているから、というのではないように思う。それならこちらも、ただ緊張せずにすむだけだろう。信太郎の気持ちはすこしちがっていた。苦手どころか、もっといろんな場所にいってみたいと思うのだ。

正吉が振りむいて、きゅっと眉《まゆ》をひそめた。なにしてるんだ、早くこいという顔つきだ。信太郎が小走りに追いつくと、正吉も通りを見渡して、

「大伝馬町の諫鼓鶏《かんこどり》は、いつも一番だな」

諫鼓鶏というのは、鶏の飾りを頂いた大伝馬町の山車で、神幸《しんこう》の行列の先頭をいく。

「うん、知ってるよ。鶏が太鼓のうえに乗って、こうやって茶色い羽を広げてるやつ」

信太郎は両腕を広げて、翼の真似《まね》をした。神田祭で見たことはないが、諫鼓鶏の山車は、山王祭の神幸でも一番をつとめる。大伝馬町の由来の古さと富の豊かさのあかしだろう。

長屋のある高砂町は山王大権現の氏子町で、山王祭では二十番の山車を出す。信太郎は二年前、父の肩車のうえからはじめてすべての山車の行列を見物した。素晴《すば》らしい一日だった。

「茶色いのは山王祭。神田祭の鶏は白だ。どっちにしても、今日はとさかのとの字も見えんけど」

正吉がふんと鼻を鳴らした。

「飛んで逃げたかな」

と信太郎はいった。正吉は口調はぶっきらぼうだが、不機嫌なわけではない。その証拠に歩みがふだんより軽やかだ。

大横丁を右に折れ入って、そこからまた北西にくねくねと町を抜け、今川橋《いまがわ》で神田堀を渡る。橋むこうにつづく元乗物町《もとのりもの》、鍛冶《かじ》町、鍋《なべ》町などは神田明神の氏子町で、本祭にはそれぞれ山車を繰り出すが、いまはふだんどおりに人びとが往来《おうらい》して、やはり沿道の軒端《のきば》にぶらんぶらんと提灯が揺れるばかりだった。

「ほら、いったとおりだろ」

と正吉がぞんざいに顎《あご》をしゃくった。

「ほんとに、提灯のほか見るものがないや」

神田祭の陰祭のことを提灯祭と呼ぶひとがいるが、実物を見てみればなるほどとうなずける。というより、ほかに呼びようがない。

「けど、夜になりゃ、これはこれでけっこうきれいなもんさ。天《あま》の川が降りてきたみたいにすうっと伸びて、道行くひとの顔が明るく照らされて。やっぱりみんないつもとはちょっとちがう、うきうきした顔に見える」

「正吉はくわしいな」

「いっとき松枝町に住んでたからな」

「松枝町からは、どんな山車が出る？」

「いや、どんなのも出ねえ」

「なんだ、つまらねえな。大伝馬町より、よっぽど神田明神に近いのに」

「あのあたりはだいたい、南伝馬町の天王一之宮《てんのういちのみや》の氏子町なんだ」

「ふうん、正吉はほんとになんでも知ってるな」

「親父のぶんまで、物事を知っとかなきゃならねえからな。けど、たいていは聞いた話ってやつで、あんまり当てにはならねえ」

と正吉は指先を舐《な》めて、眉に唾をつけて見せた。信太郎がくすくすと笑うと、正吉はこちらの眉にまで唾をつけようとしてきて、二人はしばらく笑いながら揉み合った。

「信太は、山車が御城に入るところを見たことあるか？」

「ううん、見たことねえ」

「たとえばだ、さっきいってた大伝馬町の諫鼓鶏なんか、高い柱のうえのほうから吹貫《ふきぬき》っていう旗みたいなのを垂らして、そのてっぺんにおっきな鶏を飾ってあるだろ。あんまり高すぎて、御城の門を通れねえんだ」

「じゃあ、空を飛んで入るんだ」

「黙って聞けよ。だからあの柱には仕掛けがこしらえてあって、うしろに傾けられるようになってるんだ。で、御門《ごもん》をまえにして柱がこう、ぐうっと傾いてくるとき、大勢の見物がいっせいに、おおっと声をあげてな。斜めになった柱や落っこちそうな鶏を、みんなの声で支えてるみたいだ。ありゃ、おまえにも見せてやりたいぜ」

正吉は足をとめて、自分が柱になったように身体を反《そ》らしながら話した。

信太郎も立ちどまって、ぽんと手を打った。

「そういえば、おもんさんに駄賃をもらったんだ。二人で飴でも買えって」

「ああ、そんなことといってたな。おおかた聞こえてたよ」

「かぞえてないけど、けっこう重いんだ。もらいすぎてなきゃいいけど」

信太郎は帯に挟んだ紙包みを取って、慎重に開いた。

三

二十文、花紙には包まれていた。

手伝いの駄賃といっても、実際は一人分の小遣いをもらったようなものだから、山分けするのはあたりまえとして、一人につき十文。これだけあれば、飴を買って、串団子を食べて、それからまだ焼芋を半分ずつできる。

「婆さん、奮発《ふんぱつ》したな」

柳原《やなぎわら》の土手の斜面に腰かけて、正吉は団子を頰張《ほおば》っている。信太郎ももぐもぐしながら、重みを量《はか》るように、左手に持つ焼芋を上下させた。

「こんな贅沢《ぜいたく》して、悪いみたいだ」

「おまえ、婆さんに気に入られてるぜ」

「どうだろ？　わざわざ手伝いをさせて、駄賃をくれたのは、おれよりも、正吉のためじゃねえか」

と信太郎はいった。落ち着いて考えると、おもんの涙の理由がおぼろげながらわかるような気もする。日ごろから胸に募《つの》りくるものが、ぽろりとこぼれ落ちたのなら、それはきっと弁蔵親子を思い遣《や》る、おもんのやさしさの滴《しずく》にちがいない。

「おれはだめさ、可愛《かわい》げがねえから。婆さんにも、おばさんにも、姉ちゃんにも、好かれねえ。世の中の女は、みんな信太にまかせるよ」

「あれ、もてねえのを自慢してら」

「山車でもなんでも、一番がいいのさ」

「一番じゃなくて、びりだろ？」

「だから、帰り道は、一番だ」

「あはは、屁理屈《へりくつ》。けどさ、おもんさんにはよくお礼をいわなきゃ」

「そうだな」

とうなずいて、正吉は顔をしかめた。

「けど、こっそりとな……」

川辺の柳の並木はまだどれも濃い青をして、まもなく葉を落とすとも見えないが、川面《かわも》から吹きさらしてくる風は、ぞくっとするほど冷たくて、遠くない冬を感じさせた。二人は土手を背にして、通りを眺めながら口を動かしているのだが、ときおり首筋に鳥肌が立つ。冬はまえからでなく、うしろから近づいてくるのかもしれない。

「おまえには、ここで堂々と礼をいっとこう」

正吉がこちらをむいて、いやに真面目な口調でいった。

「ありがとな、祭りに誘ってくれて」

「よせよ、雪が降るじゃねえか」

「へへっ」

正吉はぺろりと舌を出して、団子の串にまたかぶりついた。信太郎は指でぽりぽりと頰を掻《か》いて、なにかいおうとしたが、なにも思いつかず、しかたがないから団子の数をかぞえなおして、それからぱくっと喰《く》いついた。

さきに食べ終えた正吉が、残った串でなにやら宙に絵を描きながら、

「まえにお袋の話はしたよな？　女郎屋から足抜けするために、親父を騙した女の話。お袋は口説《くど》き文句がわりに十の約束をして、そのうちどうにか三つは守ったんだ。ひとつは、親父と所帯を持つこと。ひとつは、親父の子を産むこと。ひとつは、一家で神田祭の見物にいくこと」

「じゃあ、正吉は神田祭を母ちゃんと見たんだ」

「見てねえ。見物にいったのは、おれが生まれるまえに一度きりだとさ。どうし

て神田祭かっていうと、櫓下《やぐらした》の女郎あがりだから深川祭は顔が差すんだろうって、だれかそんなことをいってたな。とにかく、そのときはまだ夫婦二人で一家だったから、いちおう約束は果たしたわけさ」

「それで残りの七つは?」

「一生大事にするとか、毎晩うまいものを喰わせるとか、あれこれいってたらしいけど、そんなのははなから守るつもりもねえ、口からでまかせ、嘘八百さ。いっそ全部まとめて破ってくれりゃ、こんなややこしいことにならなかったのによ」

正吉はぽきりと串を折って、草むらに放り捨てた。

「八百じゃなくても、七つも嘘をつかれたら、さすがに弁蔵さんも怒るだろうな」

「そう思うか?」

「いや、思わねえ、かな……」

瘦《や》せていっそう間延《まの》びした馬面《うまづら》を思い浮かべて、信太郎は首を振った。

「親父はあれだから、物覚えもあれでな」

と正吉はため息をつくようにいって、

「お袋が守った約束のことは、げんにいっとき夫婦で暮らしたり、倅のおれがいたりするから、いまもなんとか憶《おぼ》えてるけど、破られちまった約束のほうは、なにもかたちが残ってねえから、あっというまに忘れちまったんだ。だから騙されたとも、嘘をつかれたとも思っちゃいねえ。呑気《のんき》なもんさ」

「へえ、やっぱり弁蔵さんは変わってるな」

と信太郎は感心した。

「おれなんか、相手が守った約束より、破った約束のほうを、いつまでも憶えてるけど」

「それがふつう、まともな人間ってもんだ」

「けど、ちょっと弁蔵さんがうらやましいかな」

「とにかく、そんなわけだから、いま話したことも、親父から聞いたんじゃねえ。親父の知り合いとか近所のひととか、そういう連中がしゃべってるのを聞き集めて、だいたいのことがわかったんだ」

「知ってるよ、耳学問っていうんだろ」

「学問なんて、そんな立派なもんじゃねえけどな。親父はあれだし、おれのことはがきだと思ってるから、みんなおれたちが近くにいても、噂《うわさ》話や裏話、陰口なんかも平気でしゃべるんだ。おかげでいろいろ聞き覚えたけど、いまそこで澄まし顔で建前をしゃべってたやつが、そのすぐあとにどんな顔で本音をしゃべるかなんてのも、いやってほど見ちまった。反対に、さんざん悪口をいってたやつが、当人のまえでころっとてのひらを返すのとかもな。おれにいわせりゃ、世の中は嘘つきばっかりさ。それもよ、つかなくてもいいようなつまらねえ嘘を必死になってつき倒してるんだ」

「ふうん……」

大人の会話なら、信太郎も夜具のなかで父母のそれに聞き耳を立てたことがある。だが正吉が幼いころから眼にし耳にしてきたのは、そんなものとは比較にならない生臭くておどろおどろしい場面にちがいない。

「そういえば、ときたまひとの顔が二重《ふたえ》に見えるっていってたけど、そんなのをいろいろ見てきたせいなのかな」

と信太郎は訊いた。まえに話を聞いたときから、ずっと気になっていたのだ。

「うん、そうかもな」

と正吉が首をかしげた。

「二重っていうのは、べつに顔が二つくっきり見えるわけじゃねえ。薄っぺらなお面のしたに素顔が見えるみたいな感じだから、建前と本音を見比べすぎたのかもしれん」

たとえばなにか可笑《おか》しいことがあって本心から笑うとき、ひとは口の両端があがる。片端だけあがるのは、つくり笑いと見てまずまちがいない。笑いにかぎらず、顔の片側だけを動かすのは、素直な感情のあらわれではなく、たいていはつくった表情なのだ。

「ほら、こうして眉を片方だけあげると、腹に一物《いちもつ》がありそうに見えるだろ？」

と正吉は眉を動かして見せた。

「そういうのはなんとなくわかるもんだし、だれでもふだんから感じてるんだろうけど、おれはふつうより勘《かん》が鋭くなっちまったのかもな」

「片方か……」

と信太郎も右眉だけをあげてみた。けっこう顔の肉を気にして動かすもので、たしかに本気で笑ったり泣いたりしているときには、こんな表情はしていられない。

「しゃべってるあいだに、焼芋が冷めちゃったな」

と正吉が焼芋を持ちなおして、割り口のはじっこをちょっぴり齧《かじ》った。さっき半分に割ったときには、黄金色にふっくらとしていたが、いまはすこし色褪《いろあ》せて硬くなっている。

「番太郎《ばんたろう》にいって、温めなおしてもらおうか?」

「それもいいけど、そろそろ帰らねえと、長屋につくまでに暗くなりそうだ」

「そうか、遠出してきたもんな」

二人は立って、土手の斜面を滑《すべ》るようにおりた。

冷めた焼芋をぱくつきながら道をもどる。くるときにはごった返していた筋違《すじかい》御門の火除地から人影が減り、大通りもふしぎなほど静かだった。昼間と夕方の隙間《すきま》にある、凪《なぎ》のような時分なのかもしれない。

信太郎は眼を細めて、暗い通りを思い浮かべ、両側に数え切れない提灯の明かりをともそうとしたが、うまくいかずにあきらめた。本物を見るまでの楽しみにとっておこう。正吉と二人で眺めるときが、いつかきっとくる。

四

いつもの空地《あきち》で正吉と別れて、ひと足早く長屋に帰ると、木戸の手前で男二人が押問答をしていた。大柄なほうは弁蔵、背が低くて小肥《こぶと》りなほうは見知らぬ男だった。

「いけやせん。こんなにはもらえねえでやす」

「いいから、受け取っときな」

「いや、わっしはまだろくに働いてやせんので」

「そういわねえで、な、日当は日当だ」

「いやいや、日当は働いてもらうもんで」

なんだか昼間のおもんさんとの会話みたいだな、と信太郎は顔を伏せてくすすしながら、二人のわきをとおりすぎた。すると、その耳に羽虫のように気になる名前が飛びこんできた。

「三次郎」

と小肥りの男が口にしたのだ。

「あのひとが、こんだけ渡しとけといってるんだ。使い走りのおれを困らせてくれるなよ」

「へえ、わっしも困っておりやす」

「おめえ、兄貴に借りがあるんだろ?」

「わっしは兄弟がおりませんので。姉にも妹にも縁がねえんでやす」

「三次郎の兄貴だよ!」

「ははぁん」

「三次郎さんには借りがあるんだろが」

「へえ、ごぜえやす」

「なら、あのひとのいうことは、黙って聞いときな。いやでもなんでも、こいつを受け取るんだ」

「へ、へえ……」

「よし、たしかに渡したぜ」

信太郎は路地を歩きながら、そうしたやりとりに耳を澄ました。

弁蔵はこのところ上総屋の口利《くちき》きで荷揚場《にあげば》の手伝い仕事をしていたが、人足仲間に騙されて喰い逃げの尻拭《しりぬぐ》いをさせられたあと、しばらくして仕事をやめた。べつにしくじりをしたわけではない。それも人足仲間が仕組んだことで、弁蔵におかしな話を吹きこんで、みずからやめるようにしむけたらしい。

以来、弁蔵は家でじっとしていたり、日傭《ひよう》取りに出たり、手伝い仕事を探し歩いたりしていたが、いまは三次郎と関わっているらしい。このことを正吉は知っているのだろうか、と信太郎は眉をひそめた。三次郎は岡ッ引に追われるような悪党だが、弁蔵は喰い逃げ騒ぎのときに助けられて、まえにもまして恩義と親しみを感じているという。

――働くとか、日当とかいってたけど……。

弁蔵は三次郎と一緒になにをしているのだろう。厄介《やっかい》なことにならなきゃいいけど、と考えながら家の戸を開くと、母の声がやわらかく響いてきた。

「遅かったね。どこにいってたんだい。心配したんだよ」

「ごめん、ちょっと遠くまで歩いてたから」

「遠く？」

「大伝馬町のほうまで、神田祭を見にいってたんだ」

「そうかい、今日は祭日だったね。けど、今年は陰祭だから、なにもなかったろ？」

「うん、提灯がぶらさがってるだけだった」

信太郎が部屋にあがって壁際にちょこんと坐《すわ》ると、おとくが膝《ひざ》をにじり寄せてきた。

「それで、だれといってきたんだい」

「だれって、おれひとりだよ」

「へえ、大伝馬町までひとりでいってきたのかい」

「そうさ、もう赤ん坊じゃねえんだから、それぐらいできるよ」

「だけど、今日は連れがいたんだろ？　正直においいよ」

「正直にいってるよ。ほんとにひとりだって」

と信太郎はいった。と同時に、おとくの右手が飛んできた。切るような頬の痛み、ぴしゃっと破裂するような音、首を震わせる衝撃が、いっきに信太郎を襲った。

「嘘つくんじゃないよ、この子は！」

おとくが怒鳴《どな》った。にわかに眼が吊りあがり、鼻まで鋭く尖《とが》っている。

「ほんとのことをおいい。だれといってたんだい」

「ひとりだよ。ほんとにひとり」

信太郎は白《しら》を切った。気圧《けお》されまいと胸を張るが、内側で心ノ臓がひしゃげそうになっている。

「ちがうだろ、あの子といってたのさ」

「知らねえ。だれともいってねえ」

「どの口が、そんな嘘をつくんだい」

「嘘なんかついてねえ。嘘なんか」

「ほんとに、この子は！」

おとくの手がまた飛んできた。かわそうと思えばかわせたかもしれないが、信太郎は眼をつむるだけで逃げなかった。激しく頰を張られ、振り切れるほどの勢いで顔が横をむく。ぐらりと横倒しになりかけたが、奥歯を嚙《か》んでもちこたえた。

「あんな子と付き合うから、そうさ、あんなおかしな親子と付き合うから、親に嘘をついて、平気でしらばくれて、そうやってさんざん悪いことをしてるんだろ。母ちゃんは情けないよ、あんまり情けなくて、涙も出やしない。ああ、いっそ死にたいぐらいさ！」

おとくが両眼を真ッ赤にして喚く。熱く潤《うる》んでいるが、涙ではなく、まるで血がにじんでいるようだ。信太郎は首筋まで蒼褪《あおざ》め、身体がわなわなと震えた。胸元から嗚咽《おえつ》がこみあげるが、喉《のど》の奥につかえて息が詰《つ》まる。

そのとき戸口を塞《ふさ》ぐように、大柄な人影が立った。

「こんちは、弁蔵でやす。なにやらお取りこみのようで、手伝いはいりやせんかい。わっしにできることなら、なんでもいってやってくだせえ」

五

数歩先の夜道を見つめながら、信太郎は呟《つぶや》いた。

「父ちゃん……」

「嘘をついたのは悪かったけど、やっぱり母ちゃんが恐《こわ》かったんだ。ほんとのことをいったら、すごく怒るだろうし。嘘ついても怒られたけど、それでもほんとのことがいえなくて。けど、父ちゃんには話すつもりでいたんだ」

あのとき、おとくは猛然と立ちあがり、罵詈雑言《ばりぞうごん》を喚き立てながら、鍋や茶碗、枕や裁縫箱を投げつけ、金棒《かなぼう》のように箒《ほうき》を振りまわして、弁蔵を追い払った。そして所帯道具の散乱した家のなかを見まわすと、いきなり突っ伏して、激しく泣きじゃくりだした。

轟《とどろ》くような声はやがて落ち着いたが、おとくは伏せた身体を起こさず、そのまま静かに泣きつづけた。信太郎はどうしていいかわからず、壁際で膝を抱えて、やはりめそめそと泣いていた。あれほどつらい時間を過ごしたのは、はじめてだった。つらく、悲しく、長く、重たい時間だった。

栄五郎が帰ってきて、湯屋に連れだしてくれなければ、あのまま二人で干涸《ひから》びるまで、涙をしぼりつづけていたかもしれない。

家のなかのようすをひと目見て、栄五郎はおよその事情に察しがついたようだ。なにか短くおとくに囁いただけで、家を出た。そのあと行き道でも湯屋のなかでも、信太郎には事情を尋《たず》ねなかった。

信太郎も湯屋を出るまでは、ほとんど口をきかずにいた。けれど帰り道に目顔でうながされて口を開くと、あとはとまらなかった。絶え間なくあふれる言葉に、父は小さくうなずきながら耳を傾けてくれた。

信太郎はちょっとでも事情をわかってもらおうと一所懸命になったが、一所懸命になればなるほど話があちこちに飛びかって、ますますわかりにくい話になり、話せば話すほど話したいことが増えて、終わりが遠退《とおの》いていくようだった。

栄五郎はそのあいだ一度も口を挟まず、終わりのない話をようやく聞き終えると、ひと言だけ訊いた。

「びっくりしたか?」

「う、うん。母ちゃん、怒るだろうと思ってたけど、あんなにすごいとは思わなかった。見たことがねえぐらい眼が吊りあがって、ほんとに恐すぎてだれかと思った」

「母ちゃんは、それだけ信太のことが好きなんだ」

「………」

信太郎は立ちどまった。湯船に浸《つ》かっても落ちなかったなにか、そう、身体の内外に重苦しくこびりついていたものが、ふいに溶《と》けて流れ落ちていくのを感じた。

「それさえわかれば、今日はもういい」

と栄五郎は軽く信太郎の肩を叩いて、また歩きだした。

「ねえ、父ちゃん」

と信太郎は見あげて、

「母ちゃんは、やさしいよね？」

「まあな」

「恐いところもあるけど、すごくやさしいところもあるよね。おもんさんに負けねえぐらい、親切なところもあるよね」

「そうだな」

「おれ、母ちゃんのそういうところと一緒にいたいな。いつもそういうところと一緒にいられたら、嘘なんかつこうと思わねえのに」

「………」

「母ちゃんにも、そうしてほしいな。ほら、弁蔵さんはたよりねえし、おかしなところもあるけど、いいところもあるんだ。すっごく真面目で、すっごく正直で、なによりひとの悪口を決していわねえ。正吉も生意気《なまいき》に見えるけど、度胸も根性もあって、曲がったことが嫌いで、すごくいいやつなんだ」

信太郎は話しながら、声が弾《はず》んできた。

「母ちゃんも二人のいやなところを見るんじゃなくて、いいところと付き合うようにしたらいいのにな。そうすりゃ、たとえ好きにはなれなくても、いまみたいに大嫌いじゃなくなると思うんだ。どうして、そうしねえのかな。母ちゃんの機嫌がよくなったら、そうしてくれるようにたのんでみようかな」

「そうだな。しかし、他人のいいところとだけ付き合うというのはなかなか難しいものだ。自分のいいところだけでひとと付き合うのが難しいのとおなじでな」

「うん……」

「ともかく、信太がそう思うなら、まずは自分で試してみることだ。うまくいってもいかなくても、やってみる値打ちはある」

「うまくいきゃ、母ちゃんにも、長屋のみんなにも、試してもらえるかな」

「そうなればいいな」

栄五郎はふだんより長湯をして、帰り道ものんびりと歩いていた。おとくはそのあいだに気分をあらため、家のなかを片づけて、夕飯の支度《したく》をととのえる。二人はそこにいつもどおりのさっぱりした顔で帰り、おとくはそれをすんなりと迎える。そういう段取りになっていたようだ。

ところが、そうはならなかった。長屋の木戸を入ると、栄五郎がわずかに身構えるような仕草《しぐさ》をして、信太郎をうしろにさがらせた。家のまえに黒い影が二つ動いている。こそこそと肩を寄せ合い、見るからに人目をしのぶようすだった。

「おい」

栄五郎がやや距離をおいて声をかけると、振りむいたのはおなじ長屋の多平と亀蔵《かめぞう》だった。亀蔵は、弁蔵のとなりの家の亭主だ。女房のおよしともども、天秤の嫌悪の皿のほうにでんとおさまっている。

「なんだ、栄五郎さんか。脅《おど》かしてくれるなよ」

多平が背を丸めたまま、ふうと息をついた。多平も女房のおみつとともに、嫌悪の皿で重きをなしている。

「あんたら、ひとのうちのまえで、なにをしてるんだ」

栄五郎は不審感を隠さなかった。まだ信太郎を背後にさがらせていた。

「いや、べつにな……」

「こんな時分、だいの男が二人揃《そろ》って、べつにってことはないだろ」

「あんたに用事じゃねえんだ。だから気にしねえで家に入ってくれよ。おれたちもじきに引き揚げるから」

多平がなおも背を丸めたまま、手振りでうながす。亀蔵のほうは顔だけ見返して、背中をこちらにむけている。

「おや？　二人でなにを持ってるんだ」

栄五郎が近づいて、亀蔵の肩越しに覗《のぞ》きこんだ。

「ちっ、しゃあねえな」

多平が舌打ちすると、亀蔵がこちらにむきなおって、むっつりといった。

「ほら、これだよ」

亀蔵は太い両腕を差し曲げて、布でくるんだなにか横長のものを抱えていた。

多平もその一方の端を抱えて、背を丸めて隠していたのだが、

「ほんと、間が悪いぜ」

とぼやきながら布の端をちらとめくって、なかのものを見せた。犬の頭だった。野良犬らしい。が、生きてはいない。二人は犬の死骸《しがい》を布にくるんで抱えていたのだ。

「こいつをあの抜け作のうちに放りこんでやろうと思ってな」

多平がそういって、にんまりした。亀蔵が犬の死骸を揺すって、弁蔵の家のほうに顎をしゃくり、

「はじめは犬やら牛やら馬やらの糞《くそ》と小便を集めて、やつが寝てるところにぶっかけてやろうって話になったんだが、それじゃさすがに近所迷惑だろ。このうちにつぎに住むやつも、臭くてかなわねえだろうしな。だからこいつで勘弁してやることにしたのさ」

「よしなよ、そんなことは」

栄五郎がいって、多平と亀蔵に交互に眼をむけた。

「なにがあったにせよ、おなじ長屋の店子《たなこ》だぜ」

「おなじ店子だから、むかっ腹が立つんだ」

「だとしても、これはやりすぎだ」

「放っとけよ、あんたには関わりねえだろうが」

と多平が唸《うな》るようにいい、亀蔵も眉根を寄せて、

「それともあんたは、あのクソ間抜けの味方をするのかい」

「味方はせんが、放ってもおけんだろ。おれだけならともかく、倅の見てるまえで、そんなつまらん真似はさせられん」

「なんだと、生意気な口を利きやがって。おめえみたいなぼんくらが、おれたちに指図できるもんか、ここでいっぺん試してみるかよ」

亀蔵が肩を怒らせて詰め寄ろうとするのを、多平が肘《ひじ》をつかんで引きとめた。

「よしな。こんなところで、こんなもんを抱えて、殴《なぐ》り合いもできねえ」

いいおいて、栄五郎に顎をむけると、

「もっぺんいうぜ。あんたには関わりのねえこった。こっちには眼をつむって、おとなしく家に入っちゃくれねえかい」

「あいにくだがな」

と栄五郎が首を振る。

「どうしても？」

「ああ、どうしても」

「そうかい。なら、今夜はおれたちのほうが引きさがるが」

と多平は片頬をゆがめて、

「これからさきは、あんたのうちにも糞や小便の雨が降らねえように、せいぜい気をつけるんだな」

いくぜと亀蔵に声をかけて、犬の死骸を抱えなおす。二人は咬みつくような一《いち》瞥《べつ》を栄五郎に浴《あ》びせると、跫音《あしおと》荒く路地を出ていった。

「父ちゃん……」

信太郎は横手にまわって、父の顔を見あげた。栄五郎は腕組みして、苦笑いを口もとに浮かべていた。信太郎と眼が合うと、小さく首を捻り、ああいうやつらにも、どこかいいところはあるんだろうが、とため息まじりにいった。

六話　千の笑い

一

弁蔵は高砂橋を渡ると、いったん立ちどまり、ゆっくりと空を見あげた。

晩秋の風がほどよく冷たい昼下がり。かすれがすれのうろこ雲を透《す》かして、真ッ白な日がまぶしく射《さ》しおろしている。

弁蔵はその日輪《にちりん》の場所をたしかめるように馬面《うまづら》を左右に振りむけ、いまひとつ要領を得ないようすで道に眼《め》をもどした。壁でも動かすように大柄な身体を右にむけると、またのそりのそりと歩きだした。

浜町堀はふだんより水嵩《みずかさ》が高く、濁《にご》りをはらんだ流れが日射しを巻きこんでまだらに光っていた。そしてときおり光のなかから鯔《ぼら》が跳《は》ねあがり、びっくりさせる水飛沫《みずしぶき》と音を立てた。

弁蔵は東側の河岸《かし》を南にむかい、やがて大川《おおかわ》に突き当たると、迷わず左をむいた。浜町堀の河口にかかる橋にちょうど背をむける恰好《かっこう》なのだが、こんどは立ちどまるでも日の方位をたしかめるでもなかった。

「さっきと、どこがちがうんだろ?」

と信太郎は首をかしげた。

「さあな……」

正吉がため息をついて、

「親父《おやじ》の考えてることの十に一つでも見当がつくなら、両国《りょうごく》広小路に小屋を出して、千里眼《せんりがん》の芸で喰《く》っていけるぜ」

二人はここまで堀の対岸から弁蔵の姿に眼を光らせてきた。長屋から尾行してきたのだ。たぶん真うしろを歩いても気づかれないだろうけれど、それらしく距離をおいてつけているのは、気分を出すためのほかにも、かなり真剣な理由があった。

それはともかく、二人は弁蔵が背をむけた橋を渡って、さらに尾行をつづけた。その橋はいたってわかりやすく川口橋《かわぐち》と呼ばれている。世の中がすべてこういう按配《あんばい》なら、いまより暮らしやすくなるかもしれない。

「正吉でもだめか、千里眼でなけりゃ？」

と信太郎は訊《き》いた。

「だめさ。なにせ当の親父に訊いても、なにを考えてるかなんざ、まともにこたえられやしねえんだから」

「そりゃ、いくらなんでも大袈裟《おおげさ》だろ」

「でもねえよ。親父とはけっこう長い付き合いになるけど、いまだに逆立《さかだ》ちしても見当のつかねえところがあるし、正直、そういうところにはこのさき見当がつくようになるとも思えねえ」

ちらと見やると、正吉は真顔で話している。信太郎は困ったような気分になったが、ふと思い当たって、

「弁蔵さんの考えてることはたしかによくわからねえけど、気持ちのほうはすごくよくわかるよな。いうことにもやることにも、嘘《うそ》やごまかしがねえから」

「そうか?」

と正吉は鼻先でこたえて、にっと小さく笑った。

大川はやはり水嵩が高く、きらめく波間に濁りが見え隠れしていた。どこか上流で雨が降っているのだろうか。だが空は澄《す》んだ青と淡《あわ》い白にいろどられて、見渡すかぎり荒れた気配はない。

もっとも、うろこ雲は雨のまえぶれだと、信太郎は聞いたことがある。明るく日の射す空と、暗く雨を降らせる空は、たとえそんなふうに見えなくても、もちろんどこかでつながっているのだ。

弁蔵は相変わらずのそりのそりと歩いていく。右は大川の広い流れ。左は武家屋敷の高い塀《へい》。行く手には新大橋《しんおお》が見えて、川むこうにそびえるのは幕府の御籾《おもみ》蔵《ぐら》だ。

「深川にいくつもりかな？」

信太郎はいったあと、慌《あわ》てて口をつぐんだ。正吉の母親が深川の岡場所の女郎あがりで、亭主と子供を捨てて逃げたという話を思い出したのだ。

だがいまさら口ごもるのも、それはそれで正吉にいやな思いをさせそうだ。

「それとも、本所のほうかな？　いや、そもそも橋を渡るとはかぎらねえか」

と信太郎はいった。ちょっとわざとらしい口調になったが、正吉は気にするふうもない。

たぶんこれまで見たくもないことや聞きたくもないことを、いやというほど見聞きしてきたからだろう。正吉はどんな出来事にも顔をそむけず、たいていは平然としている。

「どこにいくかはわからんけど、こっちに回り道してきて、新大橋を渡らねえなら、そりゃもう間抜けってより、まるっきりの馬鹿《ばか》だぜ」

二人は軽口をいったり肘《ひじ》で小突《こづ》きあったりしながら、まえをいくやたらと広い背中を見守った。

新大橋のたもとまできて、弁蔵が立ちどまり、あらぬ方角をむいたときには、正吉もさすがにぐっと息を呑《の》んだが、弁蔵はそのまま ぐるりと四方を見まわして、こちらには気づかず、無事に橋を渡っていった。間抜けの程度はともかく、まるっきりの馬鹿ではなかったようだ。

――やれやれ……。

息をつく正吉のわきで、信太郎もほっと胸を撫《な》でおろして、二人はならんで新大橋を渡った。

大川の橋は上流から順に、両国橋、新大橋、永代《えいたい》橋と架《か》けられていき、それから上流にもどって大川橋（吾妻《あずま》橋）が架けられた。新大橋は長さが百間《けん》（約一八〇メートル）余りで幅が四間（約七・二メートル）足らず。むかしは両国橋を大橋と呼んでいたから、この名がついたらしい。

「ほら、ここでぐうっと川が曲がってるだろ。そのせいで水の流れが険《けわ》しくなって、橋がすぐに傷《いた》むんだ。いくら修繕しても追っつかねえから、お上は嫌気《いやけ》が差して、いったんは取り払うと決めたらしいぜ」

と正吉がてのひらで欄干《らんかん》をぺたぺたと叩《たた》いて、

「けど、深川のひとたちが橋を残してほしいって嘆願してな。すったもんだのすえに、これからは町方で橋の世話をするってことで、なんとか壊されずにすんだんだ」

「そりゃ、こんな立派な橋を壊したらもったいねえよ」

「立派だから、世話するのもたいへんなのさ。なにせ大きな修繕や架け替えだけでも、もう二十ぺんぐらいはやってるっていうからな」

「ふうん、そんなにこの川が暴れるのか」

と信太郎はくの字に曲がる上流と下流を見くらべ、それから正吉の顔を眺《なが》めて、こいつどれだけ物知りなのかと、あきれなかばに感心した。

「世話するといっても、ただじゃ修繕もできねえだろ。だから、ひとむかしまえは橋銭を取ってたそうだ。侍だけは素通りして、あとはみんな二文ずつ払ったわけさ」

「あっ、それならおれも聞いたことがある。父ちゃんが子供のころには、まだ橋銭を払ってたって」

「いまは橋銭を取るかわりに、界隈《かいわい》の廻船《かいせん》問屋が中心になって、修繕やら造作やらをまとめて請け負《うお》ってるけど、これにも損したとか得したとか、あれこれ裏話があるらしいぜ。役人まで絡《から》んで、ややこしいことになってるってな」

「へえ……」

と信太郎は口をすぼめて、弁蔵のうしろ姿を眼で追いかけた。正吉はそうでもないらしいが、廻船問屋や役人のことなど話が遠くなりすぎて、にわかに欠伸《あくび》がこみあげてきたのだ。

二

弁蔵は本所林町の生まれで、所帯を持ったあと、いっとき深川西町に暮らしていた。親から受け継いだ扇屋《おうぎ》を潰《つぶ》して、四畳半一間の裏店《うらだな》に住みついたのだ。

「どうやら、おれはその長屋で生まれたらしいぜ」

と正吉は他人事《ひとごと》のようにいった。

新大橋を渡ると、弁蔵は正面の御籾蔵を右手にまわりこんで、そこからまっすぐ東に歩いた。しばらくいくと六間堀《ろっけんぼり》にさしかかったが、これという仕草《しぐさ》もせず、まるで地面を歩くように、のそりのそりと橋のうえに足を運んでいく。

実際、うしろ姿を見るかぎり、弁蔵は橋があると気づいていないようだった。

どこにとはいえないが、注意力は足元とはべつなほうをむいている。

ともあれ、このまま道なりに歩いていけば、深川西町に辿《たど》りつくことになる。

「もしかして、むかしの家にいくのかな。正吉は場所を憶《おぼ》えてる？」

と信太郎は訊いた。

「いや、さっぱりわからん」

と正吉は首を振って、

「おれが物心ついたときには、もうこっちを離れてたし、それからいっぺんもきたことがねえ。だから、生まれた町といっても、なんの思い出もねえし、べつに懐かしくもねえのさ」

「おまえがそうでも、親父さんはちがうかもしれねえだろ。仲良くしてたひとがいるかもしれねえし」

「仲良く？　そんな物好きがいたと思うか」

「そういわれると、あんまりいそうな気はしねえけど。でも、うちの長屋にだって、おもんさんみたいなひとが住んでるからな」

「おもん婆《ばあ》さんは、たしかに親切だ。けど、親父と仲が良いわけじゃねえぜ」

「うーん、だけど……」

「まあ百歩譲って、仲良しだとしても、西町の長屋におもん婆さんみたいなひとがいたなんて聞いたことがねえな。おれが小耳に挟《はさ》んだ話じゃ、お袋に逃げられたあと、親父は笑いものにされるばっかりで、だれも手助けしてくれなかったらしい。おかげで、おれはもうちょっとで赤ん坊の干物になるところだったのさ」

「ほんとかい？　おなじ長屋に住んでいて、だれも手助けしねえなんて、そんなことがあるのかな」

信太郎は首を捻《ひね》った。が、このまえ幸助が疱瘡《ほうそう》になったときには、みなが遠巻きにしたし、そのあとは弁蔵にたいする好悪《こうお》の天秤《てんびん》がいっきに傾いた。そして、そうなると軽いほうの皿に残っているひともなかば吊《つ》るしあげられた状態になり、たとえみんなに反発する気持ちがあっても、それを言葉や行動にするのがひどく難しくなってしまうのだ。

「あっ、あれは？」

と信太郎が指さしたのは、突然、弁蔵がうしろ歩きをはじめたからだった。四歩、五歩と後退《あとじさ》りして、いきなりくるりと左をむく。

「ああ、あれな」

と正吉は慣れた口ぶりだった。弁蔵と一緒に歩いていると、あんなことがしょっちゅうなのかもしれない。

二人はゆうに町ひとつぶんぐらいの広さがありそうな大名屋敷のまえにいた。なにせいってもいっても塀に切れ目がない。弁蔵はそのばからしいほど長い塀のさきにいて、すっと横手に入ってしまった。

「ほら、落ち着き払ってねえで、急がねえと見失っちまうよ」

信太郎が急かして、二人は小走りになった。屋敷の表門を通り過ぎて、小さな櫓《やぐら》のついた塀の角を折れる。首を突きだすようにして道を見渡すと、弁蔵のうしろ姿がまた隠れるところだった。こんどは屋敷の側ではなく、むかい側にならぶ町屋の陰《かげ》にだ。

「もうちょっと近づいとくか。いくら親父が目立つといっても、どこか店にでも入っちまえば、見つけようがねえからな」

と正吉が眉《まゆ》をひそめた。

「うん、そうしよう」

「ただし、くれぐれも用心しろよ」

「わかってるさ」

信太郎はうなずいて、周囲を見まわし、

「弁蔵さんのあとをつけてることがあいつらにばれたら、おれたちも弁蔵さんも危ないことになるんだろ」

「そうさ、連中がなにをたくらんでるかはなぞだけど、物騒なやつらってことははっきりしてる。ばったり出喰《でく》わしたりしたら、どんな目に遭《あ》わされるかわからねえぜ」

と正吉が声を落とした。ふだんのそっけない口ぶりからすると、かなり深刻な口調だ。

信太郎は一瞬ひやりと背筋に冷たいものが走ったが、怖気《おじけ》づきはしなかった。それよりも、いまやっていることの重みをあらためて感じた。恐《こわ》いことはもちろん恐いけれど、そういうことだからこそ放っておくわけにはいかないのだ。

「用心、とにかく用心だな」

「そうだ、しくじりは許されねえ」

二人は往来《おうらい》に眼を配りながら、また小走りに弁蔵を追いかけた。

手前の町なみは深川元《もと》町、そのさきが三間《さんげん》町。弁蔵は町境《まちざかい》の通りに入ったらしく、角を曲がると、通行人の流れのなかに、ひょろ長い頭がひとつ、ぬっと突き出ていた。

こちらは子供二人で視野が狭《せま》いから、弁蔵がもしなみの背丈でなみの面相なら、とうに見失っていただろう。だが弁蔵の目立ちぶりばかりを当てにしていては、ちょっとした隙《すき》にはぐれかねない。二人は小走りのまま、距離を詰めていった。

弁蔵は三間町に入って、通りを北に歩いていく。沿道にぶらさがる酒壺《さかつぼ》や、蠟《ろう》燭《そく》のかたちを模した看板、風にひらめく色とりどりの暖簾《のれん》、店先にならぶ饅頭《まんじゆう》や水菓子、傘《かさ》や桶《おけ》などの品々には、いっさい眼もくれず、どことも知れない場所をめざして、ひたすら足を踏みだす。

――これなら、どれだけ近づいても……。

まちがっても気づかれるおそれはないと思った矢先、弁蔵がふいに立ちどまり、信太郎はびっくりして小石もない道につまずいた。

「ばか、なにやってるんだ」

正吉に肘をつかんでもらわなければ、まえのめりにばたんと倒れていただろう。

「ごめん、弁蔵さんがあんまり急にとまるから」

「いつもあんなだ」

場所は表通りから横丁に入って、しばらく歩いたところだった。かたわらに質素な鳥居《とりい》が、すこし寂しげにたたずんでいた。

弁蔵はいまはじめて気づいたように、きょろきょろと沿道の景色を見まわすと、鳥居のほうにむきなおり、じっと仰ぎ見た。横に渡した笠木《かさぎ》と貫《ぬき》を二本の丸柱で支えるだけの鳥居で、大人なら手が届くだろう貫のうえには、いくつか丸っこい石がならべてあった。願掛けかなにかのまじないだろう。

弁蔵はそうしたさまを長いあいだ見つめて、ふいに首がもげ落ちそうなほど深々とうなずいた。これまでとはちがう、なにやら確信に満ちた態度だった。どうやら目的地に着いたらしい。

信太郎は正吉と眼を見かわすと、道端《みちばた》に物陰を見つけてうずくまった。懐《ふところ》から短い棒切れを出して、地面に落書きをはじめる。そんなふうに遊んでいるふりをしていれば、だれも弁蔵を見張っているとは思わないだろう。

ちなみにいっておくと、これは正吉の知恵ではなく、二人で相談しているときに、信太郎が思いついたことだ。その作戦どおり無邪気な子供になりきると、二人はさりげなく弁蔵のようすを窺《うかが》った。

弁蔵はまだ鳥居のまえに立っていた。やがて、おもむろに両手をまえに伸ばしてぶらぶらと振りはじめ、さらに足も片方ずつあげてぶらぶらと揺《ゆ》らした。

信太郎と正吉は思わず顔を見合わせ、あらためて弁蔵のようすに眼を凝《こ》らした。すると、そのぶらぶらは身体をほぐすためだったのか、弁蔵はまもなく手足を振るのをやめて、こんどはねじり鉢巻《はちまき》をこしらえて額《ひたい》に締《し》め、それから左右の腕を懐に引き入れてぐいと両肌脱《もろはだぬ》ぎになった。

「なあ、正吉？」

「しっ」

「だけど、あれ……」

「しっ」

信太郎がしかたなく口を引き結んで、上目遣《うわめづか》いに眺めていると、弁蔵は見ようによっては勇ましいその姿で、また手足をぶらぶらと振りはじめた。と思うと、左にそこにくねくねとした動きが加わって、右にいきながらぶらぶらぶら、左にもどりながらくねくねくねくねと、なんとも珍妙な身ごなしをはじめる。

ひと言でいうなら、

「なに、あの蛸踊《たこおど》りは？」

というありさまなのだ。

正吉はなにかべつの呼び方をしようとしたようだが、ほかに言い表しようがなかったのか、

「ううっ……」

と唸《うな》って、地面に丸や三角を描き殴《なぐ》った。

弁蔵は胸板が広いかわりに薄くて、太いあばら骨がごつごつと浮き出していた。腕もほとんど骨と筋ばかりなのだが、力瘤《ちからこぶ》だけは亀の甲羅《こうら》のように大きく硬そうに見えた。そんな骨張った巨軀《きょく》で肌脱ぎになり、ひたすらぶらぶらくねくねしているのだ。道行くひとが眼をぱちくりさせて、弁蔵を遠巻きに眺めながら通りすぎていく。

「なあ、正吉?」

「なんだよ。いっとくけど、なにを訊かれても、おれはこたえねえぞ。わけのわからんことは、こたえようがねえ」

「やっぱり、そうか」

「そうさ。おれもいろいろおかしなこと経験してきたけど、あんなへんてこなのを見るのははじめてだ」

「とにかく、蛸踊りは蛸踊りだよな?」

「知るかよ」

「おれ、すたすた坊主が踊るのを見たことあるけど、それよりよっぽど面白いや」

すたすた坊主は、裸踊りで銭を乞《こ》う願人《がんにん》坊主だ。

「弁蔵さんはいつも、うちであんなの見せてくれるのか」

「だから、はじめて見るっていっただろ」

「あれっ？」

と信太郎がなおさら眼を丸くしたのは、弁蔵がふいに踊りをやめて、鉢巻を取り、着物に袖《そで》をとおしなおしたからだ。さっきの珍妙な姿との落差のせいか、ふつうの恰好でなにもせずに立っているだけで、そこそこしっかりしたひとに見えてしまうのが、これまたふしぎだった。

「どうしたんだろ……？」

信太郎が呟《つぶや》くわきで、正吉も身を乗りだして、父親の姿に見入っている。

弁蔵は帯の締め具合をなおし、襟元《えりもと》をつまんで合わせをととのえると、頭をさげて鳥居をくぐった。そのまま立ちどまりも、踊りだしもせず、まっすぐ境内《けいだい》に入っていく。

神社は間口《まぐち》が狭く、境内はうなぎの寝床みたいになっているらしい。それもならびの家の建ち方からすると、さほど長くもないようだ。だが信太郎たちがうずくまっているところからは、鳥居からすぐのあたりが見えるだけで、境内の奥のようすはわからない。

「弁蔵さん、なにをしてるんだろ?」

「さあな……」

正吉はちょっとくたびれたような声でいった。

「まあ神社に入ったんだから、お参りしてるんじゃねえか」

「正面のほうにいって、覗《のぞ》いてみようか?」

信太郎が腰を浮かそうとすると、正吉は気を取りなおしたように顔を引き締めて、

「待てよ。動くのはまわりのようすをたしかめてからだ。だれがどこで見てるかわからねえからな」

「そうか、とにかく用心だな」

二人は地面に落書きするふりをしながら、ちらちらと四方に眼を配った。ところが、そうするうちに弁蔵が鳥居を出てきて、またねじり鉢巻で肌脱ぎになり、

ぶらぶらくねくねとやりはじめたのだ。

「なあ、正吉?」

「だから、おれに訊くなって」

三

近所のひとに訊いてみると、その神社は古くからある牛頭天王《ごずてんのう》の小さな祠《ほこら》がはじまりなのだが、あとからできた薬師如来《やくしにょらい》のお堂のほうに信心が集まり、このあたりでは薬師神社と呼ばれているという。

「あそこの薬師様にお願いすると、できものや腫《は》れ物が治るといわれて。評判になるほどの効《き》き目でもないんだけど、おかしな名前がついたのね」

と色白の女房は苦笑した。桶を手にしているのは、振り売りの豆腐《とうふ》を買っているところに、二人が声をかけたからだ。

「たしか親孝行な小坊主がいて、病気のおっかさんのために、薬師様に蛸をお供《そな》えしたとかしないとか、そんな話じゃなかったかしら。といっても、あそこはむかしから神主さんもお坊さんもいなくて、町内の寄合《よりあい》でお祀《まつ》りしているんだけど」

お礼に豆腐の桶を家まで運び届けると、正吉はしばらく考えて、どうやら京都の蛸薬師の由来がおかしなかたちで伝わったらしいといった。

「蛸薬師？」

信太郎は耳を疑った。かなり眉唾《まゆつば》な名前だ。

だが正吉はあたりまえの口ぶりで、

「ああ、そういう寺があるらしいな。ほんどうの由来は、病気のおっかさんに好物の蛸を食べさせようとした坊さんの話のはずだ」

僧侶がなまぐさを買うのは人目をはばかる。そこでこっそり箱に入れて買ったのだが、町びとに見咎《みとが》められて、寺の門前で箱の中身を見せろと詰め寄られた。

僧侶は窮《きゅう》して、薬師如来に助けを願った。すると、蛸は八本の足を八巻の経巻に変えて、箱を開くと、ありがたい光が四方を照らした。

これを見た町びとは、みな合掌《がっしょう》して、南無《なむ》薬師如来と称《とな》えた。すると、経巻がふたたび蛸にもどって、門前の池に飛びこんだ。

そして、こんどは池からありがたい光が放たれ、僧侶の母親を照らすと、たちまち病気が快癒《かいゆ》したという。

「どうだい、ふしぎだろ？　どうしてみんな南無薬師如来って称えたのかな。蛸がお経に化けたんだから、南無蛸入道って手を合わせるならわかるけど。それに、蛸って池で泳ぐか？　まあ、とにかくそんなわけで、その寺の薬師様は蛸薬師って呼ばれるようになったんだ」

「ふうん、正吉はほんとになんでもよく知ってるなァ」

信太郎はつくづく感心した。これで弁蔵の考えていることがわかれば、世の中になぞはなくなってしまうかもしれない。

「たいしたことねえよ。しょせんは聞いた話。どこまでほんとうか、わかったもんじゃやねえ」

「けど、これではっきりしたな。弁蔵さんのはまぎれもなく、蛸踊りだ」

「おい、どうしてそうなるんだ。だれも踊りの話なんかしてねえぞ」

「いいから、いいから」

「よかねえよ」

「じゃあ、弁蔵さんのあれ、なんに見える？」

「そりゃ……」

と正吉は口を尖《とが》らせて、

「いろんなものに見えるけど、あえてひとつあげるなら、蛸踊りかな」

「ほら、見ろ」

「うるせえ」

「それにしても、ずいぶんとひとが集まってきたな」

と信太郎は鳥居のほうを見やった。弁蔵はいまそこにいないが、ざっと二十人ほどが道に足をとめて、境内を覗きこんでいる。なにを待っているかは、いうまでもない。

弥次馬《やじうま》のなかには、見るからに暇《ひま》を持て余していそうな二人連れの老人のほかに、若い職人や風呂敷《ふろしき》包みを提《さ》げた女、どこかの店の小僧もまじり、すぐそこの荒物屋の亭主もいる。じつのところ、女房のほうも見物に出てきたのだが、おまえは店番していろと亭主に追い返されたのだ。

やがて弁蔵が鳥居を出てくると、若い職人が「よっ、大将！」と声をかけ、ほかの弥次馬たちも咳《せき》払いしたり、待ちかねたように揉み手をしたり、頭のてっぺんから爪先《つまさき》までじろじろと眺めたりした。

だが弁蔵はそんなことに露《つゆ》ほどもかまわず、黙々と鉢巻を締めて肌脱ぎになる。そしていよいよ蛸踊りをはじめると、くすくす笑いが道にあふれた。どうやら弁蔵は薬師堂にお百度参りしていて、その一度ごとにあらかじめ蛸踊りを奉納しているらしい。

いや、まあ奉納というのはまったくの憶測で、実際はなにをしているのかさっぱりわからず、それどころかあれが踊りかどうかもさだかではないが、繰り返しお参りしているのはたしかだから、やはりなにか願いをこめてやっているように思えるのだ。

いずれにせよ、神社に着いたばかりのころには、横目遣いで足をとめたり、すぐにあきれ顔で離れていった人びとが、しだいに腰を据《す》えて見物をはじめ、三十度目を過ぎたあたりからは、弁蔵が鳥居と薬師堂を往復するたびに、眼に見えてひとだかりが膨《ふく》らみだした。

信太郎と正吉も物陰に立って、弥次馬に加わった。道端からようすを窺うよりも、ひとだかりのなかで弁蔵を見物しているほうが、よほどにしぜんで目立たなくなったからだ。

「あんた、なにしてるのさ」

と甲高《かんだか》い声が響いたのは、それからまた参拝《さんぱい》を繰り返して、ちょうど五十度目をこえたころだった。

「なんだい、おかしな真似《まね》して。お参りのじゃまだよ。ふざけるんなら、あっちいってやっとくれ！」

ひとだかりの隙間《すきま》から覗き見ると、白髪《しらが》頭の痩《や》せぎすの老婆が、弁蔵を睨《にら》みあげて喚《わめ》いている。身体はふたまわりほども小さいのに、剣幕はうえから浴《あ》びせかけるようだ。だが、弁蔵は一心不乱にぶらぶらくねくねしていて、苦情に耳を貸す素振りもない。おかげで、老婆はなおさらいきり立っている。

正吉がわきから肘打ちしてきて、

「見ろよ、あの婆さんの顔。ありゃ、お参りがしたくて文句をいってるんじゃねえ。ひとが楽しんでたら、とりあえずけちをつけなきゃ気がすまねえ、そういう面構《つらがま》えだぜ」

「あのお婆さんが、そんな？」

「ほら、怒ってるわりには、眼の色や口元が生き生きして、なんだか嬉《うれ》しそうだろ」

「そういえば、そうかな」

「あのての連中は、ひとと一緒に楽しむより、ひとと一緒にぼやいてるほうが、居心地《いごこち》がいいんだ。だからどんなことにでも、水を差す。たいていはあんな人相をしてるから、よく見て憶えときなよ」

「ふうん……」

信太郎が半信半疑で老婆の顔を見なおしていると、周囲から弥次が飛んだ。

「おい、婆さん。あんたこそ、お百度参りをじゃましてるぜ」

「そうだ、それじゃばちが当たるぜ。お蛸様のばちが」

「婆さんもお参りにきたのなら、そいつと一緒に踊りなよ。きっとご利益《りやく》があるぜ」

「蛸男にするめ婆さんとは、こりゃまたお似合いだ」

ひとだかりが、どっと沸《わ》いた。

老婆は哄笑《こうしよう》に包まれて、首筋まで真ッ赤になった。声のしたあたりに猛然とむかっていくと、弥次馬の顔に吐《は》きかけるように毒づき、そのまま手当たりしだいにひとを掻《か》き分けて脱け出していった。

弁蔵はそのあいだも踊り、着物をはおりなおして、鳥居をくぐっていく。

それからまた十回ぐらい往復しただろうか、弁蔵の蛸踊りにあわせて、ひとだかりが音頭を取り、手拍子を打つようになった。神社のまえの道を塞《ふさ》いで、そりゃ、そりゃ、よいよい、とちょっとしたお祭り騒ぎだ。

信太郎がその男に気づいたのは、なかば役目を忘れて、げらげら笑いながら、手拍子を打っているときだった。ふと見たほうに、

――あれっ？

と思う顔があった。すぐに思い出した。このまえ長屋の木戸の手前で、弁蔵と押問答をしていた男だ。背が低く、小肥《こぶと》りで、こすっからそうな眼つきをしている。

信太郎はにわかに用心深く、小声で正吉を呼んで、

「ほら、あの男。このまえ話した、三次郎の仲間だ」

「てことは、親父に金を渡してたやつだな」

と正吉がうなずいた。そして暗く眼を光らせ、

「はじめて見る顔だから、むこうもこっちの顔は知らねえな。信太はどうだ、顔を見られていそうか？」

「大丈夫だと思う。あのときは、こっちに見むきもしなかったから」

「よし、じゃあ、こんどはあいつをつけよう。きっと三次郎に会うはずだ。見失わねえよう、いまのうちにうしろにまわっとこうぜ」

「そうだな、そのためにきたんだから」

と信太郎はいくらか強張《こわば》り気味にうなずいた。

弁蔵はこのところ三次郎との付き合いのなかで、なにがしかのことをして金を稼《かせ》いでいるようだった。信太郎たちはそれがなにかを見きわめ、さらには三次郎の狙いを突きとめるために、こうしてひそかに弁蔵を尾行してきたのだ。

「いくぞ」

「うん」

二人は首を竦《すく》めて、小さな身体をいっそう低くした。ひとだかりの外周にまでさがり、男のうしろにまわりこんで、じわじわと近づいていこうとしたとき、

「やられた、掏摸《すり》だ！」

まえのほうで叫び声があがった。

四

栄五郎はじっと腕組みしていた。見たこともないほど眉間《みけん》の皺《しわ》が深い。眼は思案《しあん》の色を浮かべて斜めしたにむけられている。

信太郎は緊張した。夕日が足早に沈んで、父の顔にいっそう影が濃くなり、な

おさら表情が厳しく見える。

いっときも早く話したくて、仕事帰りの父を通りで待っていたのだが、信太郎は少なからず後悔しはじめていた。相談の仕方をもうすこし考えればよかった。

実際、正吉は栄五郎に打ち明けることに乗り気ではなかったのだ。

「おまえの親父さんまで巻きこみたくねえし、話せば話したで、がきが無茶するなって怒られるに決まってる」

正吉のいったとおりになったらしい。怒れば、父の恐さは母の比ではない。

信太郎は落雷を待つ緊張に堪《た》えきれず、

「父ちゃん、ど、どうしたの？」

栄五郎は糸のように細めた眼を、じろりと信太郎にむけた。

「たしかめるが、弁蔵は三次郎という男とかならず関わっているんだな？」

「うん、それはまちがいない」

「で、正吉と二人であとをつけたのか」

「うん……」

「すると、深川の神社のまえで、おかしなことをはじめたわけだ」

「蛸踊りして、ひとだかりができて、お祭り騒ぎになって」

「そんなに可笑《おか》しかったか」

「うん、みんなげらげら笑いながら、音頭を取ったり、手を叩いたり、しまいには一緒に踊りだすひともいたよ」

「ふむ……」

と栄五郎は通りを見まわし、信太郎にもう半歩近づいて、

「それで、弁蔵の踊りをだしにひとを集めて財布を掏《す》るのが、三次郎のたくらみだというんだな？」

「うん、正吉とあれこれ話して、そうにちがいないってことになったんだ。父ちゃんも、そう思うでしょ」

「どうかな。そうかもしれんし、そうでないかもしれん」

「どうして？　きっとそうだよ」

「とにかく、これはおまえたちだけで片をつけられる話じゃない。いや、子供はおろか、大人の手にもあまる。三次郎のことを追っている岡ッ引、たしか源蔵といったか、その男に相談するしかあるまい」

「だめだよ、父ちゃん。岡ッ引に告げ口したら、弁蔵さんや正吉がひどい目に遭わされるんだ」

と信太郎は泣きそうに顔をゆがめて、激しく手を振った。

「告げ口をしなくても、厄介事《やっかいごと》に巻きこまれれば、ひどい目に遭うのは変わらん。信太にも、それはわかるだろう。いまの話を聞くかぎり、弁蔵はもうすでに危うい場所にまで足を踏み入れているようだ」

「だけど……」

「もっと悪いのは、こちらが源蔵に相談するまえに、源蔵のほうから弁蔵を捕まえにくることだ。そのおそれは多分にあるし、そうなってからでは手遅れだ。三次郎の一味として、仕置かれることにもなりかねん」

「…………」

「父ちゃんにも覚えがあるが、子供は物事を内緒で片づけようとしたがる。大人になると、なぜそうだったのか思い出せんがな。そしてこれも覚えがあるが、隠そうとすればするほど話はこじれてしまう」

栄五郎はそういって、信太郎の肩に手をおいた。

「岡ッ引のことは目立たんように手配するから、父ちゃんにまかしておけ」

「うん、わかった……」

まだ胸裡《きょうり》には不安がある。だが信太郎は父が正しいと思うことにした。理屈ではなく、気持ちが父のほうに傾いたのだ。信頼というのは、そういうものかもしれない。とにかく身内の贔屓目《ひいきめ》なしに、父はたよりになる男だった。

翌日、正吉に父の話を伝えると、

「ふうん、そうなったか」

低く呟いただけで、正吉は異を唱《とな》えることも、不平を口にすることもなかった。こういう話になるだろうと、ある程度は予期していたのかもしれない。

弁蔵はその日、どこにもいかず、部屋のまんなかで、ずっと胡坐《あぐら》をかいていた。正吉がためしに昨日はどこでなにをしていたかと訊いてみると、弁蔵はいやにきっぱりと、世間には子供が知らなくていいことがあるとこたえたという。三次郎からよほど入念に、口どめの屁理屈《へりくつ》を吹きこまれたらしい。

翌日は昼すぎになって、弁蔵がのそりと立ちあがり、なにやら難しい顔つきで出かけようとした。が、朝からの雨が土砂降りになっていて、大粒の雨を額に受けると、のそのそと部屋に引き返し、またずっと胡坐をかいていた。

そして、その翌朝、信太郎は正吉の顔を見るなり、父の伝言を耳打ちした。

「というわけだから、うまく連れ出してくれよ。難しそうだけど……」

「まあ、なんとかなるさ。あれでも親父だし、これでも倅《せがれ》だからな」

正吉は親指で鼻先をぴんと弾《はじ》いて苦笑した。

「それで、弁蔵さんはいまなにしてるの?」

「胡坐をかいてる」

「なんだ、踊りの稽古《けいこ》はしないのか」

「するかよ」

「あの蛸踊りをやれば、いっぺんに長屋の人気者になるだろうに」

「ばか、よけいに鼻つまみ者にされるだけさ」

「そうかな、あんなに面白いのに」

と信太郎は首をかしげ、それから真顔にもどって、

「じゃあ、たのんだよ。父ちゃんはまちがいなく、そこにいくから」

「わかった。ありがとな」

正吉も真顔で礼をいった。

五

住吉町《すみよしちょう》は高砂町とおなじ、元吉原の旧地だ。その南側、竈河岸《へっついがし》の裏手の細い

路地にある小さなうどん屋に入ると、無精髭《ぶしょうひげ》を生《は》やした亭主がろくにこちらを見もせず、店の奥へと顎《あご》をしゃくった。

「親父、今日はここで昼飯だよ」

と正吉は朗《ほが》らかにいった。

「おう」

弁蔵がうなずいて、亭主に声をかけた。

「うどん、ふたァつ」

正吉は袖を引くようにして奥に進んだ。中戸の暖簾をくぐると、そこには夜具やら着替えやらの散乱した座敷があるだけで、おやと首を捻ったが、隅のほうに二階への段梯子《だんばしご》がある。それを登れということらしい。

「親父、このうえだよ」

「おう」

「おさきにどうぞ」

「おう」

弁蔵がみしみしと段梯子を軋《きし》ませ、つづいて正吉がとんとんと登った。

二階にあがると、六畳ほどの板ノ間があり、そこに栄五郎と源蔵がいた。こちらをむいて、ならんで坐《すわ》っている。二人のむこうは杉戸で仕切られていて、物置にでも使われているのか、いまはひとの気配がなかった。

「ご相席で、よろしゅうおたのみしやす」

弁蔵がいいながら、二人のまえに腰をおろした。正吉もとなりに坐る。弁蔵がぼそぼそと呟きはじめる。

「うどん、うどん……」

栄五郎が胡坐の膝《ひざ》をさすりながら声をかけた。

「弁蔵さん、むかいの栄五郎だよ。わかるかい」

「ああ、栄五郎さん。こりゃ、えっと、きぐですな」

奇遇といいたいのだろう。

「源蔵親分は知ってるな？」

と栄五郎が身振りでしめすと、弁蔵は口を半開きにして、源蔵の顔をまじまじと眺めまわした。

「へい、存じてやす。あのときは番屋をいったりきたり、そうそう、大家さんも走ってましたな」

弁蔵はいいおいて、うどんはまだかなと、段梯子のほうを振りむいた。

「じきにくるよ」

と正吉はなだめて、

「だけど、栄五郎さんたちもまだなんだから、ちょっとは待たねえと」

「おっ、そうだ。なにごとにも順序ってものがあるぞ」

「弁蔵さん、うどんを喰ったら、つぎはどこにいく順序になるんだい?」

と源蔵が訊いた。

「へえ、それは……、おっと、子供は知らなくていいことで」

弁蔵が正吉の顔を見て、馬のようにぶるぶると首を揺すった。

「正吉は子供でも、おれたちは大人だ。知ってもかまわねえだろ」

と源蔵がいい、栄五郎は正吉にうなずきかけて、

「じゃあ、正吉はしばらく耳を塞いどくといい」

「わかったよ、おじさん」

と正吉はうなずき返して、大袈裟な仕草で耳を塞いで見せた。

「親父、おれはこうしとくよ」

弁蔵は三人を見くらべて、ぽりぽりと首筋を掻いた。

「へえ、それなら申しやすが、このあとはお参りに」

「お参り？」

「お千度参りというのがありやして、わっしはいまその最中でやす」

「お千度？」

源蔵と栄五郎が顔を見合わせた。たしかにそういう参拝の習俗はあるらしいが、めったに聞くものではない。

「それはどんなふうにやるんだい。ひとつの寺や神社に千度参るのかい」

と源蔵が訊いた。

「ふつうはそうでやすが、十ヵ所に百度ずつ参ると、いっそうご利益があるそうで」

「ほう、それでお参りしながら踊るんだな」

「いやいや、滅相《めっそう》もねえ。そんなことしたら、ばちが当たりやす」

弁蔵がぶるぶると首を揺する。ということは、少なくともあれは蛸踊りではなかったわけだ。

「踊らなくても、なにか仕草をするんだろ。たとえば、蛸の真似とか」

栄五郎が小首をかしげると、弁蔵もさもふしぎそうに、

「さあ、それは存じやせんが……」

「話は変わるが、弁蔵さん、深川三間町で真昼間《まっぴるま》に押しこみがあったのは知ってるかい」

と源蔵が眼光を鋭くした。弁蔵の顔色のわずかな変化も見逃《みのが》すまいという眼つきだ。

だが弁蔵は間延《まの》びした額をさすりながら、

「いやあ、それも存じやせんで。へえ、あいすまんこって」

「三日前、あんたが薬師参りをしていたとき、ほんの眼と鼻の先で起きたことだ。留守番しかいないような店が、三軒立てつづけに襲われた」

「はあん……」

「店の者はみんな、あんたの踊りを見に出払ってたんだ」

「そういえば、神社のまえに大勢ひとが集まってやしたが、あれは踊り見物でしたか。わっしはお参りにいそがしくて、見損《みそこ》ねちまいやしたが」

「とぼけるな。踊っていたのは、おまえだろうが！」

源蔵が語気を荒らげたが、弁蔵は遠く虚《うつ》ろな眼をして、

「はあ、どんな踊りか見たかったなあ。踊りはいいもんだ」

「弁蔵！」

とまえのめりになる源蔵を、栄五郎が手振りで抑えて、

「弁蔵さん、もう一度訊くが、お参りの合間になにをしてたんだい？」

「合間、合間……」

「ほら、鉢巻を締めたりしてたんだろ」

「はあん、さほのことでやすか」

「さほ？」

「へえ、さほ」

「作法、のことかい」

「へえ、さほのことでやす」

「で、なんの作法だい？」

「さあ、お参りのことは一から十まで、三次郎さんに教えてもらいやしたので、こまかいことはわっしにはどうも……」

「やはり、三次郎の差し金か！」

と源蔵が身を乗り出し、弁蔵は慌てて口を押さえた。

「いやいや、三次郎さんのことは、しゃべっちゃいけねえので。へえ、いまのはどうぞ聞かなかったことに」

「三次郎はいま、どこにいる？」

「それもいっちゃならねえと」

「いわぬなら、白状させるだけだ。いまから番所に引っ立ててもいいのだぞ」

「いや、親分さん」

と栄五郎が割って入った。

「十中八九、弁蔵さんは三次郎の居場所を知らんでしょう。たとえ聞かされていても、でたらめにちがいない。弁蔵さんを利用しているやつらは、正直に居場所を教えるほど、ひとのいい連中じゃないはずだ」

「ちいっ、たしかにな」

源蔵が舌打ちして、身体を引いた。弁蔵を睨みながら、憮然《ぶぜん》と顎をさする。

「おお、もも、うう、いい、ぞぞ……」

弁蔵は片言《かたこと》まじりの身振りで、正吉に耳から手を離すよう伝えた。そしてまた段梯子を振りむき、しんみりと言った。

「まだでやすかね、うどん」

「弁蔵さん、これを教えてくれたら、おれがうどんを催促してくるから」

と栄五郎が腰を浮かして、

「今日はどこにお参りにいくんだい?」

「へえ、今日は芝《しば》のほうに参りやす」

と弁蔵はそちらの方角に両手をあげて、ぶらぶらと揺らした。

七話　十二の扉

一

闇のなかを這《は》っていくと、また前方に光が見えてきた。ふわっと煙《けぶ》るような光だ。ひと這いごとに、大きく膨《ふく》らんでくる。

「あそこだね？」

と信太郎。

「あそこだな」

と正吉。

短く囁《ささや》きをかわして、さらに這いすすむ。

光が濃くなるにつれて、日向《ひなた》のにおいがしてくる。どこかすこし離れたところで、ぼそぼそと切れ目なく話し声がつづいている。二人？　いや、三、四人で話しているようだ。でなければ、幾人かでお経《きょう》を唱《とな》えているのかもしれない。

ときおり頭上を跫音《あしおと》がとおりすぎ、そのときだけ二人は這うのをやめて、じっと息をひそめた。あまりに跫音が近いと、うえを横切られた首筋や背中を踏まれたような気がする。ほんとうに踏まれたら、もちろん気がするぐらいではすまないだろうけれど、音にも重みや肌触りがあるように感じられるのだ。

三人官女《さんにんかんじょ》のように行儀よくならんだ三本の柱をずりずりとまわりこんで、さらに光へと近づいた。気持ちははやるが、這いすすむ速さは、むしろゆっくりになっている。用心のためだ。いよいよ光に顔を近づけるときには、二人とも息を詰《つ》めている。

じわじわと首を伸ばしていくと、冷たく湿《しめ》った空気から、すっと鼻先が抜け出た。視界がいっきに開けて、眩《まぶ》しいぐらいの景色に瞼《まぶた》をぱちくりさせながら、右に左に眼《め》を凝《こ》らす。

「ここでいいかな?」

「ここでいいだろ」

囁きをかわしてから、二人は顔を見合わせた。そして、くすくすと笑いだした。

正吉は頭から蜘蛛《くも》の巣をかぶっていた。それも何匹分の巣になるのか、眼のまわりは拭《ぬぐ》ってあるけれど、鼻のしたや顎《あご》には糸の束《たば》が白鬚《しろひげ》のように垂《た》れて、息をするたびにふわふわと揺《ゆ》れる。

一方、信太郎は右目の周囲と鼻の頭が真ッ黒に汚れていた。そのうえ髷《まげ》がさきから二つに割れて、それぞれ右と左に曲がっている。

「あはは、できそこないの幇間《ほうかん》みたいだ」

と正吉が指さし、信太郎は首をかしげた。

「ほうかんって、なんだ？　とにかく、そっちだって、できそこないの仙人だよ」

たぶん暗闇を緊張しながら這ってきて、ようやく日の光の届くところにもどったからだろう。とにかく可笑《おか》しかった。たがいのありさまがひどく滑稽《こっけい》に見えて、どれだけこらえても笑いださずにはいられないのだ。

「な、なあ、静かに、しなきゃ……」

信太郎はつっかえつっかえにいった。

「わ、わかってら……」

正吉もしゃっくりするような声でこたえる。

二人は暗がりのほうに、ちょっとずりさがった。

芝口《しばぐち》三丁目。俗に日蔭《ひかげ》町と呼ばれる、西側の町なみだ。

昼飯を食べに入ったうどん屋で、岡ッ引の源蔵に問い糺《ただ》された弁蔵は、これから日蔭町にある稲荷社《いなりしゃ》にお千度参りにいくといった。

「へへへえ、白金《しろかね》稲荷といいやして。いや、白金の鎮守で、日比谷《ひびや》稲荷。いやいや、日比谷の鎮守か？」

　正吉はそれを聞くなり、長屋に駆けもどり、待ち侘《わ》びていた信太郎に声をかけるや、こんどは二人で駆けくらべをしながら、ここまで遠出してきたのだ。

「こら、信太、どこいくんだい。待ちな、母ちゃんに行先もいわないで！」

　母のおとくが路地に顔を突きだして怒鳴《どな》っていたのが、しつこい耳鳴りのように思い出されるが、信太郎はあまり気に病《や》まなかった。

　母ちゃんのことは、いまさらくよくよ考えてもはじまらない。それより、ここにきたことが父ちゃんにばれたらどうしよう、とそっちのほうがよほどに心配だった。

　父の栄五郎には、もうこの件に関わるなと釘《くぎ》を刺《さ》されていたし、そうでなくとも、芝には以前に幸助たちと内緒で遠出したときこっぴどく叱《しか》られている。あのときは増上寺《ぞうじょう》までいくつもりで、途中でこわくなって引き返したのだが、それでもがつんと拳骨《げんこつ》を喰《く》らわされた。

　畳《たたみ》職人の父は手が大きくて、指の関節が太く、拳《こぶし》が硬い。大袈裟《おおげさ》でなく、眼から火が出たのだ。

──これがばれたら……。

がつんぐらいじゃすまないぞ、と信太郎は下腹のあたりが縮《ちぢ》みあがるような気がしている。

けれども、どれだけ腰が引けようと、この場にこずにはいられない思いが、信太郎にはあった。弁蔵がなにか厄介事《やっかいごと》に巻きこまれているらしいことを、正吉の反対を押して栄五郎に相談したのは信太郎だった。関わるなといわれても、この件を最後まで見届けるべき責任を感じている。

二人は芝口までくると、まず稲荷社のようすをたしかめ、それから張り込みにつく場所を物色した。弁蔵のお千度参りは、まだはじまっていない。京橋《きょうばし》の手前で弁蔵のうしろ姿を見かけて、となりの橋に迂回《うかい》して追い越してきたのだが、あのようすなら、お参りはまだしばらくはじまらないだろう。

弁蔵のうしろ姿は、なぜか橋のたもとでとまっていた。立往生した弁慶《べんけい》か錦《にしき》絵《え》の力士のような恰好《かっこう》で、両足を踏んばってじいっと立ちつくし、みごとなまでに往来《おうらい》のじゃまをしていたのだ。

「信太、この店はどうだ?」

「うん、お客さんがいっぱい入っていて、儲《もう》かってそうだ。けど、こっちの店も立派だな」

「その店は、だめだ。立派なのは金文字の看板だけで、店のほうは閑古鳥《かんこどり》が啼《な》いてら」

「でも、いまちょうどお客さんが入ったよ」

「ありゃ、冷《ひ》やかしさ。すぐ出てくるぜ」

「えっ？　うわ、ほんとだ。正吉は、なんでもお見通しだな」

二人は通りにならぶ店を見てまわった。

張り込みといっても、弁蔵のお千度参り、つまりあのぶらぶらくねくねの蛸踊《たこおど》りを見張るわけではない。そうしたいのはやまやまだけれど、みなが蛸踊りを見物している隙《すき》に襲われる、近所の店のほうを見張るのだ。

日蔭町というのは、芝口二丁目から三丁目、源助《げんすけ》町、露月《ろうげつ》町、柴井《しばい》町にかけて、西裏通りに面した一帯をさしている。東海道《とうかいどう》のひと筋裏にもあたり、錦絵や伽羅《きゃら》油《あぶら》、毛抜きや剃刀《かみそり》など、江戸土産《みやげ》になるような品々をあきなう店がならぶほか、古着屋が軒《のき》を連《つら》ねて繁盛《はんじょう》していた。

「まえにいった柳原にも、古着屋がたくさん店を出していたけど、ここも負けねえぐらいだな」

信太郎が眼を丸くして見渡していると、正吉がぐすんと洟《はな》をすすって、

「このあたりは近くにお大名の屋敷がごろごろしてるから、古着もぶつが上等で、日蔭町物っていって重宝されるんだぜ」

当人はいつも「聞いた話だから、当てにはならねえ」といっているが、たとえ嘘《うそ》でもここまで物事を知っていれば、たいしたものだ、と信太郎は思う。

「おっ、あの店あたりが、押し込みに入られそうじゃねえか」

正吉が店先に客がたむろしている古着屋を指さした。

「ほんと、景気がよさそうだ」

と信太郎はうなずいて、

「けど、おれならさっきちらっとなかを覗《のぞ》いた店のほうがいいな。二丁目だから、ちょっと遠いけど」

「菓子屋だろ、蟹屋《かにや》とかいう。あの店には、左甚五郎《ひだりじんごろう》がこしらえた蟹の置物があるんだ。甚五郎百蟹のひとつっていうんで、菓子より、そっちのほうが名物になってるのさ」

「へえ、そんな宝物があるなら、よけいに狙われそうだ」

「狙われねえよ。押し込みのめあては、かにじゃなくて、かねだ。信太みたい

に、饅頭《まんじゆう》に釣られもしねえしな」

三次郎の一味に狙われそうな店、いや、狙われるにちがいない店を、二人は探している。一味はいつも数軒を立てつづけに襲うようだが、こんどもそうとはかぎらないし、張り込むならやはりできるだけ確実な場所がいい。

「あそこは、どうだ？」

「うん、あれがいいな」

二人がうなずき合ったのは、古着屋でも菓子屋でもなく、小間物屋だった。間《ま》口《ぐち》は四間《けん》（約七・二メートル）ばかりで、さほど大きな店ではないが、客がしきりに出入りしているし、高価な品もあつかっているようだ。

「じゃあ、決まりだな」

正吉は家屋の造作をたしかめるように、小間物屋や隣家を丹念に眺《なが》めまわし、それから信太郎に目顔で合図をして、裏手にまわる細い路地に入った。

路地は信太郎たちの長屋とよく似た裏店《うらだな》につづいていたが、その長屋と表店《おもてだな》の塀《へい》の配置のせいで、目当ての家の裏手には近づけなかった。が、そんなことは覚悟のまえ。手近な勝手口を二匹の野良猫のように素早くくぐり抜けて、表店の床下にもぐりこむと、そこから暗闇を這って、床下づたいに進みはじめた。

なんだか自分たちが泥棒になったみたいだが、信太郎はそれほどいやな気分でもなかった。正直いえば、ちょっと楽しい。顔は見えないけれど、正吉もおなじ気分のようだ。でなくて、愚痴《ぐち》もこぼさずに床下なんか這えるわけがない。鼠《ねずみ》に二度、野良猫に一度鉢合《はちあ》わせし、見当違いのところに三度頭を出して、二人はようやく目当ての場所についた。

二

暗がりのほうにちょっとずりさがると、二人は直接に日射《ひざ》しのあたらないぎりぎりの場所に陣取りなおした。

そこから見えるのは、箱屋の裏庭と、垣根のむこうの小間物屋の裏庭。目当ては小間物屋のほうだが、そこまでいっては三次郎一味に見つかるおそれがあるから、隣家の床下から遠巻きに見張るのだ。

日蔭町は名前のとおり、通りに面した店側の日当たりが悪く、むしろ裏庭のほうが明るかった。そして箱屋、小間物屋、目薬屋とつづく六、七軒のならびは、仕切りの垣根を低く疎《まばら》にして、すこしでも日射しがとおるように工夫していた。

「柿《かき》がなってるな」

信太郎は正面に見える庭木に目配《めくば》せした。

「ああ、なってる」

正吉がちらと見やって、小間物屋の裏庭のほうに眼をもどす。

「甘いかな？」

「渋《しぶ》いだろ」

「甘いよ」

「いや、このての柿は渋いとしたもんだ」

「採ってきて、味見してみるか？」

「ばか、おれたちが盗人《ぬすっと》してどうする」

「冗談さ」

「あたりまえだ」

と正吉が鼻息を吐《は》く。信太郎は柿の木から小間物屋の裏庭のほうを見やり、正吉の横顔に眼をもどした。

「なあ、正吉、なにを見てるんだ？」

「なにって、小間物屋を見張ってるに決まってるだろ」

「まだいいんじゃないか」

「ばか、三次郎たちはいつくるかしれねえんだぞ」

「そりゃそうだけど、弁蔵さんがお参りをはじめるまでは、こないだろ?」

「あっ……」

「えへへ、おれが正吉にものを教えることもあるんだな」

「なるほど、負うた子に浅瀬を教わるとは、このことだ」

「だれが、負うた子だよ」

しばらく、小突《こづ》きあったり、しゃべったり、きょろきょろしているあいだに、おもての通りのほうが騒がしくなってきた。

弁蔵が蛸踊りをはじめたらしい。

日蔭町の通りは、各町が西端の土地を二間ずつ供出して、非常のための通路を設けたのがはじまりで、このために道幅が狭《せま》い。夜には四ツ(午後十時)をかぎりに、小荷駄馬《こにだうま》や荷車などの通行が差し止められる。

そんな道で人目を惹《ひ》くことをやれば、分厚いひとだかりができるのは、火を見るよりも明らかだった。なにしろ、ある程度までひとが集まると、道がふさがり、素通りできなくなる。あとは見物するか引き返すか、二つに一つしかないわけだが、さあ、どうしよう、と迷っているうちにも、うしろからつぎつぎに通行人がやってきて、気がつけばひとだかりの深みにはまりこんでいる。とまあ、そんな按配《あんばい》になるに相違ないのだ。

「はじまったね」

「ああ、いよいよだ」

二人は囁いて、しっかりと口をつぐんだ。おもての物音に耳を澄《す》ましつつ、粗《あら》い垣根を透《す》かして、小間物屋の裏庭に眼を凝らす。

通りの騒ぎは、思った以上に急速に膨らんでいった。なにかの祭りでもはじまったみたいに、陽気なざわめきが響いてくる。笑い声も聞こえる。すでに相当の人数のようだ。

弁蔵は今日も一心不乱にぶらぶらくねくねして、一心不乱に鳥居をくぐり、一心不乱にお参りしているにちがいない。

賑《にぎ》やかな空気は家にも流れこんで、箱屋のなかも騒がしくなってきた。ひとを呼ぶ声や、引きとめているような声、しきりに指図するような声が聞こえて、そこに跫音がまじる。さっきまではなかった、ばたばたと走るような音も聞こえてきた。

小間物屋のほうも、ひと足遅れて騒がしくなりはじめた。こちらと似たような物音がして、甲高《かんだか》く女の呼び合う声がする。

「あっ！」

と信太郎が声を洩《も》らしたのは、垣根のむこうに人影があらわれたからだ。岡ッ引の源蔵だった。素早く左右を見やり、隣家の裏庭づたいに眼を走らせると、源蔵は手を肩口にあげて合図らしき仕草《しぐさ》をし、すぐさま家のなかに入った。

「いまの、見た？」

訊《き》くまでもなかった。正吉も眼を皿にして、小間物屋の裏庭に見入っている。

信太郎はなぜか囁き声をいっそう細めて、

「源蔵親分だな」

「ああ、あの店で待ち伏せるんだ。どこか、このあたりで網を張っているとは思ってたけど」

正吉の声もかすれるほど細い。

「源蔵さんも、あの店が危ないと思ったんだ」

「そうさ、だからあそこにいるんだ。おれたち、けっこう眼のつけどころがよかったな」

「三次郎、くるかな」

「くるぞ、きっと」

二人は黙りこんだ。

いつのまにか、箱屋は静かになっていた。頭上の床になんの響きも伝わってこない。話し声も物音も途絶えている。蛸踊りの見物をしに、ひとが出払ったらしい。

小間物屋もおなじように静まり返っていた。けれども、それは見せかけで、無人の静けさはほんとうは盗賊を捕える罠《わな》なのだ。

通りのほうはいよいよ賑やかに盛りあがり、囃《はや》し立てる声が響いたと思うと、どっと笑い声がはじけ、喝采《かっさい》や手拍子も聞こえる。

いっとき騒ぎが落ち着くのは、弁蔵が境内《けいだい》にお参りに入っているあいだと思われたが、その隙にも可笑しな弥次《やじ》を飛ばすひとがいるらしく、ときおり爆笑や歓声がわきあがった。

二人はそれらの物音を耳に捉《とら》えながら、小間物屋の裏庭にひたと眼を据《す》えていた。唇を引き結んで、もはや囁きもかわさない。そのときがくるのをじっと待ち構える。

ふいに頭上の床が荒々しく鳴った。どたどたという跫音が響いて、

「やっ？　おまえたちは……」

と叫びかけた声が、途中でぷつりと切れた。そして入れ替わるように、

「早くしろ」

「こっちだ」

と短く鋭い声が飛んだ。

信太郎は蒼褪《あおざ》めた。三次郎の一味は、この箱屋を襲ったのだ。わきを見やると、正吉はわずかに首を竦《すく》めるようにして、上目遣《うわめづか》いに床板を見あげている。表情は硬いが、蒼褪めてはいない。むしろ昂奮《こうふん》に赤らんでいるように見える。

正吉がちらとこちらに眼をむけて、口に人さし指を添える仕草をすると、また床板を見あげた。信太郎はもちろん話しかける気などなかったが、たとえあっても、口のなかがからからに渇いて声が出そうになかった。

「どうした、見つからんのか」

「そこいらじゅう箱だらけで、どれがこの家の金箱かわからんぞ」

箱屋は、枡《ます》から火打箱、米櫃《こめびつ》、長持《ながもち》まで、四角いものならなんでもあつかっている。

「ばか、いちいち開かなくても、持ち重りするやつだ。そういうのを探せ」

「これか？　いや、ちがう。おっ、あった、あったぞ！」

「よし、こっちに持ってこい」

「しかし、軽いな」

「なに？」

「金がわずかしか入っておらん」

「どこかに蓄《たくわ》えがあるはずだ。部屋を探して見つからなければ、畳でも床板でも引《ひ》っ剝《ば》がせ！」

信太郎と正吉は顔を見合わせた。二人とも頰《ほお》が引《ひ》き攣《つ》っている。荒い跫音が四方を動きまわったあと、盗賊たちはほんとうに畳や床板を剝がしはじめた。ばたんばたんと物を引き倒すような騒音とともに、あちこちから床下に光がさしこんでくる。

「どうしよう？」

信太郎は囁いた。だが正吉はまた口に指を添えて、小さく首を振った。

「もういい、つぎにいくぞ！」

いきなり、ほとんど真上で声がした。そして二人の顔からほんのすぐそこのところに、盗賊たちの足があらわれた。いっせいに裏庭に出てきたのだ。手を伸ばせば、足首をつかめるほどの距離だった。信太郎は驚いて息を呑《の》み、顔を引いた拍子に、床板に頭をぶつけてしまった。ごつっ、と音がして、信太郎は総身の血が凍りついた。

　正吉がこちらに手を伸ばしてきた。信太郎のがちがちになった背筋を押さえつけようとしたが、それから思いなおしたように力加減《かげん》してゆっくりと撫《な》でさすった。信太郎はまだ息を詰めていたが、ほんのすこし落ち着いたようだ。

　盗賊たちは床下の物音に気づかなかったらしく、そのまま垣根のほうに進んでいった。小間物屋側の垣根だ。もともと非常のときのために、そういうつくりにしてあったのか、数人で蹴《け》ると垣根はたやすく倒れた。

　盗賊たちが小間物屋の裏庭に踏みこんだ。信太郎は細く息をついた。悪人が罠にはまったのだ。凍っていた血がゆっくりと流れはじめる。

　そのときまた、二人のまえに足があらわれた。まだ家のなかに盗賊が残っていたのだ。その足は垣根のほうにいかず、こちらに爪先《つまさき》をむけた。足首と膝《ひざ》が折れて、腰がおりてくる。男がうずくまり、床下を覗きこんだ。

三次郎だった。眼が合った。吐く息がぶつかりそうなほど、たがいの顔が近い。
信太郎はふたたび血が凍りついた。血といわず、唾《つば》も、涙も、汗も凍りつい
て、毛穴という毛穴から、小さな氷柱《つらら》が突き出しそうだった。
正吉はわなわなと震えていた。恐怖のためか、武者震いなのか、横顔を見るこ
とができれば、わかるかもしれないが、もちろんそんな余裕はない。
「ちいっ！」
三次郎が頬をゆがめて、険《けわ》しく舌打ちした。ぱっと立ちあがるなり、小間物屋
のほうではなく、箱屋の家のなかに引き返した。ほとんど同時に、小間物屋で捕
物がはじまった。盗賊が押し入った屋内で、凄《すさ》まじい怒声が飛びかい、激しい物
音とともに、盗賊や捕方が裏庭に飛びだしてくる。
信太郎と正吉は、たがいに肩に手をまわしあい、かくかくと顎を震わせなが
ら、その光景に見入った。身体のなかに恐怖や緊張にくわえて、すこしずつ昂奮
が膨らみはじめたとき、信太郎はみたび血が凍りついた。
「きゃ――っ！」
「うわっ、どうした？」
「蛸踊りのおやじが刺されたぞ！」

「なにっ、蛸の刺身?」

「そうだ、あのおかしなやろうが刺されたんだ!」

おもての通りから、そんな叫び声がつぎつぎに響いてきたのだ。

三

岡ッ引の源蔵は辟易《へきえき》した口ぶりで、おなじ問いを繰り返した。

「だれにやられた?」

弁蔵はせんべい蒲団《ぶとん》のうえに腹這いになり、顔だけを起こしていた。源蔵をぼんやりと見あげて、くたびれた駄馬のように首を捻《ひね》った。

「さあ、うしろからやられましたんで、さっぱり……」

弁蔵はうしろから脇腹を刺された。見物人の目撃談から、凶器は匕首《あいくち》とみられたが、その匕首はさいわいにも弁蔵の内臓を深く傷つけなかった。異様に太い肋骨《ろっこつ》が、匕首の刃を阻《はば》んだのだ。

相手は脾腹《ひばら》を刺そうとしたようだが、弁蔵がぶらぶらくねくねしていたせいで、狙いが逸《そ》れたらしい。おかげで命拾いしたのだから、あの蛸踊りにもご利益《りやく》はあったのだろうか。

「おい、三次郎なんだろ」

と源蔵が唸《うな》った。

「へえっ？　三次郎さんに、なにかありやしたか」

「ごまかすな。見物人から聞き集めた犯人の人相風体《ふうてい》は、三次郎にまぎれもねえのだ」

実際は、そのとおりのことを証言した見物人もいるが、まったくべつの人相風体を口にした者もいて、なかには女が刺したという者までいた。だが源蔵はむろん、そんなことはおくびにも出さなかった。

「わっしは見ていませんので、なんともはあ……」

と弁蔵は欠伸《あくび》のような、間延《まの》びした声を洩らした。腹に力が入らないのだ。

「弁蔵っ！」

源蔵は睨《にら》み据えたが、そんな自分に気が差したように、ふうっとため息をついて、

「おまえはなんのために、神社まわりをしていた？」

「はあ、お千度参りをするためでやす」

「だから、そのお千度参りは、なんのためだと訊いている」

「そりゃ神様に願い事がありまして。へえ、初詣《はつもうで》でも、なんでも、わっしはお参りしたら、かならず願い事をしますんで」

「初詣のことはいい。このお千度参りでは、なにを願った？」

「そいつは、いえねえ」

「いわねば、番屋に……」

と源蔵はいいさして、顎をさすった。そのての脅《おど》しになんの効果もないことは、もう十二分にわかっている。

「いわねば、三次郎が困ったことになるぞ」

「三次郎さんが？」

「そうだ、三次郎が困るも困らぬも、おまえしだいだ」

「ふうん……」

「だから、ひと助けと思って、洗いざらい話せ」

「へえ、それならいいやすが、わっしは三次郎さんの倅《せがれ》の病が治るように、神様にお願いしてますので。へえ、お千度参りは、いっぺんずつお賽銭《さいせん》がいらねえんで、助かりやす。これが初詣なら、わっしはとっくに素寒貧《すかんぴん》で」

「おい、三次郎に子供はおらんぞ」

と源蔵がいった。弁蔵はぐっと口を引き結んだ。それからゆっくりと浮かんできたのは、同情する顔色だった。

「親分さん、いいにくいこってすが……」

「なんだ、いいたいことがあるなら、なんでもいえ」

「へえ、そんならいわせてもらいやすが、子供のいねえひとは、倅の病気の心配をしませんので。まあ、とっくりと考えてもらえば、親分さんにもわかるんじゃねえかと」

「なんだと、考えるのはおまえだ！」

源蔵は思わず声を荒らげて、

「よく聞けよ、三次郎には、そもそも女房がおらん。だから、子供もおらんのだ」

「はあ、女房に子供」

「そうだ、わかったか、このぼんくらが」

「親分さん、たびたびいいにくいこってすが、やっぱりとっくりと考えてもらったほうがいいようでやす」

「なに？」

「このとおり、わっしも女房はいねえが、倅がいますんで。世の中には、まあほかにもいろいろと」

「おまえのことはどうでもいい。とにかく、三次郎の倅など、この世のどこを探してもおらんのだ！」

「えっ、この世に？」

弁蔵がふいに顔色を変えた。

「死んじまったんでやすか、三次郎さんの倅が？」

「おい、なにをいってる」

「死んだ、三次郎さんの倅が……」

「こら、弁蔵、落ち着いてものを考えろ。生まれてもいないものが、死ぬわけなかろう」

源蔵が身を乗りだしていったが、弁蔵はもはや聞いていない。

「なんてこった、わっしがお千度参りを中途でやめたばっかりに、とんでもねえことになっちまった」

せんべい蒲団に顔を伏して、うえっうえっと嗚咽《おえつ》をはじめる。

「すまねえよ、三次郎さん、すまねえ……」

話にならんとばかりに、源蔵がしかめ面《つら》で首を揺すった。

「すみません、親分さん」

正吉がぼそりといった。

信太郎は正吉と一緒に、壁際にならんで坐《すわ》っていた。反対どなりには、おもん婆《ばあ》さんも案じ顔で坐っている。

おもんはとなりの家の女房で、いまだに弁蔵親子に親切な数少ない住人のひとりだった。弁蔵が脇腹を刺されて担《かつ》ぎこまれたあと、なにくれとなく面倒を見ていて、この日も源蔵が訪《たず》ねてきたとき、ちょうど枕辺《まくらべ》に居合わせたのだ。

信太郎もいうまでもなく、正吉を手伝うためにここにいた。母はいい顔をしなかったが、父が御墨付《おすみつき》をくれたので、大手を振ってくることができる。正吉も言葉や態度には出さないが、信太郎がくるのを待っているようだった。

とはいえ、弁蔵の家に出入りすると、長屋の大人も子供も一緒になって白い眼を浴《あ》びせてくる。そのせいで、おもんはなおさら年寄りくさく背を丸めていたし、信太郎も大手というにはずいぶんちんまりと手を振っていた。

「じゃましたな」

源蔵が腰をあげると、正吉も立って路地まで送り出た。

「ほんとにすみません。なんの役にも立たなくて」

「ああ、当てにしてきたわけでもねえがな」

「ひとつ訊いてもいいですか」

「なんだ」

「三次郎のことです。親父《おやじ》が助かったと知ったら、あいつはまた襲ってきますか」

「ああ、それなら、まずは心配あるめえよ」

と源蔵はいった。

「あのての連中は、刺した相手のことなんぞ気にしちゃいねえ。死のうが助かろうが知ったこっちゃねえし、わざわざ危ねえ橋を渡って、もう一度刺しにくることはねえな」

「そうですか……」

と正吉は短く息をついたが、源蔵が屈託ありげに眉根《まゆね》を寄せて、

「ただし、どこかでばったり出喰《でく》わしゃ、そのときはどうなるかしれねえぜ」

「じゃあ、やっぱり親父は危ねえんですね」

「そのこともあって、こうして聞き込みにきてるんだが、おめえの親父ときたら」

「すみません、ほんとに」

「まあ、いいや。それより、親父の面倒をしっかり見てやりな。おめえも苦労するだろうが、泣いても笑っても、親父ってのはこの世にひとりきりだからな」

「はい、そうします」

正吉は殊勝に頭をさげた。

木戸《きど》まで源蔵を見送り、家のまえにもどってくると、路地奥の井戸《いど》のほうから、

「正吉、ちょっと待ちな」

とおたみが呼びながら近づいてきた。

弁蔵を嫌う住人のなかでも、おたみは筆頭の部類に入る。一度は鍋《なべ》泥棒の濡《ぬ》れ衣《ぎぬ》を着せようとしたし、幸助の疱瘡除《ほうそうよ》けのまじないのことがあってからは、もはや不倶戴天《ふぐたいてん》の敵といわんばかりに、激しい憎悪《ぞうお》を剝《む》き出しにしている。

「…………」

正吉は顎を引いて、おたみを見た。

信太郎なら聞こえないふりをして、家に入ったかもしれない。だが正吉はこんなとき、決して逃げ隠れしない。どんな相手とも正面からむきあう。それはときに見ているのがつらくなるぐらい、ぴんと筋のとおった姿だった。

「ほら、これをあんたにやるよ」

おたみが箱枕ほどの大きさの油紙の包みを突き出した。

「なに、これ？」

正吉は手をださず、小首をかしげて包みを眺めた。ずっしりと重たげに見える。

「金瘡《きんそう》の薬さ。父ちゃんが怪我《けが》して、たいへんなんだろ」

「薬？」

と正吉は意外な顔をしたが、おたみの表情を窺《うかが》い、それから井戸端《ばた》にたむろしている女房たちを見やると、

「なんだか、変なにおいがするな。なにでこしらえてあるの？」

「薬ってのは、いやなにおいがするもんさ。くさいほどよく効《き》くっていうぐらいだよ」

「なにでこしらえてあるのさ？」

「はっ、しかたないね。教えてやるけど、これは長屋の秘伝だから、よそでいうんじゃないよ。魚の血で馬と猫の糞《ふん》を溶《と》いて、泥と一緒に練《ね》ってあるんだ。刃物の傷なら、なんにでも効くから、父ちゃんにたっぷり塗《ぬ》ってやりな」

おたみがいうと、井戸端の女房たちがいっせいに笑い声をあげた。

「おたみさん、どうせならあんたが塗ってあげなよ」

「そうさ、怪我だけじゃなくて頭にも塗ってやりゃ、ちょっとは血の巡《めぐ》りがよくなるんじゃないか」

正吉は無表情に首を振って、

「気持ちはありがたいけど、薬なら医者にもらったのがあるから、間に合ってるよ」

「なんだい、ひとの親切を無にしようってのかい」

おたみが声を凄《すご》ませた。肉厚の顔に小粒の眼が埋まり、獅子鼻《ししばな》が大きく胡坐《あぐら》をかく、いかつい面相だ。怒ると赤鬼のようになるのだが、このときおたみの顔はなぜか紫色に見えた。

「おばさん、親切にありがとう。気持ちだけもらっとく」

正吉はいって、おたみと油紙の包みに背をむけ、家に入った。

「おたみさん、逃がすんじゃないよ！」

「ほら、早く捕まえなきゃ」

「それより、いっそ家のなかにぶちまけておやりよ」

井戸端から弥次が飛んだ。その刺々《とげとげ》しい声に追い立てられるように、おたみが土間に踏みこんできた。

「正吉、こっちおいで！　あんたが受け取るまで、あたしゃここを一歩も動かないよ」

と喚《わめ》き声を路地まで響かせる。

「おばさん、いられねえもんはいられねえよ」

「四の五のいうなら、ほんとに家のなかにばら撒《ま》くよ」

「おたみさん、あんた、なにをいってるのさ」

おもん婆さんが腰をあげて、おたみに歩み寄った。

「疱瘡除けの仕返しのつもりかい。けど、そりゃ筋違いだよ。思い出してごらん、あのとき幸ちゃんのことを親身に心配してくれたのは、弁蔵さんだけ。あんたがふだん仲よくしている連中は、みんな知らんふりするどころか、病気を恐《こわ》がって、あんたの家のまえを避《さ》けてとおってたじゃないか」

「…………」

「たしかにね、いくら善意からでも、悪気はなくても、しちゃいけないことはあるよ。そういう意味じゃ、弁蔵さんにも非がないわけじゃない。けど、それをただただ怨《うら》むばっかりで、相手の不幸につけこんで仕返しをしようなんて、ちょっとは自分のおこないのよしあしも考えてみちゃどうだい」

「それくらいのこと……」

　とおたみがにわかに声を落とした。

「それぐらいのことは、あたしだって、いわれなくてもわかってるさ。けど、あのことがあったせいで、幸助は友達にしつこくからかわれるし、あたしも犬の糞と小便のどっちが効いたかとか、弁蔵には足をむけて寝られないとか、いろいろ嫌味《いやみ》をいわれるんだ。こうでもしなけりゃ、もとのように付き合ってもらえないのさ」

　幸助が遊び仲間にからかわれていることは、信太郎も知っていた。まえは子分あつかいしていた満吉や兼太に「犬助」とか「ポチ助」とか呼ばれたり、疱瘡のせいであばたの残った丸顔を「ウンチ達磨《だるま》」と呼ばれたりしている。

　幸助はそうした言葉をかけられるたび、眼のふちや耳を真ッ赤にしながら、へらへら笑いを浮かべて聞き流していた。くさいくさいと逃げまわられても、やはりへらへら笑いながら、鬼ごっこみたいに追いかけている。

そしてなぜか、からかいも嫌がらせもしない正吉や信太郎にたいしては、まえよりもいっそう暗く陰険な眼をむけるようになっていた。

「医者にもらった薬なんて、生意気《なまいき》なことをいうんじゃないよ。あんたら親子には、これでも贅沢《ぜいたく》なぐらいさ。さあ、感謝して受け取りな！」

おたみがまた路地まで響き渡る大声をあげた。そして油紙の包みを上がり口におくと、大股《おおまた》に路地に出ていき、びしゃっと戸を閉めた。

おもんがこちらを振り返り、正吉、信太郎と眼を見かわした。三人ともに言葉がなかった。弁蔵はまだ蒲団に突っ伏して、三次郎に詫《わ》びながら、うえっうえっと嗚咽している。

四

正吉が姿を消したのは、それから九日後。弁蔵がようやくひとりで立って、後架《こうか》に用を足しにいけるようになった、その矢先のことだった。おもんに留守番をたのんで買い物に出たきり、正吉は家に帰らなかった。

「あのがき、ぼんくら親父を見捨てて、ついに家出しやがった！」

「ほらね、いつかこうなると思ってたわ」

「あのがきが赤ん坊のときに、お袋も家出したっていうじゃねえか。どうだい、血は争えねえなあ」

「まあ、あのひねくれ坊主にしちゃ、これまでよく辛抱《しんぼう》したほうだろ」

なみの親子よりも強い絆《きずな》で結ばれているように見えた、弁蔵と正吉のあいだに深いひびが入ったのだ。待ってましたとばかり、長屋はおおいに盛りあがった。

だれが知らせたのか、大家の佐兵衛が事情をたしかめにきた。住人は口々に勝手な推量をならべ立てたが、佐兵衛はさすがに鵜呑《うの》みにはせず、

「子供が行方《ゆくえ》知れずになれば、まっさきに事故を疑うのがあたりまえだろう。それをあんたたちは、いったいなにを騒いでいるんだね」

浮かれる住人を叱って、自身番屋にもどり、すぐに調査を手配した。

だが高砂町の界隈《かいわい》をはじめ、日本橋《にほんばし》一帯、大川を越えて、本所や深川にまで調べの手をひろげても、それらしき子供が巻きこまれた事故はなく、また男児の行

き倒れがあったという話も聞かれなかった。

それはひとまず喜ぶべきことだったが、住人はちがう意味でまた盛りあがった。

「ははっ、やっぱり家出じゃねえか」

「あのぼんくらは、女房と子供の両方に愛想《あいそ》をつかされたわけだ」

「弱り目に祟《たた》り目とは、うまくいったもんさ。お天道様も粋《いき》なはからいをするね」

「あの子を追いかけて、親父のほうも長屋を出ていかないかねえ」

実際、いま思い返しても、長屋の住人があのときほど浮かれていたことは、ほかになかったようだ。山王祭のときでも、これほどの思い入れでは盛りあがらなかった、と信太郎は記憶している。いっそ憶《おぼ》え違いならいいと思うぐらいだが、みながまるで富籤《とみくじ》を引き当てたような、あるいは、わが手で鬼の首を取ったような、たいへんな喜びようだった。

そういう長屋の空気のせいもあったろう、こんどばかりはおもん婆さんまでもが、隣人のあてずっぽうを真《ま》に受けた。井戸端の女房たちの談義を聞きながら、

「あの子は利口《りこう》だから、まあどこにいっても暮らしていけるだろうけど……」

と呟《つぶや》いていたし、弁蔵にも腹に巻いた晒《さら》しを取りかえてやるとき、

「勘弁《かんべん》しておあげよ、あの子はこれまで骨身を削《けず》って親孝行をしてきたんだから。ほんと、あんなちっちゃな身体でよくやってきたもんさ」

と言い聞かせていたのだ。

そして肝心かなめの弁蔵はといえば、やはり正吉は家出をしたものと思いこんでいた。佐兵衛やおもんの話を聞き、ほかの住人たちの聞こえよがしの噂《うわさ》話や陰口《かげぐち》を耳にして、

「はあ、わっしはだめな男でやす。三次郎さんの倅を助けられず、てめえの倅の面倒も見られねえ……」

とか、

「ふう、女房も出ていきやす。倅も出ていきやす。みなさんにも愛想をつかされて、それもあたりめえでやす……」

としめっぽいため息ばかりついていたのだ。

だが信太郎の考えはちがった。

――正吉が家出するはずない。

そんなあたりまえのことが、どうしてみんなにはわからないのだろう。

たとえば親子一緒に夜逃げするのなら、あり得るかもしれない。だが弁蔵ひとりを残して、正吉だけが逃げだすなど、とうてい考えられない。それなら正吉ひとりを残して、弁蔵がどこかへいったきりになるほうが、まだしもありそうに思える。

なにがあったかはしれないけれど、正吉は帰りたくても家に帰れないのだ。信太郎はその思いを、父にぶつけてみた。正吉の失踪《しっそう》を事件として捜査するよう、父から大家にたのんでもらおうと考えたのだ。だが父のこたえは、信太郎の思いに水を差すものだった。家出の真偽はともかく、正吉の行方探しについては、大家がしかるべき手を打っているはずだから、いまは結果を待つしかないという。

父の声音《こわね》の重苦しさに、信太郎は気づいた。言葉にはあらわしていない、なにか不安や警戒心のようなものが、漠然《ばくぜん》と伝わってきた。さきの捕物で三次郎に逃げられ、弁蔵が刺されたことについて、父にも思うところがあるのだろう。

信太郎はその場はおとなしく引きさがったが、正吉の捜索をあきらめたわけではなかった。大家がしかるべき手を打っているといっても、だれかが足を棒にして正吉を探しているとは思えない。

――だけど、そうしなきゃ、正吉は見つからない。

　そんな予感が胸に騒いでしかたなかった。

　翌日の午后《ごご》、信太郎が弥兵衛町の自身番屋にむかったのは、胸騒ぎに突き動かされてのことだった。岡ッ引の源蔵は、弥兵衛町の親分と呼ばれている。だからその町の自身番屋で訊けば、居場所がわかると考えたのだ。

　だがいざ訪ねていくとなると、番屋というのは子供にはおっかないような場所だし、源蔵を探している理由を訊かれたらどうしよう、子供にすんなりと教えてくれるかしら、などと考えているうちに、見覚えのある人影が足早にまえを横切った。

「親分さん!」

　信太郎は慌《あわ》てて呼びとめた。弥兵衛町の半町《ちょう》(約五四・五メートル)ほど手前、富沢《とみざわ》町と長谷川町の境《さかい》の辻だった。

「おっ? たしか、弁蔵とおなじ長屋のぼうずだな」

　振りむいた源蔵が、浅く眉をひそめて、

「往来で呼ぶときは、名前にしな。なんの親分かと、ひとに顔を見られて、面目《めんぼく》がねえぜ」

源蔵はふだんから十手《じって》を帯に差したり、懐《ふところ》から覗《のぞ》かせたりするような男ではない。

「はい、親分さん」

信太郎は小声でいった。間近に立つと、源蔵の眼つきの鋭さが、にわかに胸に迫ってきた。息が詰まるようで、思わず顔を伏せた。

「どうした？　たまたま見かけて呼んだわけじゃねえんだろ」

「……………」

「用事がねえなら、おれはいくぜ」

「いえ、じつは……」

「当ててやろうか。弁蔵の倅が家出したって話だろ？」

と源蔵がいった。大家の佐兵衛が各町の自身番屋に正吉の消息を問い合わせたのなら、源蔵に話が伝わっていても、もちろんふしぎはない。

「そう、だけど、家出じゃねえんです」

と信太郎はいった。

「ほう、聞いた話とちがうな」

源蔵が片眉をあげ、信太郎をうながして、道の端に寄った。しもた屋の軒下に

入ると、腰をかがめて、

「おめえ、なにか知ってるのかい」

「いいえ。だけど、家出じゃねえのはわかるんです」

「ふうん、あの幸助とかいうぼうずと一緒で、おめえも千里眼《せんりがん》のくちか」

「千里眼じゃなくて、友達だからわかるんです。正吉はなにかあって、帰りたくても帰れねえ。もしかすると……」

「もしかすると、三次郎に攫《さら》われたかもしれねえ、か？」

「そう、そうです」

信太郎は大きくうなずいた。

「そのことなら、おれもちらと考えたがな」

と源蔵が腕組みして、まずはねえ話だ、と首を振った。

「考えてもみろ。正吉を攫って、なんになる？　弁蔵は逆立《さかだ》ちしても、身代金なんぞ出せやしねえ。仕返しするなら、弁蔵をもう一度刺せばいい話だし、倅をいたぶるつもりなら、こんなふうに攫うだけじゃすまねえ。かわいそうだが、正吉はとっくに殺されて、人目につくところに捨てられてるはずだ」

たしかに金を目当てに裏店の子供を攫いはしないだろう。それにこれまでの経緯からして、三次郎はわざわざ子供のほうをいたぶるような遠まわしな仕返しをしそうにもない。

「つまり正吉を攫うやつはいねえし、事故に巻きこまれたのでもなけりゃ、あとはてめえで出ていくしかねえ。親父に嫌気が差したか、ちょいと羽を伸ばすだけのつもりかは知らねえが、家出したのはたしかだな」

「………」

「どうだ、わかったかい。わかったら、こんなことに鼻を突っこまず、おとなしく家に帰んな」

「わかったけど」

と信太郎は首を振った。

「正吉は家出してません」

「ぼうずはどうして、そんなことがいえるんだ?」

「正吉は弁蔵さんに嫌気が差したりしねえし、羽を伸ばそうとも思わねえから」

「だから、どうして?」

「弁蔵さんはあれだけど、正吉はそれを悪いことだと思ってねえから。正吉が嫌いなのは、たぶんあれなひとじゃなくて、へんに賢いひとだと思う」

「ふうん、親父があれでも苦にしねえか……」

源蔵が首をかしげて、遠くを見やるような眼つきをした。

「まあ、どっちにしても、おれは三次郎を追っているわけだ。攫われたうんぬんはありそうにねえが、正吉のことも頭の隅においといてやるよ。それでいいだろ？」

「はい、お願いします、きっと三次郎を捕まえてください」

「ああ、こんどは逃がさねえ」

源蔵がそういって、ふと口の端《はし》を曲げた。

「だから、おめえはもうよその家の床下にもぐりこんだりするんじゃねえぜ」

五

「弁蔵さん」

と信太郎は土間から呼んだ。一ぺん、二へん、三べん呼んでも、弁蔵は動かなかった。奥をむいて胡坐をかき、ぐったりと背を丸めている。

「あがるよ」

と声をかけて、信太郎は部屋に入った。

家のなかには饐《す》えたようなにおいが漂っていたが、弁蔵に近づくと、そのにおいが鼻が曲がるほどきつくなった。脇腹を刺されたあと、傷口がふさがるまで湯に入れず、いまはまた身も世もないほど塞《ふさ》ぎこんで、ろくに顔も洗っていないのだろう。

信太郎は弁蔵の正面にまわりこんだ。傷の状態がひどかったころより、むしろ弁蔵はやつれていた。三度の食事はとなりのおもん婆さんが差し入れているはずなのに、まるで日干しにされた蛙《かえる》のように骨と皮だけに痩《や》せ細っている。身体の傷にもまして、心の傷がひとの生きる力を弱らせるのだろうか。

信太郎は悪臭をこらえて、すぐまえに坐った。そしてまた呼んだが、弁蔵は動かなかった。

「ねえ、弁蔵さん、相談があるんだ」

と膝に手をかけて揺すると、ようやく気づいて、弁蔵がのそりと顔をあげた。

「へえ、わっしが悪いんでやす。なんもかんも、わっしのせいで……」

そういって、またぞろうなだれる。

「そんな話じゃねえよ。おいら、相談にきたんだ」

「あいすみません。わっしがぼんくらなばっかりに、こんなことになっちまって」

「ねえ、弁蔵さんてば」

「みなさんのいうとおり、天罰てきめんでやす」

覿面《てきめん》といいたいのだろう。このところ長屋の大人たちは、いつになく弁蔵の家を覗いては、正吉が帰っていないことをたしかめて、やっぱり見捨てられたとか、これまでひとに迷惑をかけてきた報《むく》いだとか、そんなことをいって、しきりに弁蔵を責めていた。弁蔵はもう頭にも胸にも、そうした批難の言葉が焼きついてしまっているようだ。

「弁蔵さん、天罰ってなんのこと」

信太郎はつよい口調でいった。

「へえ、わっしがぼんくら……」

「そうじゃなくて、天罰覿面ていったけど、それはなんのことって訊いてるんだよ」

「天罰といいやすと」

と弁蔵はべそをかくような顔になって、

「へえ、そりゃ、正吉がわっしに愛想をつかして、出ていっちまったことで」

「弁蔵さんは、ほんとにそう思うの？」

「は、はあ……」

「父ちゃんを見捨てて家出する、正吉がそんな子だと、弁蔵さんは思うの？」

「ふう……」

「正吉はそんな薄情な子なの？」

「いんや、正吉はやさしい子でして」

「それなら、どうして家出したなんていうの？」

「そりゃ、天罰が当たったんでやす」

「じゃあ、やっぱり正吉は、弁蔵さんをおいて出ていくような子なんだね」

「とんでもねえ、決してそんな子じゃ」

「でしょ。なのに、どうして天罰とかいって、こんなふうにいじけてるの？」

「そりゃ、みなさんが……」

「みんなのいうことなんか、どうでもいいよ！」

信太郎は叫んだ。

「正吉がどんな子かは、弁蔵さんが一番よく知ってるでしょ。これまでのこと、思い出してみてよ」

「ははァん……」

弁蔵が顔を起こして、虚《うつ》ろな眼をした。しばらく瞬《まばた》きもせず固まったあと、なにか低く呟いたり、苦しげに唸ったりしはじめた。

一所懸命に記憶をたどっているらしい。

「あのときは、えっと、ううっ……」

正吉が生まれてからの十二年、その一年ごとの扉をひとつまたひとつと、弁蔵は押し開いているようだった。それはたぶん、ひとよりも重い扉なのだろう。

「餅《もち》、餅が喉《のど》に……、うえっ、正吉、助けて……」

弁蔵はやがて額《ひたい》に汗を浮かべて、ときおり拳を握りかためたり、激しく顔をしかめたかと思えば、恍惚《こうこつ》とした表情を浮かべたり、なにかに突き当たったようにうんうんと呻《うめ》いたりした。そうしてずいぶん長い時間が過ぎたあと、ふいにぽんと手を打って、

「まったく、あんな親孝行な倅はいねえでやす」

「そうだよ！」

信太郎は声を弾《はず》ませた。

「だから事情はわからねえけど、正吉は家出したんじゃねえ。なにか理由があって、帰りたくても帰れねえんだ」

「帰れねえ?」

「そう、きっと正吉は帰れなくて困ってるよ」

「そんなら、迎えにいってやらなきゃ」

弁蔵がむくむくっと立ちあがった。見る影もなくやつれ果ててはいるが、顔つきや眼の色がいつもどおりにもどっている。

「うん、いこう」

信太郎も跳《は》ねるように立ちあがった。眼のまえがすこしだけ、いや、ずいぶん明るくなったように感じられた。

八話　一つの心

一

母のおとくが戸を開いて、

「ぎゃっ！」

と悲鳴をあげた。

「どうした、またか？」

父の栄五郎が箸《はし》をとめて、戸口を見やった。

「ぇぇ……」

おとくが振りむいて、ぎくしゃくとうなずく。

信太郎は立って土間におりると、箒《ほうき》と塵取《ちりとり》をつかみ、母のわきを抜けて路地に出た。大きな溝鼠《どぶねずみ》の死骸《しがい》が、戸口のまえに転《ころ》がっている。これで三匹目になる。三日つづけて、おなじことが起きたのだ。

信太郎は手早く箒を使い、鼠の死骸を塵取に掃《は》き入れた。芥溜《ごみため》に捨てにいくと、いやでもならびの家の気配が肌を刺《さ》した。台所の窓や戸の隙間《すきま》に覗《のぞ》き見する顔がちらちらと動き、囁《ささや》き声やくすくす笑いが聞こえてくる。

芥溜は路地の突き当たりの左手にある。乱雑に塵取をひっくり返すと、鼠の死骸がごみの山のてっぺんに落ちて、ぼそっと音を立てた。

足早に家にもどると、おとくはまだ土間にたたずんでいた。驚きと戸惑い、怒りと悲しみの入り混じるような、なんともいえない顔色をしている。

信太郎の顔を見ると、おとくははっと眼《め》を瞠《みは》り、

「手を洗っておいで、きれいに洗うんだよ」

そういってから、ようやく自分がなにをするつもりでいたのか思い出したらしく、右手に提《さ》げる桶《おけ》を見おろして、

「ほら、そう、母ちゃんも一緒に井戸《いど》にいくからさ」

信太郎はさきに手を洗い、井戸端《ばた》に立って、おとくが水を汲《く》むのを待った。そうするうちに涙がこみあげてきた。おとくの横顔がひどく疲れて見えたからだ。

――ごめんよ、母ちゃん……。

信太郎は嚙《か》み締《し》めた唇の内側で呟《つぶや》いた。

おとくの心労はもとをたどれば自分にいきつく、と信太郎はわかっている。近ごろ路地を吹き抜ける冷たい風や隣人のとげとげしい態度、日ごとに露骨になっていく嫌《いや》がらせは、すべて信太郎と弁蔵親子の関係に端《たん》を発しているのだ。

正直、ここまで大事《おおごと》になるとは思わなかった。自分が友達から仲間はずれにされるだろうことは、とうにわかっていたし、覚悟も決めていたが、まさか父や母にまで流れ矢が飛ぶとは考えもしない。なにしろ、おとくは弁蔵親子が引っ越してきて以来、ずっと二人を毛嫌いしつづけてきたのだ。

信太郎からすれば、弁蔵にたいする好悪《こうお》の天秤《てんびん》の嫌悪《けんお》の皿におとくはどっしりと居坐《いすわ》っていた。たとえ信太郎がたのんでも、そちら側の皿から降りてくれそうにはなかった。

ところが、おとくはいま弁蔵の味方とみなされている。当人の気持ちにかかわらず、弁蔵を嫌う仲間から裏切ったと決めつけられて、反対側の皿に追いやられてしまったのだ。結果として母がおなじ皿に移ってきたわけだが、信太郎は喜べなかった。

おとくがそのことを苦にしているのは明らかだった。信太郎は母にすまない思いでいっぱいだったし、おかしなことをいうようだけれど、もどせるものなら嫌悪の皿のほうにもどしてあげたかった。

信太郎は自分の決意と他人の行動が思いもしないかたちで結びつくことに、少なからぬ慄《おのの》きを覚えていた。人と人のあいだを軋《きし》ませる、なにか不気味な歯車みたいなものを見てしまったようだった。
おとくと一緒に家にもどると、栄五郎はもう朝飯を食べ終えていて、とくにな
にもいわず、いつもどおり仕事に出かけた。
信太郎もいそいでご飯の残りを食べると、家を出た。弁蔵を呼びにいく。母の
ことを思うと、うしろめたい気がしたが、中途で投げ出すつもりはなかった。傍《はた》
からはどう見えようと、遊び半分にやっていることではない。
「おはよう、弁蔵さん、そろそろ……」
むかいの戸を開いて片足を踏み入れ、信太郎はぎょっと首を竦《すく》めた。眼のまえ
を弁蔵の薄くて広い胸板が塞《ふさ》いでいた。いつからだろう、とにかくそうして土間
に立って信太郎がくるのを待っていたらしい。
もうちょっとで母ちゃんみたいに叫ぶところだった、と信太郎は息をついた。
そんなことをすれば、おとくがあっというまに飛んできて、家に連れもどされて
しまう。まわりにどうみなされていようと、おとくが弁蔵を毛嫌いしていること
には変わりなく、なにかと口実を見つけては、信太郎と関わりあわせまいとする
のだ。
「そろそろ、いこうか」

弁蔵の顔を見あげて、信太郎はいいなおした。

「おう」

と弁蔵はうなずいたが、準備万端の態勢に相違して、ぶつくさとしゃべりだした。

「ほんに、おからはけっこうなもんでやすな。ええ、坊ちゃんも好きでやしょ」

「えっ、おから?」

「となりのおもんさんがお裾《すそ》分《わ》けしてくれたんで、今朝はおからで飯を喰《く》いやしたが、これがしゅっしゅっ、とーっときて。おからってのはつねづねけっこうなもんでやすが、おもんさんが炊《た》くとほんとうに、へえ、正吉にも食べさしてやりてえと」

「うん、正吉がどこかで腹をすかしてるかもしれねえよ。だから、早くいこう」

「いや、おからはもうみんな喰っちまったんで。そうか、残しときゃよかったなあ」

「おからはいいからさ、とにかく正吉が腹をすかしてるよ」

「いやいや、腹はすいちゃいねえ。このとおり飯なら喰ったばかりで」

「弁蔵さんじゃなくて、正吉がだよ」

「わっしが朝飯を喰ってるときには、正吉も朝飯を喰ってやす。へえ、これはもうずっとまえから変わらねえこって」

信太郎は頭を揺《ゆ》すって、

「じゃあ、朝飯を喰って腹一杯かもしれねえけど、その腹一杯の正吉が弁蔵さんのことを待ってるだろうから、早く探しにいこうよ」

「おっ、おう」

弁蔵が眼をぱちくりさせて、いきなり大股《おおまた》に踏み出してきたから、信太郎は慌《あわ》てて横によけた。

「坊ちゃん、いきますぜ」

と奇妙に腹に響く声でいう。信太郎は「信太」か「信坊」でいいというのだが、弁蔵はなぜかこんどにかぎって、堅苦《かたくる》しく「坊ちゃん」と呼ぶのだった。

いったん歩きだすと、弁蔵はわき眼も振らず路地を突き進んでいく。開けっぱなしの戸を信太郎が閉めていると、うしろから甲高《かんだか》い声が聞こえてきた。

「助かったわ、うちにはこんな大きな鍋《なべ》がないからさ」

振りむくと、わが家の土間にもひとが立っていた。となりの女房のおせいだ。信太郎と入れ違いにきたらしい。

「役に立ったかい。うちにあったのもたまたまだけど、訊《き》いてくれてよかったよ」

とおとくが愛想《あいそ》よくこたえている。

「ほんと、こんな大袈裟《おおげさ》なもの、わざわざ買う気もしないしね。だれが持ってるとも思わないけど、訊くだけは訊いてみるもんだわ」

「いるときにはまた、いつでもいっとくれよ」

「ああ、そうさしてもらうけどさ。今日は鍋じゃなくて、味噌《みそ》を借りたいんだよ。ちょうど切らしちまってね」

「味噌を？」

「そうそ、それから醬油《しようゆ》と、砂糖も借りようかね」

「ちょっと待ってよ。それはいくらなんでも、だれにでも親切にするんだろ。まさか、あたしにだけ意地悪するつもりかい？」

「いいじゃないか。あんたのうちは、だれにでも……」

おせいがあつかましい口調で、ねちねちと嫌味をいいはじめた。

二

町はちょうど朝の静かな賑《にぎ》わいのさなかだった。

通りには仕事場にむかう職人や一日分の商品を仕入れにいく行商人などが、ひたひたと往来《おうらい》している。そうした人びとは、たまたま仕事仲間や知人と行き合わせても、短く挨拶《あいさつ》をかわすだけで、声高《こわだか》に話したりしない。

これが夕方なら、喧嘩《けんか》かと思うような声で呼び合ったり、肩を叩《たた》いて呑《の》み屋に誘ったり、そんな姿も見受けられる。

だが朝はみなが控え目だった。商売の支度《したく》をする店々でも、番頭から小僧までてきぱきと働いているが、昼間の慌《あわただ》しさはない。一日を決まりどおりにきっちりはじめようとする、落ち着いた活気があった。

弁蔵は高砂町の西側の大門《おおもん》通りに出ると、そういう朝の空気のなかを、ひとりまっしぐらに北に突き進んだ。と思うと、唐突に立ちどまって、じっと空を見あげ、ぶつぶつと念仏みたいなものを唱《とな》えたり、馬のような鼻息を吐《は》いたりする。

「弁蔵さん、どこにいくの？」

と信太郎は訊かなかった。

正吉の居場所を探しはじめて、今日で五日。これまで一度もあらかじめ行先がわかったことはない。訊けば、弁蔵はくどいぐらいに詳しく説明してくれるのだが、その説明から見当をつけた場所と実際に行き着く場所が、まったく一致しないのだ。

というより、いくら説明されても、さっぱり見当がつかない。話を聞けば聞くほど、おかしな想像が膨《ふく》らんできて、いざ辿《たど》りついてみると、やっぱりそんな場所じゃなかった、ということになるのだ。

はっきりいって、どこにいくかなど訊くだけ時間の無駄。弁蔵にものを尋《たず》ねるなら、こうしなければならない、ということを信太郎は丸四日かけて学んだ。

「弁蔵さん、このままずうっとまっすぐにいくの?」

「いんや、まっすぐ歩いたあとは、えっと、こっちに曲がりやす」

と弁蔵が立ちどまって、いきなり左手を横に伸ばす。てのひらがまえからきた男の額《ひたい》に当たりそうになって、その小柄な男は恐《こわ》い顔をしてこちらを睨《にら》んだが、弁蔵は左手をあげたまま、どこか遠い空を見やっている。

「曲がったあとは、ずっとまっすぐいくの?」

「こっちに曲がるでしょ。そのあとは、ずっとまっすぐかな」

と信太郎がおなじように左手をあげると、弁蔵はまずその手を眺《なが》め、それから手のさすほうを見やって、

「そうでやす、こうまっすぐいってから、こっちに曲がりやす」

こんどは右手を横に伸ばす。

「へえっ？」

「それから？」

「それから、こっち」

とまた左手をあげる。

「それでおしまい？　それとも、もっと歩いて、もっと曲がる？」

「いんや、坊ちゃん、もう曲がらねえよ」

まるでもう目的地に着いたかのように、弁蔵は満足げに、にたーっと笑った。

どれぐらい遠いか近いかはわからないが、とにかくこの通りを歩いて左に曲がり、またしばらく歩いて右、それからもう一度左に曲がる、ということだけはたしからしい。

「じゃあ、いこうか」

と信太郎はいった。それだけわかればたいしたもので、そのさきを期待するのは高望みというものだ。

「そうだ、あそこを曲がると、まっすぐだ……」

弁蔵はまだにたーっとしたまま、どこかの景色を思い浮かべて、馬面《うまづら》をゆっさゆっさと縦《たて》に揺らしている。

「弁蔵さん、正吉がそこで待ってるよ。だから早くいこう！」

信太郎は背伸びして、弁蔵の耳もとにむかって叫んだ。

「おう」

弁蔵がふいに真顔になり、棒杙《ぼうぐい》のように背筋を伸ばして、すたすたと歩きだした。

すっきりと晴れた日で、いくぶん風が冷たく、東の空を昇っていく眩《まぶ》しい日の光を浴《あ》びて歩くのは、なにか胸のうちが洗われるようで気持ちよかった。が、連日のことで慣れてきたとはいえ、弁蔵のしきりに緩急《かんきゅう》の入れ替わる歩調に合わせるのは、かなり骨が折れる。信太郎は引き離されて小走りになったり、立ちどまった弁蔵のうしろで足踏みしたり、気を抜くひまもなかった。

弁蔵はいったとおり、大門通りから甚兵衛《じんべえ》橋を越えたあとも、しばらくまっすぐ北に進み、それからいきなり左に方向を変えて裏道に入った。まちがったのかと思うほど細い道だったが、弁蔵はなんの躊躇《ちゅうちょ》もなく、いや、それどころか油断していると見失うぐらいの素早さで角を折れて、大股に歩いていく。

信太郎はちょこまかと足をせかして追いかけた。すると、その道はいっそう細い路地に入りこみ、両側の家の庇《ひさし》が覆《おお》いかぶさって洞窟のように暗くなったところを抜けたあと、ぽんと小さな空地《あきち》に出て、そこから表通りにもどった。

信太郎は思わず通りを見渡し、暗い路地を振り返ったが、もちろんそんなところをくぐり抜けてこなくても、広い通りだけを歩いてここまでこられたのだ。

だが弁蔵はきた道をかえりみることもなく、さきにさきにと歩いていく。途中で道なりに曲がったり、突き当たりでむきを変えたりしたが、弁蔵の頭のなかでは一直線に進んでいるつもりらしい。雷《かみなり》に打たれたように、はっと足をとめて、

「坊ちゃん、まっすぐですぜ」

と腹に響く声でいったりした。

やがて道は内神田の町屋の西はずれになる、三河町のあたりまできた。通りのさきに辻番所が見える、そのひとつ手前の辻で弁蔵が立ちどまり、しばらくなにかを思い出すような、あるいは惚《ほう》けたような顔をした。そして、なにか呟きなが

らくるりと右にむきを変えた。

そこからまっすぐに歩いて武家地に入ると、弁蔵は恐いほど大きな大名屋敷のまえで立ちどまり、

「えっと、坊ちゃん、こっちでやすか」

「えっ？ おれは知らねえよ。そんな、訊かれてもわからねえ」

「はあ、なるほど、そっちでやすか」

「え、えっ、そっちなの？」

「おい、こら、どっちむいてもおなじなら、そっちむいとけと、ははん……」

信太郎にはもうなにを話しているのかわからない。弁蔵はひとり言ともつかぬことを口走りながら、左に曲がり、こんどはとまるでも急ぐでもなく、一歩一歩たしかめるように、じっくりと足を運んだ。

信太郎はしだいに胸が苦しくなってきた。通りを行き来しているのは、ほとんどが腰に刀を差した侍だった。武家屋敷なら長屋の近くの浜町堀界隈《かいわい》にもあるが、このあたりは景色が遥《はる》かにいかめしい。息をしている空気もだんちがいに重苦しくて、町人がうろついてはいけない場所に思われた。

そういう緊張感がひしひしと胸を締めつけるうえに、こんな場所に弁蔵はいっ

たいなにをしにきたのか、ここでなにをしでかすつもりなのか、という恐ろしい疑問が、苦しい胸の内側で破裂するほどに膨らんでいた。

信太郎はひと足ごとに、息が速く浅くなってきた。心ノ臓がどっくどっくと暴れるわきで、肺腑はきゅうきゅうと縮《ちぢ》こまっている。弁蔵の痩《や》せた大きな背中が、なにか途方もなく危険なものに見えた。

どこをどれだけ歩いたのだろう、恐るおそるに眺める弁蔵のうしろ姿がいきなり横に動いたので、信太郎は慌てて追いかけた。弁蔵はなにかぶつくさいいながら長軀《ちょうく》を深く屈《かが》めて進んでいき、信太郎も前屈みにうつむいてあとにつづく。そのときにはもう危うい感じがしていたのだが、弁蔵が腰を伸ばすのにつられて、信太郎も顔を起こし、

「うわっ……」

と呻《うめ》いた。通り抜けるつもりもないくぐり戸を通り抜けて、だれかさまの屋敷の門内に立っていたのだ。

三

「弁蔵さんは、どうしてこんなに長屋のひとたちから嫌われるのかな」

と父に訊いたのは、つい昨晩のことだ。

「ふむ、嫌うわけか……」

湯屋からの帰り道、栄五郎は剃《そ》りたての顎《あご》に手を添えて、ゆっくりと首をかしげた。

「父ちゃんも、好きじゃないといってたよね?」

「まあ、そうだが。しかし、こうして正面切って訊かれると、これこれだからと、すぐにはこたえにくいものだな」

「どうして? みんなあんなに嫌ってるんだから、なにかはっきりとしたわけがあるんでしょ」

「はっきりか。いや、それはどうかな」

「だって、長屋にはほかに、意地悪なひととか、身勝手なひととか、もっと嫌われてもいいようなひとがいるじゃない」

「だれをどう嫌うかは、ひとそれぞれだろう。母ちゃんのことをいえば、弁蔵をひと目見て虫が好かんと決めつけていたから」

「けど、弁蔵さんはとくべつに嫌われてるよ。やっぱり、ちょっとあれだから？」

「まあ、他人を馬鹿《ばか》にして憂《う》さを晴らすというのはあるかもしれん。弱い者いじめが好きなのは、子供だけではないからな。ところが、弁蔵は馬鹿にされてもいっこうにこたえんから、いじめるほうはよけいに意地になるわけだ」

「弱い者いじめ？」

「そうだ、しかし、それだけでもないな」

と栄五郎は顎をさすった。

「弁蔵は思うままに生きている。それがみなには気に喰わんのだろう」

「どういうこと、なにが気に喰わないの？」

信太郎が訊くと、栄五郎は顔を覗きこんで、わかるかなというような表情をした。が、ふっと息をついて、そのまま話しはじめた。

「ひとはたいてい世間体《せけんてい》や人目を気にして、したいこともせずに暮らしている。気にするのは、世間体ばかりじゃない。世の中のきまり、物事の道理や是非《ぜひ》、苦楽、損得など、そうしたもろもろを考えて、なるべく無難に暮らそうと、いろんなことを我慢する」

「……………」

「ところが、弁蔵は理屈抜きに、やりたいことをやりたいとおりにやる。人目も気にしなければ、損得勘定《かんじょう》もない。善いことと思えば、犬の糞《ふん》を集めまわり、悪いことと思えば、番屋にしょっ引かれても本名をいわない。まわりの思惑も都合もおかまいなしだ」

「そうだね、弁蔵さんはいつも一所懸命だ」

「そんなことで世間をまともに渡れるはずがないと、みなが思っていて、げんに弁蔵はあっちで頭を打ち、こっちで転びしているが、やはりいっこう苦にするようすがない。どれだけ転んでも、のそのそと起きあがって、わが道を歩いていくわけだ」

と栄五郎は浅く苦笑した。

「それが気に喰わねえの？」

「そうだ、おおいに気に喰わん。とくに、自分よりのろまに見える男が、そうしてわが道を歩いていくのはな」

「そうかなァ、うらやましいなら、みんなもそうすればいいじゃない。でも、弁蔵さんはうらやむような暮らしをしてねえと思うけど」

「そうだ、弁蔵のようにやりたいことをやってみたいが、結果、弁蔵とおなじ暮らしになるのはかなわん。だから真似《まね》したくても真似できず、見ていると腹が立ってくる。いい気なもんだと、癪《しゃく》に障《さわ》ってしかたがない」

「それで嫌ったり、意地悪したりするわけ？」

「つまるところ、弁蔵は変わり者、みなとはちがうということだ。この長屋にかぎらず、変わり者は爪弾《つまはじ》きにされる。そこに蔑《さげす》みや妬《ねた》みが絡《から》んでくると、こうして厄介《やっかい》なことになってくる」

「ふうん……」

信太郎は、そのときはうまく話が呑みこめなかったが、武家屋敷のくぐり戸を通り抜けた瞬間、いくつかのことを身をもって理解した。

弁蔵のやることはたしかに真似できない。ほかのだれがこんなみすぼらしいなりで平然と武家屋敷に入っていけるだろう。それにまた、なにかの拍子に弁蔵の真似をすると、きっとひどい目に遭《あ》うにちがいない。変わり者の生き方は変わり者にしかできないのだ。

信太郎は弁蔵の背中にへばりつき、うしろを見返した。帰り道がちゃんとあるのか不安になったのだが、門番と眼が合い、ぎょっとして弁蔵の陰《かげ》に隠れこんだ。

門番は険《けん》のある眼つきでこちらを見ていた。なにしにきたという眼つきだ。けれども、咎《とが》め立てしてはこなかった。黙ってとおしたのだから、いまさら曲者《くせもの》と騒いだりはしないだろうが、信太郎は生きた心地がしなかった。短く首を竦めて、まわりに眼を配った。

門は見あげる高さで、小山のような瓦屋根《かわらやね》をのせていた。閉じられた扉は見るからに分厚く、信太郎の胴より太い閂《かんぬき》を渡し、かたわらのくぐり戸も恐いほどがっちりしている。あれを二の足も踏まずに通り抜けたとは、われながら信じがたい。

門の左右は、おもてから見るとただの塀《へい》だったが、内側から見ると戸口がいくつもならぶ長屋になっていた。といっても、裏店《うらだな》とは造りがちがう。はるかに頑丈そうだ。どんなひとが住んでいるのだろう、と眼を凝《こ》らすと、弁蔵がいきなりそちらに歩きだした。

――えっ？

と信太郎がたじろぐあいだにも、弁蔵は平然と進んでいく。

——ま、待ってよ……。

信太郎はそちらにいきたくなかった。くぐり戸のほうにもどって、屋敷を出ていきたかった。だが弁蔵はもちろんとまらない。信太郎はついていくのもいやだが、一人きりになるのはもっといやだ。弁蔵を追いかけて、背中にへばりついた。そして、どきっとした。このさき起きることが、ふいに頭をよぎったのだ。

弁蔵はこれから長屋を一軒一軒訪《たず》ねてまわるつもりではないか。いや、それどころか屋敷中の戸という戸を開いてまわるつもりかもしれない。

そんなこととして、ただですむはずない、と信太郎は蒼褪《あおざ》めた。さっき通りを歩きながら、この痩せた大きな背中が危険なものに見えたのは、ただしい予感が働いたのだ。

弁蔵から離れたい。だが一人きりになれば、それはそれで恐ろしいことになりそうだ。門番のあの険《けわ》しい眼のまえを通りすぎて、ひとり平然とくぐり戸を出ていくことなど、百年経《た》ってもできそうにない。

信太郎はほとんど絶望的な気分になりつつ、眼のまえの背中にむらむらと怒りがこみあげてきた。弁蔵の無謀ぶりにも腹が立つけれど、そもそもこんなところ

に、

——正吉がいるはずないじゃないか！

だが信太郎が引きとめても、弁蔵が屋敷巡《めぐ》りをやめるはずはなかった。弁蔵は思うまま、やりたいことをやる。まったく、父ちゃんのいったとおりだ。こっちの都合なんかおかまいなし。これじゃ、みんなに嫌われるのもあたりまえだ。

弁蔵は一軒の戸口のまえに立つと、わが家のように戸を開いた。土間に入って、前屈みになりながら、

「あいすいません、三次郎さんはいますかい」

弁蔵の馬面のすぐさきには、上がり口の板ノ間に胡坐《あぐら》をかく男の顔があった。ひと眼で堅気《かたぎ》でないとわかる荒《すさ》んだ人相をしている。

「なんでえ、こいつは」

男はその悪相をしかめて、弁蔵の馬面からにじりさがり、奥の部屋を見返して、

「おい、なんだか、おかしなやろうがきたぜ」

信太郎の長屋とちがい、その家は板ノ間と奥の部屋のあいだに障子があった。その半分開いた障子のむこうにも、胡坐をかく男二人の姿が見え、ほかにも数人

の気配が動いていて、むうっとこもった熱気が土間まで漂っていた。

「だれがきたって？」

障子のむこうの男のひとりが、うしろに手をついて身体を傾け、こちらに首を伸ばした。

「ああ、そいつなら二度ほど面《つら》を見たことがあるぜ。たしか、三次郎が手下に使ってるやろうだ」

「そうかい、知った顔かい」

と板ノ間の男がこちらに眼をもどし、

「三次郎さんならきてねえよ。このところ、とんとご無沙汰だ」

「三次郎さんはいませんかい」

「ああ、そういったろうが」

と男が吐き捨て、弁蔵のうしろに隠れている信太郎の姿に眼をとめて、

「なんだ、こいつ、がきを連れてやがるぜ。おいおい、どこにきてると思ってんだ」

「ほっときな、そいつはちょいとおつむが弱《よえ》えんだ」

「そりゃ、見りゃわかるがよ。けど、ここがきのくるところじゃねえぐらい、

馬鹿でもわかりそうなもんだぜ」

この家でよからぬことがおこなわれていること、たぶん悪い遊び、博奕《ばくち》のたぐいだろうことは、信太郎にも察しがついた。

以前に正吉から賭場《とば》のようすを聞かされたことがある。弁蔵といっしょにしばらく居候《いそうろう》をしていた街道人足のねぐらで、そういうのを何度も見たらしい。

板ノ間の男は、下足番をかねた見張りだろう。弁蔵は前屈みのまま上がり口のぎりぎりまで進み出て、その男にまた顔を近づけた。男が顔を引くと、弁蔵はさらにまえのめりになって、

「正吉はいますかい」

「正吉……？」

と男が眉《まゆ》をひそめ、奥の部屋を振りむいて、

「そんなやつが、ここに出入りしてたかい」

「えっと、待てよ」

と奥の男が首を捻《ひね》り、ざっと部屋を見まわして、

「いいや、覚えがねえな」

「おい、正吉ってのは、だれのこったい？」

と板ノ間の男が、弁蔵に訊く。

「正吉は、わっしの倅《せがれ》でやす」

と弁蔵がこたえる。

「倅？　がきかよ」

「へえ」

「がきなら、てめえのうしろにいるじゃねえか」

「ははん、うしろにいますかい」

と弁蔵は首をまわして見返し、信太郎の顔を眺めて、

「いやあ、これは、むかいの坊ちゃんで」

「坊ちゃん？」

「正吉はいますかい」

「てめえ、ふざけてやがんのか！」

男が怒鳴《どな》った。

「こんなところにがきを連れてきたかと思や、倅がきてねえかとぬかしやがる。どこの町にがきを遊ばせる賭場があるんだ」

「正吉はいませんかい」

「こいつ、なめてやがるぜ」

板ノ間の男が立ちあがって、弁蔵の胸倉をつかんだ。そうして薄い胸板を突き起こそうとしたが、弁蔵は前屈みのままびくともしない。

「くそっ、こいつっ！」

と男が拳《こぶし》を振りあげたとき、奥の男が立ちあがって、おい、待ちなよ、と声をかけた。板ノ間まで出てきながら、

「そんな、むきになるような相手でもなかろうぜ」

と苦笑して、弁蔵の顔を覗きこんだ。

「おい、名前はなんといったかな？」

「へえ、正吉で」

「正吉は倅だろ。おめえの名前だよ」

「わっしは弁蔵でやす」

「ああ、それだ。弁蔵と鋏《はさみ》は使いよう、と三次郎が笑ってやがった」

と男がうなずいて、

「おい、弁蔵、よく聞けよ。ここには三次郎も正吉もいねえ。わかるかい。いくら訊いても、いねえもんはいねえんだ。だから、もう帰りな」

「へい、お世話さんで」

弁蔵が唐突に身体を起こしたから、信太郎はうしろに弾き飛ばされかけた。

武家屋敷のくぐり戸をなんとか無事に出ると、信太郎はたまらず弁蔵の袖《そで》をつかんで思い切り引っ張った。

「弁蔵さん、もうこんな無茶はやめてよ。いまはなんとか助かったけど、こんなことしてたら、だれにどんな目に遭わされるかしれない。ほら、またお腹を刺されたり、無礼者って斬《き》り捨てられたりするかもしれないよ！」

「へえ、坊ちゃん。わっしは、正吉が見つかれば、どんな目に遭ってもかまいませんので」

弁蔵があたりまえの口ぶりでいった。

四

気がつくと、夕空に月がかかっていた。一日、足を棒にして歩きまわり、さすがにぐったりして、知らずしらずにうつむいて歩いていたのだ。

見おろす道は暮れ色に煙《けぶ》るものの、まだ歩くのに不自由はなかった。だが見あげた空は、はっと胸を衝《つ》かれるほど、遠く深い紺《こん》色をしていた。

月は乳色に薄明るく、半分ほどの膨らみだった。日のあるあいだに昇り、空が暗くなるにつれて見えはじめたのだろう。

「弁蔵さん、ちょっと急いでいいかな？　どこにいってもいいけど、暗くなるまでには帰れって、父ちゃんにいわれてるんだ」

「おっお、そりゃいけねえ。父ちゃんのいいつけは、きちんと守らなきゃ」

弁蔵が驚くほどすぐに反応して、信太郎に背中をむけてうずくまり、両手を左右にひろげた。

「さあ、坊ちゃん、お乗りなせえ。わっしが負ぶって、家まで走って帰りやす」

「いいよ、そこまでしなくても」

と信太郎は慌てて手を振った。高砂町まではあとすこし。たとえ日が暮れてしまっても、父より早く家に帰れば怒られなくてすむし、さきに父が帰っていたら、それはそれでしかたがない。

――正吉を見つけるためなら。

拳骨《げんこつ》のひとつぐらい我慢しなきゃ、と信太郎も覚悟を決めていた。

弁蔵と信太郎、馬面の痩せた大男と撫《な》で肩の華奢《きやしや》な子供の二人連れに、つかず離れず月がゆっくりと動いていく。町は思ったより早く暗くなった。いつもより早いぐらいに感じたが、そうではないだろう。いくら急いだつもりでも、信太郎の足は疲れきっていた。もはや、いつもどおりに歩くことが難しかったのだ。左右に灯のともる道のさきに、長屋の木戸《きど》が見えてきたとき、信太郎はもうあれこれ考えず、ただほっとした。

だが木戸に近づくにつれて、奇妙な物音が聞こえてきた。信太郎は胸が苦しくなった。それは聞き知った音だった。まえに正吉が芳松に殴《なぐ》りまわされたときとおなじ、しかも、もっと重くて荒々しい音。そこに短い唸《うな》りや呻きがまじり、そのいくつかは父の声にちがいなかった。

信太郎は木戸に駆け寄り、路地を覗きこんだ。すぐに、組み合う男たちの姿が見えた。

家々から洩《も》れる明るみが、二人の激しい動きを照らしていた。たがいに片手で相手の胸倉や肩口をつかみ、もう一方の手で顔や腹を殴っている。悪態や怒声はなく、ただ息とともにこぼれる声ともいえぬ声と、拳の音だけが鈍《にぶ》く響く。

その広い肩幅と背中で、こちらに背をむけるのが父の栄五郎だと、信太郎にはわかった。相手は血相が変わってわかりにくいが、たぶん斜《はす》むかいの家の亀蔵だろう。路地には二人のほかに男や女の影がぽつぽつと見えたが、だれも身じろぎせず、黙って喧嘩を眺めている。

信太郎も眼を見開いて、木戸際に立ちつくしていた。そのわきを弁蔵が通りすぎて、おっおっと素《す》っ頓狂《とんきょう》な声をあげた。

「こりゃ、いけねえ。こりゃよくねえことでやす。ええ、お二人さんとも、ちょいと待って、わっしの話を聞いてくだせえ」

喧嘩をとめにいこうとすると、二人の手前にいる人影がくるっと振りむいて、肩をぶつけるようにして弁蔵を組みとめた。亀蔵の朋輩《ほうばい》の多平だった。

「おめえは手を出すんじゃねえ。ぐずぐずいってねえで、すっこんでやがれ！」

弁蔵はむろん、そんな言葉に耳を貸さない。多平ごとずるずると押し進んだが、殴り合いをする栄五郎も声を張りあげた。

「弁蔵さん、そいつのいうとおりだ。これはあんたに関わりのねえ、おれの喧嘩だ。手出ししないでくれ！」

弁蔵の足がとまり、馬面がななめに傾いた。

「はあ、栄五郎さんの？　ああ、なるほど、わっしのじゃねえ……」

傾いた馬面が右に左に揺れる。

「ふうん、わっしは喧嘩をひとつも持ってねえなあ。ああ、いや、喧嘩はいらねえ。そうそう、こりゃよくねえことでやす」

とふたたび多平を押して進みはじめたとき、信太郎のわきをひとが通り抜けて、すっと路地に入っていった。

「よう、こいつはまた派手にやってるじゃねえか」

どすの利《き》いた声を響かせたのは、岡ッ引の源蔵だった。

「せっかくの立ち回りも、ここじゃ見物が少なくてさみしいだろ。ひとを集めてやるから、つづきは番屋でやるかい」

見物していた人影がそそくさと家に入った。路地には栄五郎と亀蔵、多平、弁蔵の四人が残った。源蔵は見むきもせず多平と弁蔵のわきをすぎ、栄五郎の背中に近づいて肩に手をかけ、そこではじめてだれとわかったのか、おやっという顔をした。眉をひそめると、じろりと亀蔵を見やり、

「どうだ、番屋にいくかい。それとも、もう気がすんだかい」

「ええ、まあ……」

亀蔵が眼をそらして呟いた。栄五郎の胸倉をつかむ手をぞんざいに突き放して一歩引きさがると、多平のほうも弁蔵から離れて路地端に身体を寄せた。

「あんたと弁蔵に話があるんだが、ひと息ついてからのほうがよさそうだな。おれは弁蔵のうちで待ってるから、顔でも洗ってきなよ」

源蔵がそういって、栄五郎の肩をぽんと叩いた。栄五郎は黙ってうなずき、そのまま肩をまわして、家に入っていった。弁蔵にも、木戸際の信太郎のほうにも、眼をむけなかった。

信太郎は眸《ひとみ》がひりひりした。瞬《まばた》きができなかったのだ。ようやく、ぎゅっと眼を閉じて、何度か瞼《まぶた》をしばたたく。全身が強張《こわば》り、足は地面に突き刺さっているようだ。なんとか一歩踏みだすと、そのまま小走りになり、いっきに家に駆けこもうとして、

――うわっ！

戸口でなにかを踏みかけた。今朝、鼠の死骸が転がっていたところに、なにか落ちている。濡《ぬ》れた縄《なわ》のように見えたが、ちがう。大きなシマヘビの死骸だった。

信太郎は顔をしかめて蛇《へび》の死骸をまたぎ、土間に入って、ぴしゃっと戸を閉めた。

栄五郎が両肌脱《もろはだぬ》ぎになって胡坐をかき、濡れ手拭《てぬぐい》で拳や腕を拭《ふ》いていた。そ

のわきに母のおとくが膝《ひざ》をついて、栄五郎の顔に軟膏《なんこう》を塗《ぬ》っている。

「父ちゃん、母ちゃん、ごめん」

信太郎は声を絞《しぼ》り出した。すると、声と一緒に涙があふれた。

「おれが正吉と仲良くしなけりゃ、こんなことにならなかったのに。弁蔵さんと関わらなきゃ、こんなことにならなかったのに……」

栄五郎がこちらをむいて口を開きかけたが、そのまえにおとくが厳しくいった。

「悪いことをしてないのに、謝《あやま》るんじゃないよ。べそなんかかいて恥ずかしい。男ならもっと堂々としておいで」

「………」

「そりゃあね、母ちゃんはあの親子のことは、たいてい虫が好かないよ。けど、それよりずっとずっと信太のことが好きなんだ。あんたが仲良くしたい、親切にしたいっていうなら、いつまでもぐずぐずいうもんか。あんたも、それから父ちゃんも、ちょっとあたしのことを見くびりすぎじゃないか。もっと早く、正面切って話してくれりゃいいものをさ」

おとくが鼻息荒く、栄五郎の額に軟膏をこすりつける。

栄五郎が横眼でちらとおとくを見て、それから信太郎のほうに顔をむけ、

「おまえは仲良くしたい相手と仲良くすればいい。そうして、おまえがおまえの道を歩いていくのを見守るのが、父ちゃんと母ちゃんの役目だ」

信太郎には二人の顔が涙に潤《うる》んでよく見えなかった。ひっ、ひっく！　身体が弾《はず》むぐらいにしゃくりあげながら、鼠や蛇の死骸をおかれる家の子でよかった、と思った。そんなものをおいて喜んでいる家の子より、よっぽどいい。

――そうだ、天と地ほどちがう。

信太郎は涙に濡れる胸のうちに、あらたな力が湧いてきた。

五

太物《ふともの》商尾花《おばな》屋は外神田の金沢《かなざわ》町にあった。そのまえに立っても、弁蔵はいつものだらんと弛《ゆる》んだ表情をしていたが、信太郎は頬《ほお》がかたく強張らずにはいられなかった。

「ねえ、やっぱり帰ろ。源蔵親分も、いくなっていってたんでしょ」

弁蔵の袖を引きながら、信太郎は訴えた。

「源蔵親分？」

「昨日きてた、岡ッ引の親分さんだよ」

「はあ……」

弁蔵は漫然と看板を見あげている。

「せめて、父ちゃんにもきてもらおう。ね、そうしようよ。今日帰ったら、すぐにたのむから」

「父ちゃん？」

「そう、栄五郎」

「ははん、栄五郎さん。そうそう、これはあんたには関わりのねえことだ。手出しはいらねえでやす」

「あんたって、父ちゃんのこと？　おれのこと？」

「坊ちゃんはちげえやす。へえ、わっしと一緒にずっと正吉を探してくれて、正吉もきっと坊ちゃんに会いたがってやす」

弁蔵がこちらを見おろして、にたーっと笑った。ほんとうに間の抜けた笑いなのだが、細めた眼が老馬のように穏やかで、すこし悲しげだった。

信太郎は見あげて、小さな笑みを返した。

「うーん、もうしかたないな」

暖簾《のれん》をくぐると、手代や丁稚《でっち》、番頭が振りむき、そのまま視線がこちらに集中した。尾花屋は風格ある構えのかなり大きな店で、店内には大量の反物《たんもの》が整然と清潔にならんでいる。二人は明らかに場違いな客だった。

だが弁蔵はかまわず突き進んで、のっそりと帳場のまえに立ち、

「おかみさんはいますかい」

「な、なんですか、あなたは？」

番頭は客の品定めをするまもなく、不審をあらわにした。

「わっしは、弁蔵でやす」

「ふむ、その弁蔵さんが、おかみになんの用があるんです？」

「会いにきたんでやす」

「ええ、そうでしょうが、会ってどうするつもりですか」

「会って、どうする、会って、どうする。はあ、そりゃおかみさんに会ったらわかりますんで」

「お待ちなさい。まず、わたしが話を聞きましょう」

「ははん……」

と弁蔵が遠い眼をして、なにかを思い出したようにうなずいた。懐《ふところ》に手を入れ、財布をつかみ出して、

「おかみさんに会うには、いくらおあしがいりますかい」

「あなた、なにを」

番頭が顔色を変えて、腰を浮かした。店内にさっと険しい気色が走った。

信太郎は二人のあいだに割って入って、いそいで頭をさげた。

「すみません、これは思い違いなんです。おかみさんに、弁蔵が訪ねてきたと伝えてもらえませんか。それだけでいいんです」

「おかみに?」

「はい、弁蔵が訪ねてきたと、とにかくそれだけ、お願いします」

「ふむ……」

と番頭が眉根を寄せて、しばらく信太郎の顔を見つめた。かたわらの手代に眼を配り、まだためらいを残すように首を捻ったあと、小さくうなずいてみせた。

手代が辞儀をして、すっと奥に入っていった。店には奇妙に張りつめた沈黙が残った。ほかに数人の客がいるのだが、接客していた手代らとともに、口をつぐんでこちらを見ている。

信太郎はじりじりした。背中に冷たい汗がにじんで、その大きな粒がときおり、つーっ、つーっと流れるようだ。

ずいぶん待たされている気がした。気のせいではなく、げんにかなり待っているようで、ほかの客や手代、丁稚たちがそわそわしはじめた。新たに暖簾をくぐって入ってきた客が、おかしな空気に面喰《めんく》らい、そのまま黙って出ていった。

弁蔵だけは、たとえそうして三日待たされても平気といわんばかりに、大きな身体を茫洋《ぼうよう》と佇立《ちょりつ》させていた。

ようやく、さっきの手代がもどってきて、番頭のわきにひざまずき、耳もとになにか囁いた。番頭は得心《とくしん》のいく表情で聞いて、信太郎に首を振ってみせた。それから弁蔵の顔を見あげて、ゆっくりと言い聞かせるように、しかし有無《うむ》をいわせぬ口調でいった。

「おかみには、弁蔵という名にこころあたりがないそうです。ええ、まったくないと。ですから、もうお帰りなさい。ここにいくらいたって、しかたのないことです」

信太郎は弁蔵を店から引っ張り出した。この店じゃなかった、ひと違いだった、と何十回も繰り返して、どうにかこうにか納得させたのだ。

「ははん、それじゃ、こっちの店でやすか？」

弁蔵は通りに立つと、となりの小間物屋に押しかけようとした。

信太郎はちぎれて飛んでいきそうなぐらい、両手を激しく振りまわして、

「だめだめ、帰って源蔵親分にもう一度訊いてみなきゃ」

ほんとうに店違い、ひと違いだったのかは、よくわからない。たぶん、そうじゃないだろう、と信太郎は思っている。でなければ、あんなに待たされたりしない。そう、たぶん相手は迷ったすえに、弁蔵に会わないと決めたのだ。

相手にとって迷惑なことだから、源蔵もいくなといったのだろう。だが話を聞かせれば弁蔵が訪ねていくにちがいないことも、源蔵にはわかっていたような気がする。ものはためしと考えていたのなら、結果ははずれと出たわけだった。

「弁蔵さん、やっぱり三次郎の居場所を探すしかないよ。これまでいったところのほかに、どこかここぞって場所はないの？」

「ここぞ、でやすか？　へい、あります。坊ちゃん、いきやしょう」

弁蔵がいきなりくるっとむきを変えて歩きはじめた。

信太郎はもう慣れた足取りであとを追った。通りをほとんどまっすぐ東に進む。しばらく町屋がつづいたあと、左手に水路が流れて、そのむこうに武家屋敷

が連《つら》なりだした。正面にも、大名が住んでいるにちがいない豪壮な屋敷が見える。あの長い塀は、やはり内側では長屋になっているのだろう。

――まさか、また……。

信太郎は蒼褪めたが、弁蔵はふいにむきを変えて、右手の町屋の細い路地に入った。

――あれ？

これって、初日にいった居酒屋のほうにむかってるんじゃないのかな、と小首をかしげて、信太郎はうしろを振り返った。

「正吉？　正吉かい？」

と囁くような声が聞こえたのだ。

「いえ、そんなはずないわね……」

声の主は小走りに近づいてくると、信太郎の顔を見て、細い顎を左右に揺らした。上品な着物をきた、きれいな女のひとだった。信太郎の母よりもいくぶん齢《とし》下《した》のようだが、すこし悲しげな疲れたような表情をしていて、そうでなければもっと若く見えたかもしれない。

はじめて会うひとだが、それがだれか、信太郎にはすぐにわかった。目元から鼻筋にかけて、正吉とそっくりだった。信太郎はそのひとのほうを見たまま、弁蔵の袖をつかんで引っ張った。

「弁蔵さん、弁蔵さん！　こっち、こっち！」

「いんや、坊ちゃん、こっちじゃなくて、あっちにいくんでやす」

「あっちはいいから、こっち見て」

「ははあ……」

「弁蔵さんたら、こっちだって！」

「いや、あっちにいくんでやす」

弁蔵がのそりと振りむいて、

「こっちには、なんもねえ……」

だが信太郎の指さすほうを見ると、ぼんやりと視線を漂わせたあと、ぺこりと頭をさげた。

「こりゃ、どうも、おすまさん」

「お久しぶりです、弁蔵さん、お達者そうでなにより」

やはりそうだった。おすまというのは、正吉の母、つまり弁蔵の逃げた女房なのだ。

それにしても、ふしぎな光景だった。そういう間柄の二人が、十数年ぶりに再会して、ただの知り合いのように挨拶している。弁蔵はともかく、おすまの胸裡《きょうり》を信太郎はとうていはかりかねた。

「へえ、ご無沙汰してやす。おすまさんも、お変わりなく」

弁蔵の言葉に、おすまはさらっと返した。

「ええ、なんとか。変わりといえば、いまはおけいと名乗っていますけど」

昨夜、源蔵が長屋にきて、弁蔵と栄五郎のふたりに話し聞かせたのは、このことだった。神田金沢町の太物商、尾花屋弥右衛門《やえもん》の妻おけいの正体が、行方《ゆくえ》知れずのおすまらしいというのだ。

「なにか証拠があるってわけじゃねえが、こいつはまずたしかだ。とすると、これまでとおおきに話がちがってくる。正吉が金目当てで攫《さら》われることなんぞ、逆《さか》立《だ》ちしてもあるはずねえと決めこんできたが、ころっと事情が変わったわけだ」

と源蔵はいった。

「いや、実際、三次郎はいま正吉をねたに、尾花屋に強請《ゆす》りをかけているらしい。ひとつは正吉の身代金、もうひとつはおかみの素性《すじょう》についての口止料、二股をかけて強請っていやがるのだ」

源蔵はそこまで話して、この事実をつかんだのはじつのところ自分の手柄ではないと打ち明けた。上総屋のおりょうが知らせてよこしたのだという。四月《よつき》ほどまえになるが、おりょうは家出した愛猫《あいびょう》の末期《まつご》を弁蔵親子に看取《みと》ってもらい、それをいたく恩に着ていた。いっときは弁蔵に仕事の世話をしていたほどで、こんどは正吉が姿を消したと耳にして、ほうぼうに手をまわして行方を探ったらしい。

「上総屋は小網町にごつい店を構えて、荷揚《にあげ》人足の口入業をやってるが、ほかにもうひとつ裏の顔がある。そっちの顔で探すと、世間には流れねえたぐいの噂《うわさ》が、するすると耳に入ってくるのさ。まったく、重たいばっかりの十手《じって》を握って、足を棒にして調べまわるのが、ばからしくなるぜ」

源蔵はそういうと、ばからしさとはほど遠い顔つきで、三次郎のやろう、こんどこそ逃がしゃしねえ、と呟いたのだった。

「今日は正吉のことでいらしたのでしょ。ええ、もちろんそうに決まっているわね」

とおすまはいった。そして、信太郎のほうを見ながら、

「こちらのお子さんは、やっぱり弁蔵さんの？」

「こちらの？」

と弁蔵が首を捻り、

「これはむかいの坊ちゃんでやす。へえ、いつも正吉と仲良くしてくれてる」

「そう、正吉と」

おすまがふと、やさしい眼をした。けれども、またすぐ悲しげな色を浮かべて、

「弁蔵さん、わたしのことを怨《うら》んでいるわね」

「えっ、わっしが？」

弁蔵がいつになく大きく表情を変えて、滅相《めっそう》もねえ、と顔をぶるぶる横に振った。

「そう、そうね、弁蔵さんはそういうひとじゃないわ。けれど、わたしは悔《く》やんできたのよ。正吉のこと、あなたについたたくさんの嘘《うそ》のこと……」

黒板塀《くろいたべい》に挟《はさ》まれた、細い路地だった。わきを通りすぎた通行人が、おかしな取り合わせの三人に好奇の眼をむけ、聞き耳を立てるようなようすをしたが、おすまはかまう素振りもなかった。

「あなたには、ほんとうにひどいことをしたわ。正吉にも、そう。あれから、わ

たしもいろいろあったけど、それを忘れたことはいっときもなかった。そういっても、なんの言い訳にもならないけれど」

「いんや、わっしはなんにもひどい目に遭っちゃいやせんぜ」

と弁蔵が強い声でいった。

「おすまさんには、ちゃんと約束を守ってもらいやした。わっしと所帯を持つこと。わっしの子を産んでくれること。それから神田祭にいくこと」

「守ったのは、その三つだけ。あとの約束は、みんな破ったわ。あなたに一生尽くすとか、ほかの男には見むきもしないとか、毎朝あなたの好きな実でおみおつけをこしらえるとか、ほんとうに嘘ばっかり……」

「わっしには守ってもらった約束のほうが大事でやすが、おすまさんには守らなかった約束のほうが大事でやすか。ははあ、ふしぎなもんですなあ」

「ふしぎじゃないわ。だれもあなたのようには考えないのよ。だからわたしは自分のしたことをずっとうしろめたく思ってきたし、あなたや正吉に怨まれてると思っていた。そう、だから正吉のことで脅《おど》しをかけられたとき、弁蔵さん、あなたもこのことに関わっているんじゃないかと疑ったぐらいよ」

先日来、おすまはどうしても気になって、弁蔵と正吉の居場所を探していた。

出入りの鳶人足《とびにんそく》を使って、松枝町の長屋から足取りを辿ったのだ。このために正吉のことで脅しをかけられたとき、咄嗟《とっさ》に居場所探しのことを弁蔵に知られたかと疑ったのだった。

「こうしてあなたの顔を見れば、もちろんひとを脅したりするはずがないとわかるけれど。そう、どうやらこのことは鳶人足の口から悪い仲間の耳に入ったらしいわ。それはともかく、弁蔵さん、わたしはまたあなたたちを見捨てようとしたの。正吉の身代金はさておき、わたしの素性について一度口止料を払ったら、このさき一生、悪党につきまとわれる。だから、なにもかも知らぬ存ぜぬで押しとおそうと考えていたのよ」

「おすまさん、泣いちゃいけねえ。生きてりゃ、きっといいことがありやす」

と弁蔵がなだめるように両手をあげて、おすまの顔のほうに涙を押さえるような仕草《しぐさ》をした。だが信太郎には、おすまが泣いているようには見えなかった。とてもつらそうには見えたが、涙は流していない。弁蔵にはなにかほかのものが見えるのだろうか。

「あなた、またそんなことをいって。茶屋に遊びにきていたときも、わたしの顔を見るたび、そんなことばっかりいってたんだから」

おすまはふとほんとうに泣きそうな眼の色をしたが、浅く下唇を噛んでこらえた。

「とにかく、これで覚悟が決まりました。いまの主人はわたしが元は岡場所の女だと知ったうえで家に入れてくれたけれど、身請《みう》けのいきさつについては都合のいい話しか聞かせていないの。それをみんな洗いざらいほんとうのことを話して、正吉の身柄だけでも助けてもらうようにたのみます」

「そうそう、泣かねえで。なんにも、泣くようなことはねえんでやす」

おすまの話を聞いていないのか、弁蔵はなだめる仕草をしながら、まだそんなことをいっている。

信太郎は、弁蔵の片腕に飛びつき、ぶらさがるようにして、

「弁蔵さん、正吉が助かるんだ。正吉に会えるんだよ！」

「おっ？」

と弁蔵が身動きをやめ、やがてこくりとうなずいた。

「おう、じゃあ、迎えにいくか」

六

東叡山《とうえい》の裏、根岸《ねぎし》の金杉村《かなすぎ》に不動堂がある。俗に時雨《しぐれ》の岡《おか》と呼ばれるあたりで、そのせいかどうか、この日は朝から冷たい雨が参道を濡らしていた。道に跳《は》ねるほどは強くない、じっとしみるような細かな雨だ。

枝ぶりのいい松があった。御行《おぎょう》の松《まつ》とか時雨の松とか、そういう呼び名がついているらしい。傘《かさ》が二つ、その松をぐるりとまわりこんで、不動堂の裏手に歩いていく。大柄の痩せた男と裕福な身なりの女。傘に隠れて、顔は見えない。男は右手に重たげな風呂敷《ふろしき》包みを提《さ》げている。

「ははあ、こんなところでやすか。子供が遊ぶにゃ、ちっとばかりさみしいところですなあ」

「しっ、黙って」

女がたしなめ、男は口をつぐんだ。

御堂の奥の薄暗い木立《こだち》から、人影がするっと抜け出てきた。男だ。傘を差していない。右手を懐に入れ、左手で顎をさすりながら、冷たくにやついている。

「まさか、亭主のかわりに、その間抜けを連れてくるとは思わなかったな。いや、そいつも亭主といえば亭主か。三行半《みくだりはん》をもらって、家出したわけでもあるめえ」

「ああ、三次郎さん、こんたびは倅がえらく厄介になりやして。ながながながと、ありがとさんでやす」

と大柄の男が進み出ようとするのを、三次郎が手をあげて制した。

「待ちな、おめえの提げてるのが、れいのものかい」

「へえ、これは三次郎さんに手土産《てみやげ》で。なんせ、ながながながと世話になりやしたから」

「手土産ってのは、おめえじゃねえ、そっちの女のほうが用意したんだな？」

「ははん、よおくご存知で」

「なら、そこにおいて、そのまま帰りな」

「えっ？　いやいや、今日は正吉を連れて帰りやす」

「うるせえ、抜け作は黙ってすっこんでやがれ」

三次郎が声を荒らげると、男は困ったように首をかしげて、

「はあ、三次郎さんはえらくご機嫌ななめでやすが、ひょっとして、倅がなんぞ

やらかしましたか？」

「ああ、とにかく、がきはじきに帰してやるから、いまは黙って帰りな」

「じきに？」

「家でおとなしく待ってりゃ、おれが連れていってやるよ」

「なにいってるのさ」

と女がいった。

「どうせそこまでは連れてきてるんだろ。金子《きんす》は子供と引きかえでないと渡さないよ」

「やっ、おめえ、だれだ？」

と三次郎が肩を斜《はす》にして、女に眼を凝らした。

女が傘を傾けて、顔をあらわにする。

「なんだい、そんな稼業をやっていて、わたしの顔を知らないのかい」

「お、おめえさんは、上総屋の……」

「わかったら、このうえよけいな算段をせずに、おとなしく子供をお返しよ。そうすりゃ、望みの金子はくれてやるから」

とおりょうはいって、むこうの木立のほうに声をかけた。

「ほら、そこに仲間がいるんだろ。子供を連れて出ておいで」

やわらかだが、有無をいわせない響きがあった。相手が逆らうとは露ほども考えていない、あるいはまた、逆らう相手を決して許さない、そんな声に聞こえた。

木陰の暗がりから、男たちが出てきた。怠惰《たいだ》な牛がむりやり縄に引かれるように、ぞろぞろと七、八人。そのなかにひとりだけ、小さな影がまじっている。

「おう、正吉――イ！」

弁蔵が呼んだ。間延《まの》びしているが、遠くの山まで響くような声だった。

「さあ、その子をお放しよ」

おりょうが指図すると、男たちがぴたりと身じろぎをやめた。正吉がすかさず肩をつかむ男の手を振り切って、こちらに走りだした。走りながら、口にかまされた猿轡《さるぐつわ》をはずして、

「親父《おやじ》っ！」

「ほう、元気だなあ」

弁蔵は感心したようにいって、傘と風呂敷包みを持ったまま、のそりのそりと迎えにいった。

「親父っ、親父っ、親父も元気か！」

正吉が叫びながら、弁蔵の薄くて広い胸板に飛びこみ、顔から雨粒ともしれぬ滴《しずく》が弾けた。

おりょうが木立のまえにならぶ男たちを見まわして、

「ことを荒立ててくれるなと、尾花屋さんにたのまれているから、今日のところはこれですましておくけれど、二度とはないよ。憶《おぼ》えておいで、このさきこの親子や尾花屋に手を出せば、上総屋に喧嘩を売ることになるとね」

男たちがぎょっと息を呑んだが、三次郎は弁蔵親子に蔑みの眼をむけ、不敵な笑みを浮かべておりょうを見返した。

「上総屋のおかみさん、あんたが豪気なひとだとは話に聞いてよく知ってるが、ここで親分風を吹かせるのはどんなもんかね。そっちは、ぼんくらと女子供の三人。こっちは、見てのとおり男八人。なんなら、いまここで、あんたもまとめて攫いなおしてもいいんだぜ」

「さて、ぼんくらはどっちだろうね。いまごろこの境内《けいだい》を何人の男が取り巻いているか。たった八人で喧嘩を売る覚悟があるなら、どこにでも好きなところに攫っていくといいよ」

弁蔵が正吉のうえに屈めていた身体を起こして、おりょうに振りむいた。

「ああ、いや、喧嘩はいけやせん。ありゃ、よくねえことでやす」

「わたしじゃない。そっちの男が喧嘩を売ってるのさ」

おりょうがひょいと傘をまえに傾けてみせる。

「三次郎さんが？　そりゃいけねえなあ」

と弁蔵が正吉の肩を抱きながら、三次郎に歩み寄った。

「ほんとに、倅がたいそう世話になりやして。ほら、正吉、おまえも頭をさげねえか」

正吉の頭を押さえて、すみません、躾《しつけ》ができてやせんで、と詫《わ》びる。それから風呂敷包みを三次郎に手渡して、さらにあいた手のほうに傘の柄を握らせ、

「へえ、これが手土産でやす。で、こっちが傘でやすから、これを差して機嫌よくお帰りなせえ。三次郎さんみたいな利口《りこう》なひとが、喧嘩だどうだなんて、そんな馬鹿をいわねえで。まして女相手にそんなこと、あははァ、傍《はた》で見てても小《こ》っ恥《ぱ》ずかしくなりやす」

弁蔵は諭すようにいって、三次郎の肩をぽんぽんと叩いた。

七

「そのあと、正吉は結句、お袋さんには会わなかったらしい。尾花屋を覗きにいって、こっそり顔だけは見たが、あいつの言葉を借りると、『もう親父やおれとは住むところがちがう、どこの異人さんかってようすをしてた』そうでな。名乗り合わないほうが、おたがいのためと考えたようだ」

信太郎はそこまで話すと、前屈みの姿勢を起こして、ふうっと息をついた。

「それにしても、あのあともまた騙《だま》し絵のようだったな」

誘拐騒ぎのあと、半月足らずで、弁蔵親子は長屋を出ていった。上総屋の口利きで、弁蔵は住みこみの仕事につき、正吉も念願の奉公先が決まったのだ。弁蔵は深川の蔵地で蔵法師という番人になり、正吉は日本橋村松《むらまつ》町の古着屋で働きだした。

二人が長屋を去ると、住人はたちまちもとの暮らしぶりにもどった。弁蔵親子を嫌うかどうかが、まるで天下を分ける大事のようにみなされていたのが嘘のようだった。とくに大人は眼を疑わせるほど、なにごともなかったかのように振る舞った。

もちろん腹の底には、みながいろいろなものを残していたのだろう。けれども、それはいっさいおもてに出さず、だれもあえてほじくり返そうともしなかった。

――本心を隠して、こんなふうにできるなら。

弁蔵さんがいるときから、そうすりゃよかったのに、とやり場のない怒りを嚙み締めたことを、信太郎はいまも憶えている。

子供はまだそこまで器用に振る舞えないから、ときおりぎくしゃくしておかしな雰囲気になることもあったが、それも長くはつづかなかった。信太郎や幸助たちも、それぞれ長屋を出て奉公をはじめたからだ。

信太郎は父の親方の紹介で、横山町《よこやま》にある畳《たたみ》屋に奉公にあがった。そして、そこで修業するあいだに、父がひとり立ちしたため、年季が明けても、高砂町の長屋にはもどらなかった。

父の栄五郎が深川に開いた店で、信太郎はいま二代目として腕を揮《ふる》っている。いや、そんな言い方をすると、栄五郎はもう隠居でもしたようだが、父も母のおとくもまだまだ健在で、じつのところ信太郎は修業していたころより厳しくしごかれていた。

「おまえさん、またかい？」

女房のおしづが声をかけてきた。

「このあいだから、暇《ひま》があれば、正太《しょうた》のわきに坐って、話しかけたり、おかしな絵を見せたり。その子はまだ半年にならないんだから、なにを聞かせても、なにを見せても、わかりっこないよ」

と笑いまじり、あきれまじりにいう。

「ああ、このまえ十何年かぶりに、幼馴染《おさななじみ》にばったり出喰わしたんでな。いろいろ思い出すことがあったのさ」

信太郎は振りむいてこたえると、膝元にひろげた絵をたたんで懐にしまった。五湖亭貞景《ごこていさだかげ》という浮世絵師の「五子十童図《ごしじゆうどうのず》」という騙し絵だ。子供が輪になってたわむれているのだが、その人数が五人にも十人にも見えて、どちらが本当なのかわからない。正吉が描き写して、御守袋に入れていた、たぶんその元絵だろう。

「さて、そろそろいくか」

信太郎はもう一度、長男の正太郎《しょうたろう》の寝顔を覗きこんで、そっと立ちあがった。

話しはじめたときには眼をぱっちり開いて、きゃっきゃと笑ったりしていたのだが、途中からそっぽをむいて、いまはすやすやと眠っている。

「おっと、これをいっとかなきゃ、話にまとまりがつかねえな」

と信太郎は赤ん坊にむけかけた背をもどして、

「三次郎は、誘拐騒ぎのあと三月《みつき》ほどして捕まった。岡ッ引の源蔵がねぐらを突きとめたのだが、どうやら悪党仲間に裏切られて、居場所を差し口されたらしい。身代金の分け前でもめたとか、上総屋に睨まれた三次郎を仲間が見捨てたとか、いろいろいわれたが、真偽はわからん。ただ三次郎は叩けば山のように埃《ほこり》の出る男だから、厳しく仕置かれたというな」

「やめとくれよ、おまえさん。捕まったとか、仕置かれたとか、そんな物騒な話を聞かせたら、赤ん坊がひきつけを起こしちまうよ」

おしづがわきにきて、正太郎を身体でかばうようにしていった。

「なんだ、なにを聞かせてもわかりっこねえんじゃなかったのか？」

と信太郎は笑って、

「それに、たとえ目隠し耳隠しをしても無駄なことさ。子供ってのは、なんでも見て、聞いて、知ってるもんだ。おまえにも覚えがあるだろ？」

おしづは困り顔をしただけで、それにはこたえずに話を変えた。

「おまえさん、そとは雨催《あまもよ》いで真ッ暗だけど、ほんとうにいくのかい? 神田祭といっても、今年は提灯祭《ちょうちんまつり》。わざわざ見物にいくほどのこともないだろうに」

「いや、その提灯祭をわざわざ見物にいこうと約束したのさ」

「いまいってた、幼馴染ってひと?」

「ああ、そうだ。古い仲間とした、古い約束さ」

「それじゃ、遅くなるね」

「どうかな、あいつは見かけによらず照れ屋だから、灯のともった提灯がずらっとならんでるのを見たら、すぐにじゃあなと手を振るかもしれん」

「どっちにしても、気をつけておくれよ」

「ああ、そうしよう」

信太郎はうなずいて、階下におりた。信太郎夫婦は二階、栄五郎とおとくは一階に暮らしている。おとくは台所で片づけをしているようだが、栄五郎はまだ仕事場にいて、行燈《あんどん》の薄明かりのなかで、大小さまざまな包丁や針の手入れをしていた。

「親父、出かけてるよ。久しぶりに、あいつと会うんだ」

「あいつ？　ほう、そうか、おれからもよろしくいってたと伝えてくれ」

「お袋には、内緒にしとくよ」

「ふふっ、雨催いだ、降られちゃかなわんからな」

「降れば、どしゃ降りだから」

信太郎も笑って、念のため傘を手にして、おもてに出た。

おしづのいうとおり、町はふだんにまして暗かった。厚い雲が空を覆っている。提灯を持っていこうかと思ったが、やめた。暗ければ暗いほど、これから見る景色が楽しみになるようだ。

「おや？」

真ッ黒な空に流れ星が光ったように見えたが、気のせいにちがいなかった。正吉とは高砂橋のたもとで待ち合わせている。信太郎は傘を小脇に抱えると、もう一度夜空を見あげてすたすたと歩きだした。

解説——息苦しいほどのこのザワザワはきっと心の糧《かて》になる

時代劇研究家　ペリー荻野《おぎの》

胸の中がザワザワする。

この小説を読んで、心の中がフラットのままという人は、いないだろう。自分が傷つけられた経験を思い出して、つらくなった人もいるかもしれない。学校生活の嫌《いや》な場面が頭に浮かんでいる人もいるかもしれない。人の裏の顔を見た衝撃が蘇《よみがえ》っている人もいるかもしれない。最後まで読み通して、ああ、そうだったのかと思った後でも、自分のどこかにある傷が疼《うず》くような痛みがなかなか消えない。

思えば、海外の作品には「フォレスト・ガンプ／一期一会《いちごいちえ》」「レインマン」「アイ・アム・サム」など、一般社会となじみにくい主人公と周囲の人々を描いた秀作がたくさんある。しかし、日本の時代小説でここまでリアルに立場が弱い人に対する善と悪を描いた作品は稀有《けう》である。

作者の犬飼六岐《いぬかいろっき》さんが社会制度も医学的配慮も何もない江戸を舞台にしたのは、大きな挑戦だったと思う。作者は教育大学の出身で公務員経験があると聞く。教育実習などでこどもたちの力関係や仲間づくりを垣間見《かいまみ》、仕事の中で市民生活の裏表を知った経験がこの小説に活《い》かされていると思うのは、私の思い込みだろうか。

『騙《だま》し絵《え》』の中で作者は、人が生きていく上で避《さ》けては通れない「人間関係」をリアルに辛辣《しんらつ》に描写する。時に読む手が止まるほど、厳しい生活を懸命に続ける父と子。読み手としては、一刻《いっこく》も早く誰かの助けが欲しくなる。しかし、彼らを通した安易でお約束的な愛と感動の「人間関係」はここにはないのだ。

まず、第一に「近隣関係」。

物語は、日本橋高砂町《にほんばしたかさごちょう》の長屋に弁蔵《べんぞう》と正吉《しょうきち》の父子が引っ越してきたことから始まる。時代小説の長屋ものといえば、笑いと涙、義理人情あふれる落語みたいな話と思われそうだが、本作はそんな生易《なまやさ》しい話ではない。

万事、ぼんやりとした大男の弁蔵とこどもながらしっかり者の正吉。長屋の住人は、彼らを受け入れる側と拒絶する側、二手に分かれることになった。すさまじいのは、拒絶する側のいじめの情熱だ。悪口雑言《あっこうぞうごん》は日常茶飯事。おたみは何もしていない正吉を怒鳴《どな》りつけ、やってもいない盗みの罪を白状させようと平手打ちをする。そんな親を見たおたみの子の幸助《こうすけ》らこどもも、罵声《ばせい》、暴力、はやしたてと意地悪の限りを尽くす。いいおっさんが、わざわざ犬の死骸《しがい》を拾ってきて、弁蔵父子のところに放り込もうとするとは。何かのミッションか。恐ろしいほどのエネルギーである。

もっとも、このいじめがあまりに理不尽で強烈だったからこそ、信太郎《しんたろう》は十二歳にして、おとなたちのしていることに疑問を持ち、自分の頭で必死に考えることになる。弁蔵を嫌《きら》いぬく母おとくと、弁蔵父子に対する立場を決めかねて迷う自分を見ていてくれる父栄五郎《えいごろう》。濃密すぎる長屋の近隣関係を初めて客観的に見つめた信太郎の選択こそが、この物語のカギだ。

一方、彼らを受け入れ、優しくしようとする側の力はとてもささやかに見える。今年七十歳になるおもんは、一番の理解者だが、できることといえば極端ないじめをするおたみに意見したり、信太郎と正吉の連絡場所に自分のうちの壁を貸してくれたり、困った弁蔵に食べ物を差し入れする程度。しかし、この助けはじわじわと効《き》いてくるのだ。

「親子関係」もまた、大きな意味を持つ。

弁蔵と正吉は、父と子が逆転したような親子だ。仕事仲間の飲食の勘定《かんじよう》まで払うはめになった弁蔵のため、少しずつ貯《た》めた小銭を抱えて居酒屋に走る正吉。嫁に逃げられた弁蔵が餅《もち》をのどに詰《つ》まらせたときには、必死に助けたのも正吉だったという。あわや赤子の干物になりかけた正吉本人は「すったもんだにてんやわんやの繰り返しで、見物だったにちがいないぜ」と他人事《ひとごと》のように言うが、息子はどこまでも父を助け、父は自分はどうなってもいいから息子を助けたいと願う。父子の結びつきは純粋で、とても強いのだ。

もう一組、印象的なのは、弥一《やいち》とおくみ、芳松《よしまつ》親子である。弁蔵たちに親切にし、仕事まで世話していたと見えた弥一だが……。正吉がはなから親切の裏側に気づいていたと思うと、もの悲しい気持ちになるが、それより驚いたのが、芳松が自分をいじめていた理由が、親への反抗心だと見抜いていたことだ。人の顔がふたつ見えるという正吉がいったいどんな人生を歩んできたのか。信太郎でなくても、考えてしまう。

そして、もう一組。考えずにいられない親子がいる。

弁蔵とその両親である。弁蔵はりっぱな表店《おもてだな》の扇屋《おうぎ》の若旦那であった。しかし、しっかりした嫁をもらうこともできないまま、彼が二十一歳のとき、両親が他界。すると周囲の人間が寄ってたかって弁蔵の金をむしり、店は潰《つぶ》れる。弁蔵の両親はよほど心残りだったのだろう。幽霊が出るとウワサまでされている。弁蔵の両親がどんな思いで彼を育ててきたか。弁蔵がひとりぼっちになったとき、親族が誰も手を差し伸べなかったとしたら、身内の中でも孤立していたのではないか。思えば思うほど、胸が痛くなる。

そんな中、今も昔ももっとも不可思議な人間関係ともいえる「夫婦関係」は意外な展開を見せる。

弁蔵は両親を亡くしてから悪所通いを続け、ついには岡場所の女郎おすまの口車に乗って、彼女を身請《みう》けし女房にする。そこでおすまとかわしたのが、十の約束だった。しかし、おすまは約束のうちの三つだけを果たし、赤子の正吉を残してさっさと姿を消した。弁蔵の元女房は行方《ゆくえ》不明で、ずっと存在感がなかった。しかし、終盤、おすまは重要な役割を果たすことになる。長い間、会っていなくとも、彼女は弁蔵の人柄をよく理解していた。これがただの男と女の関係だったら、話は違っていたはずだ。おすまが言うように「嘘《うそ》ばっかり」のかりそめであっても夫婦であった証《あかし》は、彼女の中に残っていたのである。

もう一組の夫婦は、おとくと栄五郎だ。

正吉と仲良くする信太郎を監視し、叱《しか》り飛ばすおとく。息子を見守り、結果、正吉を助けることになる父栄五郎。反対の立場になり、いがみ合うに違いないと思った、この夫婦の結末もとても意外だった。これが夫婦の機微《きび》というものか。人間が一筋縄《ひとすじなわ》ではいかない存在であることをしみじみと感じさせてくれる。

そして、「友人関係」。

信太郎は正吉という、今まで見たこともないタイプのこどもを知って、戸惑う。しかし、次第に正吉の壮絶な生き方を感じ取り、彼の鋭い観察力や知識を評価するようになる。正吉が自分をかばうためにわざと名前を呼ばず「こいつ」と言ったりする気遣《きづか》いを察知する信太郎も賢《かしこ》いこどもなのである。

そして、自分が長屋の他のこどもから仲間はずれにされることは覚悟の上で、正吉とつきあうようになる。当然のごとく繰り返されるこども同士の執拗《しつよう》な嫌がらせ。おなつのように、未熟ながら性をにおわすからかいは、今も昔も思春期に向かうこどもの心を揺《ゆ》さぶるものだ。それでも信太郎は勇気を出して踏ん張る。

正吉はそんな信太郎を信じ、冒険をともにする。そして、正吉に危機が迫ったとき、信太郎は言うのだ。

「友達だからわかるんです」

よく言った！　この言葉を正吉に聞かせてやりたい。どんな蔑《さげす》みにも暴力にも耐え、人の裏表を冷静に見分けてみせる正吉だが、それは無駄な抵抗をして、自分や大切な人が傷つくのを防ぐために身につけた知恵だ。本当は照れ屋で、幸せに手を伸ばすのをどこかで遠慮しているような、怖がっているような少年なのだ。その正吉を堂々と「友達」と言えるようになった信太郎。この小説は、信太郎と正吉の友情と成長の物語なのだった。

悪人の暗躍で、弁蔵は犯罪に巻き込まれ、次第に事態は深刻になっていく。正吉の危機。信太郎の願い。事件の決着のつけかたにも正直、驚いた。白黒だけでない、なのにすごく納得する。こういう決着のつけかたがあったのか！　カッコいいぜ！　作者の腕のよさがよくわかる場面だと思う。

ラスト。信太郎は正吉との約束を果たしにいく。私の心の中では勝手に「スタンド・バイ・ミー」が鳴り響いていた。なぜか、ありがとうと言いたい気分だった。

自分の前に弁蔵父子が現れたら、どんな風に接するか。信太郎やおもんに教えられたことをよくよく考えてみる。生きづらさに悩んでいる人にも、子育てに迷っている人にも、教室の中のこどもたちにも薦《すす》めたい。息苦しいほどのこのザワザワはきっと心の糧《かて》になる。そう信じたくなる作品である。

本書は二〇一三年十一月、小社より四六判で刊行されたものです。

騙し絵

一〇〇字書評

切り取り線

購買動機（新聞、雑誌名を記入するか、あるいは○をつけてください）	
□（　　　　　　　　　　　　　）の広告を見て	
□（　　　　　　　　　　　　　）の書評を見て	
□ 知人のすすめで	□ タイトルに惹かれて
□ カバーが良かったから	□ 内容が面白そうだから
□ 好きな作家だから	□ 好きな分野の本だから

・最近、最も感銘を受けた作品名をお書き下さい

・あなたのお好きな作家名をお書き下さい

・その他、ご要望がありましたらお書き下さい

住所	〒				
氏名		職業		年齢	
Eメール	※携帯には配信できません		新刊情報等のメール配信を 希望する・しない		

この本の感想を、編集部までお寄せいただけたらありがたく存じます。今後の企画の参考にさせていただきます。Eメールでも結構です。

いただいた「一〇〇字書評」は、新聞・雑誌等に紹介させていただくことがあります。その場合はお礼として特製図書カードを差し上げます。

前ページの原稿用紙に書評をお書きの上、切り取り、左記までお送り下さい。宛先の住所は不要です。

なお、ご記入いただいたお名前、ご住所等は、書評紹介の事前了解、謝礼のお届けのためだけに利用し、そのほかの目的のために利用することはありません。

〒一〇一-八七〇一
祥伝社文庫編集長　坂口芳和
電話　〇三（三二六五）二〇八〇

祥伝社ホームページの「ブックレビュー」からも、書き込めます。
http://www.shodensha.co.jp/bookreview/

祥伝社文庫

騙《だま》し絵《え》

平成29年1月20日　初版第1刷発行

著　者　犬飼六岐《いぬかいろっき》
発行者　辻　浩明
発行所　祥伝社《しょうでんしゃ》
東京都千代田区神田神保町3-3
〒101-8701
電話　03（3265）2081（販売部）
電話　03（3265）2080（編集部）
電話　03（3265）3622（業務部）
http://www.shodensha.co.jp/

印刷所　萩原印刷
製本所　ナショナル製本
カバーフォーマットデザイン　中原達治

 ISBN978-4-396-34283-8 C0193

祥伝社文庫の好評既刊

山本一力
深川駕籠
駕籠舁《かごか》き・新太郎は飛脚《ひきゃく》、鳶《とび》といった三人の男と深川↔高輪往復の速さを競うことに——道中には色々な難関が……。

山本一力
深川駕籠 **お神酒《みき》徳利**
尚平のもとに、想い人・おゆきをさらったとの手紙が届く。堅気《かたぎ》の仕業ではないと考えた新太郎は……。

山本一力
深川駕籠 **花明かり**
新太郎が尽力した、余命わずかな老女のための桜見物が、心無い横槍で一転、千両を賭けた早駕籠勝負に！

山本兼一
白鷹伝《はくようでん》 戦国秘録
浅井家鷹匠・小林家次が目撃した伝説の白鷹「からくつわ」が彼の人生を変えた……。鷹匠の生涯を描く大作！

山本兼一
弾正の鷹
信長の首を獲る——それが父を殺された桔梗《ききょう》の悲願。鷹を使った暗殺法を体得して……。傑作時代小説集！

山本兼一
おれは清麿《きよまろ》
葉室麟さん「清麿は山本さん自身であり、鍛刀《たんとう》は人生そのもの」——源《みなもと》清麿、幕末最後の天才刀鍛冶の生き様を見よ。

〈祥伝社文庫　今月の新刊〉

畑野智美
感情8号線
どうしていつも遠回りしてしまうんだろう。環状8号線沿いに住む、女性たちの物語。

西村京太郎
萩・津和野・山口殺人ライン　高杉晋作の幻想
出所した男のリストに記された6人の男女が次々と――。十津川警部VS.コロシの手帳⁉

田口ランディ
坐禅《ざぜん》ガール
「恋愛」にざわつくあなた、坐ってみませんか？尽きせぬ煩悩に効く物語。

沢里裕二
淫爆《いんばく》　FIA諜報員　藤倉克己
爆弾テロから東京を守れ。江戸っ子諜報員は、お熱いのがお好き！　淫らな国際スパイ小説。

鳥羽　亮
血煙東海道　はみだし御庭番無頼旅
剛剣の初老、憂いを含んだ若き色男、そして紅一点の変装名人。忍び三人、仇討ち道中！

喜安幸夫
闇奉行　凶賊始末
予見しながら防げなかった惨劇。非道な一味に、「相州屋」が反撃の狼煙を上げる！

長谷川卓
戻り舟同心　更待月《ふけまちづき》
皆殺し事件を解決できぬまま引退した伝次郎が、十一年の時を経て再び押し込み犯を追う！

犬飼六岐
騙《だま》し絵
ペリー荻野氏、大絶賛！　わけあり父子がたくましく生きる、まごころの時代小説。

佐伯泰英
完本　**密命**　巻之十九　意地　具足武者の怪
上覧剣術大試合を開催せよ。佐渡に渡った清之助は、吉宗の下命を未だ知る由もなく……。